Bela REDENÇÃO

JAMIE McGUIRE

Bela REDENÇÃO

Irmãos Maddox - Livro 2

Tradução
Cláudia Mello Belhassof

6ª edição

Rio de Janeiro-RJ / São Paulo-SP, 2024

VERUS
EDITORA

Editora: Raïssa Castro
Coordenadora editorial: Ana Paula Gomes
Copidesque: Anna Carolina G. de Souza
Revisão: Renata Coppola Fichtler
Capa: Adaptação da edição alemã (Piper/Verlag)
Projeto gráfico: André S. Tavares da Silva

Título original: *Beautiful Redemption*

ISBN: 978-85-7686-441-7

Verus Editora Ltda.
Rua Argentina, 171, São Cristóvão, Rio de Janeiro/RJ, 20921-380
www.veruseditora.com.br

CIP-BRASIL. CATALOGAÇÃO NA FONTE
SINDICATO NACIONAL DOS EDITORES DE LIVROS, RJ

M429b

McGuire, Jamie
Bela redenção / Jamie McGuire ; tradução Cláudia Mello Belhassof. - 6. ed. - Rio de Janeiro, RJ : Verus, 2024.
23 cm. (Irmãos Maddox ; 2)

Tradução de: Beautiful Redemption
ISBN 978-85-7686-441-7

1. Ficção americana. I. Belhassof, Cláudia Mello. II. Título. III. Série.

15-24684 CDD: 813
CDU: 821.111(73)-3

Revisado conforme o novo acordo ortográfico

Para Autumn Hull:
sua amizade é inestimável

E para Kelli Spear:
sou muito grata por ter você ao meu lado

1

O controle era a única coisa real. Desde cedo, aprendi que planejar, calcular e observar poderia evitar a maioria das coisas desagradáveis — riscos desnecessários, decepção e, o mais importante, mágoa.

No entanto, evitar coisas desagradáveis nem sempre era fácil, fato que me ficou muito claro sob as luzes bruxuleantes do Cutter Pub.

A dezena ou mais de letreiros néon pendurados nas paredes e a luz fraca do teto, iluminando as garrafas de bebida atrás do bar, eram apenas ligeiramente reconfortantes. Todo o resto deixava evidente como eu estava longe de casa.

As paredes eram feitas de madeira de demolição, e o pinho claro manchado de preto havia sido projetado especificamente para parecer uma espelunca em Midtown, mas era tudo limpo demais. Cem anos de fumaça não haviam saturado a tinta. As paredes não sussurravam nada sobre Capone nem Dillinger.

Eu estava sentada no mesmo banco havia duas horas, desde que parei de organizar caixas no meu novo apartamento. Enquanto aguentei, guardei os itens que haviam formado a pessoa que hoje eu era. Explorar minha nova vizinhança era muito mais atraente, sobretudo na maravilhosamente suave brisa noturna, embora fosse o último dia de fevereiro. Eu estava vivendo minha nova independência com o bônus da liberdade de não ter ninguém em casa esperando um relatório de onde eu estava.

O assento que eu estava mantendo aquecido era forrado de couro falso laranja, e, depois de beber um percentual respeitável da ajuda de custo que a Agência Federal de Investigação, ou FBI, generosamente depositara em minha conta naquela tarde, eu estava me saindo muito bem em não cair do banco.

O resto do meu quinto manhattan da noite deslizou do copo elegante para minha boca, borbulhando garganta abaixo. O uísque e o vermute doce tinham gosto de solidão. Pelo menos, isso me fez sentir em casa. Minha *casa,* no entanto, estava a milhares de quilômetros, e parecia ainda mais distante quanto mais eu me demorava em um dos doze bancos alinhados ao longo do balcão encurvado.

Mas eu não estava perdida. Eu estava fugindo. Pilhas de caixas se acumulavam em meu novo apartamento no quinto andar, coisas que eu havia empacotado com entusiasmo enquanto meu ex-noivo, Jackson, ficava de cara feia em um canto do apartamento minúsculo que dividíamos em Chicago.

A mudança era fundamental para minha ascensão nos escalões do FBI, e eu tinha me saído muito bem nisso em pouquíssimo tempo. Jackson ficou tranquilo quando primeiro eu disse a ele que seria transferida para San Diego. Mesmo no aeroporto, pouco antes da minha partida, ele jurou que a gente ainda podia fazer dar certo. Jackson não era bom em deixar as coisas para trás. Ele ameaçou me amar para sempre.

Com um sorriso esperançoso, balancei o copo de coquetel na minha frente. O barman me ajudou a pousá-lo firmemente sobre a madeira, depois me serviu mais um drinque. A casca de laranja e a cereja faziam uma dança lenta entre a superfície e o fundo — assim como eu.

— Esse é o último, querida — ele disse, secando o balcão ao meu redor.

— Pare de trabalhar tanto. Não dou gorjetas tão boas.

— O pessoal do FBI nunca dá — ele disse, sem julgamento.

— É tão óbvio assim? — perguntei.

— Muitos moram por aqui. Vocês falam igual e ficam bêbados na primeira noite longe de casa. Não se preocupe. Não está escrito FBI na sua testa.

— Graças a Deus — eu disse, erguendo o copo. Eu não estava falando sério. Eu amava o FBI e tudo relacionado a isso. Amava até o Jackson, que também era agente.

— De onde você foi transferida? — ele perguntou. A camiseta preta muito justa, as cutículas bem cuidadas e o cabelo perfeitamente penteado com gel traíam seu sorriso paquerador.

— Chicago — respondi.

Ele contraiu e franziu os lábios até ficar meio parecido com um peixe, e seus olhos se arregalaram.

— Você devia estar comemorando.

— Acho que eu não devo ficar chateada, a menos que os lugares para onde fugir se esgotem. — Dei um gole na bebida e lambi a queimadura fumegante causada pelo contato do uísque com os lábios.

— Ah. Está fugindo do ex?

— Na minha área de atuação, nunca dá pra fugir de verdade.

— Ah, que inferno. Ele também é do FBI? Onde se ganha o pão não se come a carne, fofa.

Corri o dedo pela borda do copo.

— Eles não treinam a gente pra isso.

— Eu sei. Acontece muito. Vejo esse tipo de coisa o tempo todo — ele balançou a cabeça enquanto lavava alguma coisa numa pia cheia de espuma atrás do balcão. — Você mora perto daqui?

Eu o observei, desconfiada de qualquer pessoa que conseguisse identificar um agente e fizesse perguntas demais.

— Você vai frequentar este lugar? — ele esclareceu.

Percebendo aonde ele queria chegar com esse interrogatório, eu assenti.

— Provavelmente.

— Não se preocupe com a gorjeta. Mudanças são caras, e beber ao que a gente deixou para trás também. Você pode compensar depois.

Suas palavras fizeram meus lábios se curvarem de um jeito que não acontecia havia meses, apesar de provavelmente isso não ter sido notado por ninguém além de mim mesma.

— Qual é o seu nome? — perguntei.

— Anthony.

— Alguém te chama de Tony?

— Não se quiser beber aqui.

— Anotado.

Anthony seguiu até a única outra cliente do bar naquele fim de noite de segunda-feira — que também poderia ser chamado de começo da manhã de terça. A mulher rechonchuda de meia-idade, com olhos vermelhos inchados, usava um vestido preto. Assim que ele a serviu, a porta se abriu, e um homem mais ou menos da minha idade entrou apressado, se acomodando a dois bancos de distância. Ele afrouxou a gravata e abriu o colarinho da camisa social perfeitamente passada. Olhou na minha direção, e, durante meio segundo, os olhos castanho-esverdeados registraram tudo o que ele queria saber sobre mim. Então, ele desviou o olhar.

Meu celular apitou no bolso do blazer, e eu o peguei para dar uma olhada no visor. Era outra mensagem de Jackson. Ao lado do nome dele, um número seis espremido entre parênteses, indicando a quantidade de mensagens que ele enviara. O número encarcerado me lembrou da última vez em que ele me tocara — durante um abraço no qual tive de afastá-lo.

Eu estava a quase três mil e quinhentos quilômetros de distância de Jackson, e ele ainda conseguia me fazer sentir culpada — mas não culpada o bastante.

Cliquei no botão lateral do celular, apagando a tela, sem responder à mensagem. Depois levantei o dedo para o barman enquanto virava o resto do sexto copo.

Eu tinha encontrado o Cutter Pub bem na esquina do meu novo apartamento em Midtown, uma área de San Diego entre o aeroporto internacional e o zoológico. Meus colegas de Chicago estavam usando parcas do FBI sobre coletes à prova de balas enquanto eu aproveitava o clima mais quente que o normal de San Diego em um top com blazer e jeans skinny. Eu me senti meio vestida demais e ligeiramente suada. Embora isso pudesse ser efeito da quantidade de álcool em meu organismo.

— Você é terrivelmente pequena para estar num lugar como este — disse o homem a dois bancos de distância.

— Um lugar como o quê? — perguntou Anthony, erguendo uma sobrancelha enquanto praticamente esmagava um copo.

O homem o ignorou.

— Não sou pequena — falei antes de tomar um gole. — Sou mignon.

— Não é a mesma coisa?

— Também tenho uma arma de choque na bolsa e um gancho de esquerda perigoso, então não força a barra.

— Seu kung fu é forte.

Não dei ao cara o prazer da minha atenção. Em vez disso, olhei para frente.

— Isso foi um comentário racista?

— Claro que não. Você só me parece meio violenta.

— Não sou *violenta* — falei, embora fosse melhor que parecer um alvo fácil, sem graça.

— Ah, é mesmo? — Ele não estava perguntando. Estava me enfrentando. — Andei lendo sobre líderes pacifistas asiáticas que receberam homenagens. Imagino que você não é uma delas.

— Também sou irlandesa — resmunguei.

Ele deu uma risadinha. Havia algo em sua voz — não só ego, porém mais que confiança. Algo que me fazia querer virar e dar uma boa conferida nele, mas mantive os olhos na prateleira de garrafas do outro lado do balcão.

Depois que o homem se deu conta de que não ia conseguir uma resposta melhor, mudou para o banco vazio ao meu lado. Eu suspirei.

— O que você está bebendo? — ele perguntou.

Revirei os olhos e decidi encará-lo. Ele era tão bonito quanto o clima do sul da Califórnia e não podia ser mais diferente de Jackson. Mesmo sentado, dava para ver que era alto — pelo menos um metro e noventa. Os olhos brilhavam em contraste com a pele bronzeada de sol. Embora pudesse parecer ameaçador para a maioria dos homens, não senti que ele poderia ser perigoso — pelo menos não para mim —, ainda que tivesse o dobro do meu tamanho.

— Qualquer coisa que eu mesma esteja pagando — falei, sem tentar esconder meu melhor sorriso paquerador.

Baixar a guarda para um belo desconhecido por uma hora era justificável, sobretudo depois do sexto copo. Nós flertaríamos, eu ia esquecer toda a culpa e seguir para casa. Talvez eu até ganhasse uma bebida. Era um plano respeitável.

Ele sorriu de volta.

— Anthony — disse, levantando um dedo.

— O de sempre? — perguntou o barman na ponta do balcão.

O homem assentiu. Era um cliente assíduo. Devia morar ou trabalhar por perto.

Franzi o cenho quando Anthony pegou meu copo em vez de enchê-lo. Ele deu de ombros, nenhum pedido de desculpa em seus olhos.

— Eu falei que era o último.

Em meia dúzia de goles, o desconhecido tomou uma quantidade suficiente de cerveja barata para ficar pelo menos perto do meu nível de bebedeira. Fiquei contente. Eu não teria que fingir que estava sóbria, e a bebida que ele escolheu revelou que ele não era esnobe nem estava tentando me impressionar. Ou talvez ele só estivesse sem grana.

— Você disse que eu não podia te pagar uma bebida porque o Anthony te cortou, ou porque você não ia permitir? — ele perguntou.

— Porque eu posso pagar pelas minhas bebidas — falei, com a língua um pouco enrolada.

— Você mora por aqui? — ele perguntou.

Dei uma olhada para ele.

— Sua habilidade de manter uma conversa está me decepcionando a cada segundo.

Ele riu alto, jogando a cabeça para trás.

— Meu Deus, mulher. De onde você é? Não é daqui.

— Chicago. Acabei de chegar. As caixas ainda estão empilhadas na minha sala de estar.

— Eu te entendo — ele disse, assentindo de um jeito compreensivo enquanto segurava a bebida de modo respeitoso. — Fiz duas mudanças para lados opostos do país nos últimos três anos.

— Pra onde?

— Para cá. Depois, Washington. E de volta para cá.

— Você é político ou lobista? — perguntei, forçando um sorriso.

— Nenhum dos dois — ele respondeu, a expressão se contorcendo em repulsa, e deu um gole na cerveja. — Qual é o seu nome? — perguntou.

— Não estou interessada.

— Esse nome é horrível.

Fiz uma careta.

Ele continuou:

— Isso explica a mudança. Você está fugindo de um cara.

Eu o encarei. O cara era bonito, mas também presunçoso — apesar de estar certo.

— E não estou procurando outro. Nem uma ficada de uma noite só, nem uma transa por vingança, nada. Então, não desperdice seu tempo nem seu dinheiro. Tenho certeza que você consegue encontrar uma garota legal da costa Oeste que ficaria mais que feliz em aceitar um drinque seu.

— E onde está a graça nisso? — ele perguntou, se aproximando.

Meu Deus, mesmo se eu estivesse sóbria, ele teria me embriagado.

Olhei para o modo como seus lábios tocavam o bico da garrafa de cerveja e senti uma agulhada no meio das pernas. Eu estava mentindo, e ele sabia.

— Eu te irritei? — ele perguntou, com o sorriso mais charmoso que eu já tinha visto.

Com a barba bem feita e apenas alguns centímetros de cabelo castanho-claro, aquele homem e seu sorriso certamente tinham vencido desafios muito mais intimidantes que eu.

— Você está tentando me irritar? — perguntei.

— Talvez. Quando você fica com raiva, sua boca fica... incrível pra caralho. Talvez eu aja feito um babaca a noite toda só pra poder apreciar a sua boca.

Engoli em seco.

Meu joguinho tinha acabado. Ele tinha ganhado e sabia disso.

— Quer dar o fora daqui? — ele perguntou.

Fiz um sinal para Anthony, mas o desconhecido balançou a cabeça e colocou uma nota alta sobre o balcão. Bebida grátis: pelo menos essa parte do meu plano tinha funcionado. O homem seguiu até a porta, sinalizando para eu seguir na frente.

— Aposto uma semana de gorjetas que ele não vai em frente com isso — Anthony falou alto o suficiente para o belo desconhecido ouvir.

— Foda-se — falei, saindo rapidamente pela porta.

Passei pelo meu novo amigo e segui até a calçada, a porta se fechando lentamente. Ele pegou a minha mão de um jeito brincalhão, porém firme, e me puxou para perto.

— Parece que o Anthony acha que você vai dar pra trás — falei, olhando para cima, para seu rosto.

Ele era muito mais alto que eu. Ficar assim tão perto dele era como sentar na primeira fileira do cinema. Eu tinha que erguer o queixo e me inclinar um pouco para trás para olhar em seus olhos.

Eu me aproximei, desafiando-o a me beijar.

Ele hesitou enquanto analisava meu rosto, então seus olhos se suavizaram.

— Algo me diz que, dessa vez, eu não vou.

Ele se inclinou, e o que começou como um beijo suave quase experimental se tornou sensual e romântico. Seus lábios se moviam com os meus, como se ele se lembrasse ou até sentisse falta deles. Diferentemente de tudo que eu já experimentara, uma estranha corrente elétrica me fez estremecer, derretendo meus nervos. Tínhamos feito isso tantas vezes antes — em uma fantasia ou talvez em um sonho. Era o melhor tipo de *déjà-vu.*

Por menos de um segundo depois de ele se afastar, seus olhos continuaram fechados, como se ele estivesse saboreando o momento. Quando ele me olhou, balançou a cabeça.

— Definitivamente não vou dar pra trás.

Dobramos a esquina, atravessamos rapidamente a rua e subimos os degraus da entrada do meu prédio. Procurei as chaves na bolsa e nós entramos, esperando no hall o elevador. Seus dedos roçaram nos meus, e, quando se entrelaçaram, ele me puxou com força para junto de si. A porta do elevador se abriu, e entramos aos tropeços.

Ele agarrou meus quadris e me puxou enquanto meus dedos procuravam o botão certo. Ele pousou os lábios no meu pescoço, e cada nervo meu soltou faíscas e dançou sob minha pele. Os beijos que ele depositou por todo o meu maxilar, da orelha até o pescoço, eram decididos e experientes. A cada toque, suas mãos imploravam que eu me aproximasse ainda mais, como se ele tivesse passado a vida inteira esperando por mim. Apesar de eu ter a mesma sensação irracional, sabia que era tudo parte da atração, do truque, mas dava para perceber como ele se impedia de puxar com força demais as minhas roupas, e isso provocava minúsculas ondas de choque pelo meu corpo.

Quando chegamos ao quinto andar, ele tinha afastado meu cabelo para o lado e deixado um ombro meu exposto, conforme corria os lábios pela minha pele.

— Você é tão macia — sussurrou.

Ironicamente, suas palavras provocaram milhares de arrepios por toda a minha pele.

Minhas chaves balançavam enquanto eu brigava com a fechadura. O cara virou a maçaneta, e quase caímos lá dentro. Ele se afastou de mim, empurrando a porta com as costas, e me puxou para junto de si outra vez. Ele cheirava a cerveja e havia um toque de açafrão e madeira de seu perfume, mas sua boca ainda tinha gosto de pasta de dente. Quando nossos lábios se encontraram outra vez, deixei a língua dele deslizar para dentro de mim enquanto entrelaçava os dedos em seu pescoço.

Ele tirou meu blazer e o deixou cair no chão. Em seguida, afrouxou a gravata e a puxou por cima da cabeça. Enquanto ele desabotoava a camisa, ergui o top e o arranquei. Meus seios ficaram expostos por um único instante antes de os meus longos cabelos pretos caírem em cascata para cobri-los.

A camisa do desconhecido foi tirada, e seu tronco era uma combinação de genes incríveis e vários anos de um intensivo sistema de malhação diária, responsáveis por esculpir a perfeição diante de mim. Chutei meus saltos para longe, e ele fez o mesmo com os sapatos dele. Corri os dedos por cada um daqueles músculos protuberantes e pelas ondulações de seu abdome. Uma de minhas mãos pousou no botão da calça dele enquanto a outra agarrava a rigidez grossa sob o tecido.

Que. Pau. Gigante.

O som nítido do zíper dele fez o ardor entre minhas pernas latejar, praticamente implorando para ser acariciado. Pressionei os dedos na parte posterior de seus braços enquanto seus beijos desciam do pescoço para os ombros e então para os meus seios. Ao mesmo tempo, ele abaixava lentamente a minha calça jeans.

Ele se deteve e fez uma pausa de alguns segundos, aproveitando o instante para me curtir completamente nua de pé à sua frente. Ele parecia um pouco surpreso.

— Nada de calcinha?

Dei de ombros.

— Nunca.

— Nunca? — ele perguntou, seus olhos me implorando para dizer não.

Adorei o modo como ele estava me olhando — meio surpreso, meio satisfeito, meio excitado demais. Minhas amigas de Chicago sempre enalteceram os benefícios da transa de uma noite só, sem compromisso. Esse cara parecia perfeito para testar isso.

Arqueei uma sobrancelha, saboreando o fato de esse completo desconhecido me fazer sentir sexy.

— Não tenho nem uma.

Ele me levantou, e eu prendi os tornozelos na sua cintura. O único tecido que ainda resistia entre nós era sua cueca cinza-escura.

Ele me beijou enquanto me carregava até o sofá, depois me pousou delicadamente sobre as almofadas.

— Confortável? — perguntou, quase num sussurro.

Quando assenti, ele me beijou uma vez e saiu rapidamente para pegar um pacote quadrado na carteira. Quando voltou, o rasgou com os dentes. Fiquei feliz por ele ter trazido. Ainda que eu tivesse pensado em comprar camisinhas, não teria a visão nem o otimismo de escolher no tamanho dele.

Ele desenrolou rapidamente o látex fino sobre toda a extensão do seu membro e encostou a ponta na delicada pele rosada entre minhas pernas. Então se abaixou para sussurrar algo em meu ouvido, mas apenas soltou uma respiração trêmula.

Estendi a mão para alcançar sua bunda dura e pressionei os dedos sobre sua pele, guiando-o conforme ele deslizava para dentro de mim. Minha vez de soltar um suspiro.

Ele gemeu e então colou a boca na minha.

Depois de dez minutos de manobras no sofá, suado e com o rosto vermelho, o desconhecido me olhou com um sorriso frustrado e tímido.

— Onde é o seu quarto?

Apontei para o corredor.

— Segunda porta à direita.

Ele me ergueu, me segurando pelas coxas, e eu as pressionei ao redor de sua cintura. Ele seguiu descalço pelo corredor, passando por caixas e sacolas de plástico ao lado de pilhas de pratos e roupa de cama e mesa. Não sei como ele não tropeçou sob a luz fraca de um apartamento desconhecido com a boca colada à minha.

Conforme ele andava, ainda dentro de mim, não consegui evitar de gritar o único nome que podia:

— Meu Deus!

Ele sorriu, com a boca na minha, e abriu a porta com um empurrão antes de me colocar sobre o colchão.

Ele não tirou os olhos dos meus enquanto se posicionava sobre mim. Seus joelhos agora estavam um pouco mais separados do que no sofá, permitindo que ele me penetrasse mais fundo e movesse os quadris de modo a tocar em um ponto que fazia os meus joelhos tremerem a cada estocada. Sua boca estava na minha de novo, como se a espera o estivesse matando. Se eu não tivesse acabado de conhecê-lo, teria confundido o modo como ele me tocava, me beijava e se mexia dentro de mim com amor.

Ele encostou a bochecha na minha e prendeu a respiração conforme se concentrava, se encaminhando para o fim. Ao mesmo tempo, estava tentando prolongar nossa ilógica, tola e irresponsável, porém incrível cavalgada. Ele se ergueu no colchão com uma das mãos e segurou meu joelho contra o ombro com a outra.

Apertei o edredom até ficar com o nó dos dedos branco enquanto ele investia dentro de mim repetidas vezes. Jackson não era infeliz em relação ao tamanho, mas esse desconhecido sem dúvida preenchia cada centímetro meu. Todas as vezes em que ele se enterrava em mim, um fluxo de dor fantástico era enviado por todo o meu corpo, e, toda vez que se afastava, eu quase entrava em pânico, esperando que não fosse o fim.

Com meus braços e pernas ao redor dele, gritei pela décima vez desde que subíramos para o apartamento. Sua língua agia de forma tão vigorosa e controladora em minha boca que eu sabia que ele já tinha feito isso muitas e muitas vezes. Isso facilitava as coisas. Ele não se importava o suficiente para me julgar mais tarde, então eu também não precisava me julgar. Depois que vi o que estava por baixo daquela camisa, eu não poderia mesmo me culpar, ainda que estivesse sóbria.

Ele me penetrou outra vez, seu suor se misturando ao meu, como se nossa pele estivesse derretendo junta. Meus olhos quase reviraram por completo com a mistura avassaladora de dor e prazer que percorria meu corpo a cada movimento.

Sua boca voltou para a minha, e eu facilmente me perdi em pensamentos de como seus lábios eram ávidos, apesar de macios e maravilhosos. Cada movimento de sua língua era calculado, experiente, e parecia totalmente concentrado em me dar prazer. Jackson não era especialmente bom em beijar, e, apesar de eu ter acabado de conhecer o homem sobre mim, sentiria falta desses beijos ansiosos quando ele deixasse meu apartamento nas primeiras horas da manhã — se é que ele esperaria esse tempo todo.

Enquanto me fodia maravilhosa e impiedosamente, ele agarrou minha coxa com uma das mãos, abrindo ainda mais minhas pernas, e então deslizou a outra mão entre minhas coxas, fazendo pequenos e delicados círculos com o polegar sobre a pele rosada, inchada e sensível ali.

Poucos segundos depois, eu estava gritando, erguendo os quadris para encontrar os dele e apertando sua cintura com meus joelhos trêmulos. Ele se inclinou e cobriu minha boca com a dele enquanto eu gemia. Senti seus lábios se curvando em um sorriso.

Depois de alguns movimentos lentos e de beijos carinhosos, ele perdeu o controle. Seus músculos enrijeceram conforme ele me penetrava, cada vez com mais força. Com meu clímax impressionantemente atingido, ele se concentrou apenas em si mesmo enquanto se enfiava em mim com mais força e brutalidade.

Seu gemido foi abafado dentro da minha boca, e então ele pressionou o rosto no meu enquanto curtia o próprio orgasmo. Aos poucos, ele foi deitando sobre mim, sem se mexer. Parou um pouco para recuperar o fôlego e então virou para beijar meu rosto, seus lábios se demorando um pouco ali.

Nosso encontro inesperado passou de uma aventura espontânea para dolorosamente constrangedora em menos de um minuto.

O silêncio e a imobilidade no quarto fizeram o álcool desaparecer, e a realidade do que tínhamos feito pesou em mim. Eu tinha passado de me sentir sexy e desejada para uma trepada vergonhosamente ávida e barata.

O desconhecido se inclinou para beijar meus lábios, mas eu abaixei o queixo, recuando, o que pareceu ridículo, já que ele ainda estava acoplado em mim.

— Eu — comecei — tenho que chegar cedo no trabalho.

Ele me beijou mesmo assim, ignorando minha expressão envergonhada. Sua língua dançou com a minha, acariciando-a, memorizando-a. Ele inspirou profundamente pelo nariz, sem a menor pressa, então recuou, sorrindo.

Droga, eu sentiria falta dessa boca, e de repente me senti muito patética por isso. Eu não sabia se um dia encontraria alguém que me beijasse desse jeito.

— Eu também. Aliás... meu nome é Thomas — ele disse num sussurro. Rolou para a cama e relaxou ao meu lado, a cabeça apoiada na mão. Em vez de se vestir, ele parecia pronto para uma conversa.

Minha independência estava me escapando a cada segundo que o desconhecido se tornava algo mais. Pensamentos sobre relatar cada movimento meu para Jackson rodavam em minha cabeça como canais de tevê. Eu não tinha pedido transferência para milhares de quilômetros de distância para ficar presa em outro relacionamento.

Comprimi os lábios.

— Eu... — *Vá em frente, fale. Fale, senão vai se odiar mais tarde.* — Eu não estou emocionalmente disponível.

Thomas assentiu, se levantou e foi até a sala de estar para se vestir em silêncio. Ele parou na porta do quarto com os sapatos em uma das mãos e as chaves na outra, a gravata torta no pescoço. Tentei não encará-lo, mas cedi, para poder analisar cada centímetro seu e recordar e fantasiar pelo resto da vida.

Ele me olhou e então deu uma risadinha, a expressão ainda sem julgamentos.

— Obrigado pelo ótimo e inesperado fim de uma segunda-feira de merda. — E começou a virar de costas.

Puxei a coberta sobre mim e sentei.

— Não é você. Você foi ótimo.

Ele virou para me encarar, um sorriso forçado no rosto sombrio.

— Não se preocupe comigo. Não vou sair daqui duvidando de mim mesmo. Você me deu um alerta justo. Eu não estava esperando nada além.

— Se aguardar um segundo, eu abro a porta pra você.

— Eu conheço o caminho. Moro neste prédio. Tenho certeza que vamos nos encontrar de novo.

Meu rosto ficou pálido.

— Você mora *neste* prédio?

Ele olhou para o teto.

— Bem em cima de você.

Apontei para cima.

— Quer dizer, no andar de cima?

— É — ele deu um sorriso tímido. — Meu apartamento é bem em cima do seu. Mas eu raramente fico em casa.

Engoli em seco, horrorizada. *Pode esquecer esse lance de uma noite só, sem compromisso.* Comecei a mordiscar a unha do polegar, tentando pensar no que dizer.

— Tá bom... Bem, acho que é boa noite, então.

Thomas me lançou um sorriso arrogante, sedutor.

— Boa noite.

2

Beber na noite anterior ao meu primeiro dia no escritório de San Diego, para afastar a culpa que Jackson me fez sentir, não foi a coisa mais inteligente que já fiz na vida.

Eu estava apenas com meu colete, mas assim que cheguei recebi uma arma, distintivo e um celular. Designada para o Esquadrão Cinco, encontrei a única mesa de trabalho vazia, liberada pelo último agente que não se deu bem com o infame agente especial assistente no comando, que chamávamos de ASAC. Eu ouvira sobre ele em Chicago, mas seria necessário mais do que mau humor para me afastar de uma chance de ser promovida.

Apenas algumas partes do tampo da mesa não tinham uma fina camada de poeira, provavelmente onde ficavam o computador e os pertences do agente. O estojo do meu fone de ouvido estava ao lado do meu notebook, e a falta de porta-retratos e objetos de decoração parecia particularmente patética em comparação às outras mesas de trabalho na sala.

— Isso é patético — disse uma voz feminina, fazendo com que eu me perguntasse se tinha dito algo em voz alta.

Uma mulher, jovem, mas levemente intimidadora, estava em pé de braços cruzados, apoiada na beirada da parede coberta de tecido que separava meu cubículo do corredor principal, usado para ir de um lado para o outro da sala do esquadrão. Seu cabelo castanho brilhante, porém comum, estava preso em um coque baixo.

— Não posso discordar — falei, limpando a poeira com uma toalha de papel.

Eu já havia guardado meu colete no armário. Foi a única coisa que eu trouxe do escritório de Chicago. Eu havia me mudado para San Diego para começar do zero, então não fazia sentido exibir minha vida anterior.

— Eu não estava me referindo à poeira — ela disse, me observando com seus olhos verdes encobertos. As bochechas eram meio rechonchudas, mas isso só entregava sua juventude. Ela certamente era magra em todo o resto.

— Eu sei.

— Sou Val Taber. Não me chame de agente Taber, ou não poderemos ser amigas.

— Devo chamá-la de Val, então?

Ela fez uma careta.

— Do que mais me chamaria?

— Agente Taber — disse um homem alto e esguio ao passar. Ele abriu um sorriso forçado, como se soubesse o que viria a seguir.

— Vai se foder — ela disse, puxando uma pasta das mãos dele. Ela olhou para a pasta e então para mim. — Você é a analista de inteligência? Lisa Lindy?

— Liis — falei, me encolhendo. Eu nunca me acostumara a corrigir as pessoas. — Tipo xis, mas com L.

— Liis. Desculpa. Ouvi dizer que você subiu rápido na carreira. — Sua voz estava repleta de sarcasmo. — Acho que é papo-furado, mas não é da minha conta, na verdade.

Ela estava certa. Ser uma agente federal especialista em idiomas simplesmente estendeu o tapete vermelho para minha transferência, mas eu tinha sido instruída a não mencionar minha especialização para ninguém, a menos que recebesse consentimento do meu supervisor.

Olhei para a sala do supervisor. A mesa estava ainda mais vazia que a minha. Obter consentimento de uma mesa vazia seria difícil.

— Você está certa — falei, sem querer entrar em detalhes.

Foi pura sorte o Esquadrão Cinco precisar de uma especialista em idiomas no momento exato em que decidi sair de Chicago. A discrição recomendada provavelmente significava que havia um problema dentro do FBI, mas fazer suposições não ajudaria a conseguir uma transferência, então preenchi a papelada e fiz as malas.

— Ótimo. — Ela me passou a pasta. — Um Título Três para você transcrever. Maddox também quer um FD-três-zero-dois. O primeiro e-mail na sua caixa de entrada deve ser do comitê de boas-vindas, e o seguinte um arquivo de áudio do Maddox. Eu me adiantei e te trouxe cópias dos FD-três-zero-dois e um CD até você se acostumar com o sistema. Ele quer que você comece imediatamente.

— Obrigada.

Os Títulos Três, conhecidos em Hollywood e pelo público em geral como grampos telefônicos ou de internet, somavam grande parte de minha função no FBI. As gravações eram feitas, e eu as ouvia, transcrevia e preparava um relatório — também conhecido como o abominável FD-302. Mas os Títulos Três que eu normalmente recebia eram em italiano, espanhol ou no idioma da minha mãe: japonês. Quando as gravações eram em inglês, a OST — secretária do esquadrão — as transcrevia.

Algo me dizia que a Val achou que havia algo errado em uma analista interpretar um Título Três, porque a curiosidade — ou talvez a suspeita — reluzia em seus olhos. Mas ela não perguntou nada, e eu não falei. Até onde eu sabia, Maddox era o único agente ciente do meu verdadeiro objetivo em San Diego.

— Pode deixar — falei.

Ela piscou para mim e sorriu.

— Quer que eu te leve para dar uma volta mais tarde? Alguma coisa que você não viu durante o tour de orientação?

Pensei na pergunta por meio segundo.

— A academia de ginástica?

— Essa eu conheço. Frequento lá depois do trabalho. E logo depois, o bar — ela disse.

— Agente Taber — disse uma mulher com um coque bem firme enquanto passava.

— Vai se foder — ela respondeu mais uma vez.

Arqueei uma sobrancelha.

Ela deu de ombros.

— Eles devem adorar isso, senão nem falariam comigo.

Minha boca se contraiu para o lado enquanto eu tentava abafar uma risadinha. Val Taber era revigorante.

— Temos reunião da equipe logo cedo amanhã. — Ela pensou no assunto por um instante. — Te mostro a academia depois do almoço. É meio que proibida entre onze e meio-dia. O chefe gosta de foco — ela sussurrou a última parte, colocando os dedos num dos lados da boca.

— Meio-dia e meia — falei, assentindo.

— Minha mesa de trabalho — Val disse, apontando para o cubículo ao lado. — Somos vizinhas.

— Qual é a do coelho de pelúcia? — apontei para o coelho branco desengonçado com um X costurado em cada olho, no canto de sua mesa.

Seu nariz ligeiramente triangular se franziu.

— Foi meu aniversário na semana passada. — Como eu não respondi, seu rosto se contorceu em repulsa. — Vai se foder. — Um sorriso se espalhou lentamente por seu rosto, então ela piscou para mim antes de voltar para a própria mesa. Ela sentou na cadeira e virou de costas, abrindo a caixa de e-mail em seu notebook.

Balancei a cabeça e abri o estojo do meu fone de ouvido antes de colocá-lo. Após conectá-lo ao notebook, abri a pasta branca sem identificação e peguei um CD em uma embalagem de plástico antes de colocá-lo no drive.

Quando o CD carregou, cliquei em "Novo documento". Minha pulsação acelerou enquanto meus dedos se curvavam sobre o teclado, prontos para digitar. Havia algo em um novo projeto, em uma página em branco, que me dava um prazer particular que nada mais conseguia.

O documento indicava as duas vozes que apareciam na gravação, seu histórico e por que é que tínhamos solicitado um Título Três para começar. O Esquadrão Cinco de San Diego trabalhava pesado contra o crime organizado, e, apesar de não ser meu campo preferido de crimes violentos, era bem próximo. Quando estamos desesperados para partir, qualquer porta serve.

Duas diferentes vozes profundas falando italiano preencheram meus ouvidos. Mantive o volume baixo. Ironicamente, dentro da agência governamental criada para desvendar segredos, os cubículos de um metro quadrado não ajudavam a mantê-los.

Comecei a digitar. Traduzir e transcrever a conversa eram apenas os primeiros passos. Depois vinha minha parte preferida. Foi isso que me tornou conhecida e era o que me levaria para o estado da Virgínia: a análise. O que eu amava eram os crimes violentos, e o Centro Nacional de Análise de Crimes Violentos, em Quantico, na Virgínia — também conhecido como NCAVC —, era onde eu queria estar.

No início, os dois homens que apareciam na gravação massagearam o ego um do outro, falando de quantas bocetas tinham conseguido no fim de semana, mas a conversa rapidamente ficou séria, conforme eles mencionavam um homem que parecia ser o chefe dos dois: Benny.

Dei uma olhada na pasta que a Val tinha me dado enquanto digitava, vendo de relance quantos pontos Benny marcara no jogo da máfia enquanto parecia ser um jogador decente em Las Vegas. Eu me perguntei como San Diego tinha entrado nesse caso e quem estaria fazendo o trabalho de base em Nevada. Chicago não tinha muita sorte quando precisávamos fazer uma ligação para o escritório de lá. Fossem apostadores, criminosos ou agentes da lei, Vegas mantinha todo mundo muito ocupado.

Sete páginas depois, meus dedos estavam coçando para dar início ao relatório, mas repassei o áudio uma vez mais para ser bastante precisa. Era minha primeira tarefa em San Diego, e eu também tinha de lidar com a pressão extra de ser conhecida como uma agente talentosa especificamente nessa área. O relatório tinha de ser impressionante — pelo menos na minha cabeça.

O tempo me escapou. Parecia que só meia hora havia se passado quando a Val começou a me olhar por sobre a divisória baixa entre nossos cubículos, dessa vez tamborilando as unhas na divisão.

Ela balbuciou algumas palavras que eu não consegui escutar, então tirei os fones de ouvido.

— Você não está se mostrando uma amiga muito boa. Está atrasada para o nosso primeiro almoço — ela disse.

Não pude dizer se ela estava brincando ou não.

— Eu só... perdi a noção do tempo. Desculpa.

— Pedir desculpa não coloca um hambúrguer gorduroso no meu estômago. Vamos logo.

Seguimos para o elevador, e Val apertou o botão do térreo. Quando chegamos à garagem, eu a segui até seu Lexus preto de duas portas e entrei enquanto a observava dar partida. O assento e o volante se ajustaram de acordo com suas especificações.

— Legal — falei. — Você deve ganhar muito mais que eu.

— É usado. Comprei do meu irmão. Ele é cardiologista. Um babaca.

Dei uma risadinha enquanto ela saía da garagem. Depois de passar pela guarita ao lado do portão de entrada, ela acenou para o guarda e dirigiu até a lanchonete mais próxima.

— Não tem hambúrguer no escritório?

Seu rosto se contorceu em repulsa.

— Sim, mas os Fuzzy Burgers são os melhores.

— Fuzzy Burgers? Não me parece nem um pouco apetitoso.

— Fuzzy é o nome do lugar. Confie em mim — ela disse, virando à direita.

Em seguida, ela dobrou à esquerda antes de girar o volante rumo ao estacionamento de uma lanchonete com uma placa pintada à mão.

— Val! — um homem gritou de trás do balcão assim que entramos. — A Val chegou! — ele gritou.

— A Val chegou! — uma mulher ecoou.

Mal havíamos alcançado o balcão quando o homem atirou um pequeno objeto redondo embrulhado em papel branco para a mulher de avental imaculado no caixa.

— Bacon, alface e tomate com queijo, mostarda e maionese — a mulher disse com um sorriso de quem sabe das coisas.

Val virou para mim.

— Nojento, né?

— Quero um igual — falei.

Pegamos nossa bandeja e seguimos até uma mesa vazia no canto, perto da janela.

Fechei os olhos e deixei a luz do sol me atingir.

— É estranho o clima estar tão bonito; março mal começou.

— Não é estranho. É maravilhoso. A temperatura está mais alta que a média para esta época do ano, mas, mesmo quando não está, é perfeito. As pessoas seriam mais felizes se o mundo tivesse o clima de San Diego. — Val mergulhou a batata frita dourada em um potinho de ketchup. — Experimenta a batata frita. Meu Deus, experimenta a batata. É deliciosa. Às vezes tenho desejo à noite, quando estou sozinha, o que acontece com mais frequência do que você pode imaginar.

— Não imagino nada — falei, mergulhando uma batata no meu potinho e a enfiando na boca.

Ela tinha razão. Eu rapidamente peguei outra.

— Falando nisso, você tem um cara? Ou uma garota? Só estou perguntando.

Balancei a cabeça.

— Você tinha? Já fez isso?

— Beijar uma garota?

Val caiu na gargalhada.

— Não! Já teve um relacionamento?

— Por que está perguntando?

— Ah. É complicado. Já entendi.

— Não é nem um pouco complicado, na verdade.

— Escuta — Val disse, mastigando a primeira mordida do lanche —, sou uma ótima amiga, mas você vai ter que se abrir um pouco mais. Não gosto de andar com desconhecidos.

— Todo mundo é desconhecido no início — falei, pensando no meu desconhecido.

— Não, no FBI não é.

— Por que você simplesmente não dá uma olhada na minha ficha?

— Não tem graça! Vai. Só o básico. Você pediu transferência pra evoluir ou fugir?

— As duas coisas.

— Perfeito. Continua. Seus pais são um saco? — Ela cobriu a boca. — Ah, que inferno, eles não estão mortos, né?

Eu me contorci no assento.

— Humm... não. Tive uma infância normal. Meus pais me amam e se amam. Sou filha única.

Val suspirou.

— Graças a Deus. Então já posso fazer a próxima pergunta desagradável.

— Não, não fui adotada — comentei sem emoção. — Lindy é irlandês. Minha mãe é japonesa.

— Seu pai é ruivo? — Ela forçou um sorriso.

Olhei feio para ela.

— Você só pode fazer duas perguntas desagradáveis no primeiro dia.

— Continua — ela desistiu.

— Eu me formei com louvor. Estava saindo com um cara. Não deu certo — falei, cansada da minha própria história. — Sem drama. Nossa separação foi tão chata quanto nosso relacionamento.

— Quanto tempo?

— Eu fiquei com o Jackson? Sete anos.

— Sete anos. Nada de aliança?

— Mais ou menos — falei, fazendo uma careta.

— Ah. Você é casada com o trabalho. Betty Bureau.

— Ele também era.

Val abafou uma risada.

— Você estava namorando um agente?

— Sim. Ele era da SWAT.

— Pior ainda. Como você viveu com ele por tanto tempo? Como ele conseguiu ficar em segundo plano por tanto tempo?

Dei de ombros.

— Ele me amava.

— Mas você devolveu a aliança. Você não o amava?

Dei de ombros de novo, mordendo o sanduíche.

— Alguma coisa que eu deva saber sobre o escritório? — perguntei.

Val deu um sorriso forçado.

— Mudando de assunto. Clássico. Humm... o que você precisa saber sobre o escritório. Não irrite o Maddox. Ele é o agente especial assistente no comando.

— Foi o que me disseram — falei, esfregando uma mão na outra para tirar o sal.

— Em Chicago?

Assenti.

— É uma fofoca justificável. Ele é um imenso, gigantesco e enorme babaca. Você vai ver amanhã de manhã na reunião.

— Ele vai estar lá? — perguntei.

Ela fez que sim com a cabeça.

— Ele vai dizer que você é uma inútil mesmo que seja a melhor das agentes, só para poder observar seu desempenho quando sua confiança é esmagada.

— Consigo lidar com isso. O que mais?

— O agente Sawyer é um galinha. Fique longe dele. E a agente Davies também. Fique longe dela.

— Ah — falei, processando as palavras. — Não me vejo envolvida em um relacionamento no trabalho depois do fracasso com o Jackson.

Val sorriu.

— Sei por experiência própria sobre os dois... então é melhor ficar longe de mim também.

Franzi a testa.

— Tem alguém com quem seja seguro andar?

— Maddox — ela respondeu. — Ele tem questões maternas mal resolvidas e se machucou feio um tempo atrás. Ele não olharia para os seus peitos nem se você levantasse a blusa na cara dele.

— Quer dizer que ele odeia mulheres?

— Não — ela comentou, olhando para o nada enquanto pensava. — Ele só desistiu delas. Não quer sofrer de novo, imagino.

— Não me importa o que há de errado com ele. Se o que você está dizendo é verdade, definitivamente não quero andar com ele.

— Você vai se sair bem. Faça seu trabalho e siga com a sua vida.

— O trabalho é a minha vida — falei.

Val ergueu o queixo, sem tentar esconder que estava impressionada com a minha resposta.

— Você já é uma de nós. O Maddox é durão, mas ele também vai ver isso.

— Qual é a história dele? — perguntei.

Ela tomou um gole de água.

— Ele era focado, mas tolerável quando cheguei a San Diego, até pouco mais de um ano atrás. Como eu disse, ele se magoou com uma garota da cidade dele. *Camille* — ela pronunciou o nome como se fosse veneno em sua boca. — Não sei detalhes. Ninguém toca no assunto.

— Esquisito.

— O que você acha de tomarmos um drinque, ou cinco, mais tarde? — ela perguntou, perdendo o interesse agora que a conversa não estava voltada para a minha vida pessoal. — Tem um pub bem legal em Midtown.

— Eu moro em Midtown — falei, imaginando se eu voltaria a ver meu vizinho.

Ela deu um sorrisinho.

— Eu também. Muitos de nós moramos lá. A gente pode afogar suas mágoas juntas.

— Não tenho mágoas. Só lembranças. Vão desaparecer sozinhas.

Os olhos da Val estavam brilhando de interesse de novo, mas eu não estava curtindo o interrogatório. E não estava tão desesperada para ter amigos. Bem, até estava, mas eu tinha limites.

— E você? — perguntei.

— Essa é uma conversa para sexta-feira à noite, com drinques fortes e música alta. Então você está aqui para afastar os homens? Tentando se encontrar? — ela fez as perguntas sem um pingo de seriedade.

Se minhas respostas fossem positivas, eu não ia admitir. Ela estava claramente tentando me ridicularizar.

— Se estivesse, já teria fracassado miseravelmente — falei, pensando na noite anterior.

Val se inclinou para frente.

— Sério? Você acabou de chegar. Alguém que você já conhecia? Um velho amigo do colégio?

Balancei a cabeça, sentindo o rosto corar. As lembranças vieram rapidamente, mas em flashes: os olhos castanho-esverdeados de Thomas me observando de onde ele estava sentado no bar, o ruído da minha porta sendo empurrada por ele, a facilidade com que ele deslizou para dentro de mim, meus tornozelos suspensos, balançando a cada penetração maravilhosa. Juntei os joelhos em reação.

Um sorriso largo se espalhou pelo rosto de Val.

— Transa de uma noite só?

— Não que seja da sua conta, mas sim.

— Completo desconhecido?

Fiz que sim com a cabeça.

— Mais ou menos. Ele mora no meu prédio, mas eu não sabia até depois do acontecido.

Val engoliu em seco e se recostou na cadeira de madeira.

— Eu sabia — ela falou.

— Sabia o quê?

Ela se inclinou para frente e cruzou os braços, apoiando-os na mesa.

— Que seríamos ótimas amigas.

3

— Quem diabos é Lisa? — uma voz alta ecoou pelas quatro paredes da sala do esquadrão. — Lisa Lindy.

Em meu segundo dia no escritório de San Diego, eu era uma das dezenas de agentes esperando o começo da reunião. Todo mundo parecia nervoso antes daquela explosão, mas então todos pareceram relaxar.

Ergui o olhar para o jovem agente especial assistente no comando e quase engoli a língua. Era ele — minha transa de uma noite, os lábios dos quais eu sentia falta, meu vizinho.

Pânico e bile subiram instantaneamente pela minha garganta, mas engoli tudo de volta.

— É Liis — disse Val. — Tipo xis, mas com L, senhor.

Meu coração martelava no peito. Ele estava esperando alguém se apresentar. A vida ia passar de um novo começo para complicada em três, dois...

— Sou Liis Lindy, senhor. Algum problema?

Quando nossos olhos se encontraram, ele fez uma pausa, e um pavor absurdo me invadiu em ondas. O reconhecimento também iluminou seu rosto, e, por um único instante, ele ficou pálido. A transa de uma noite sem compromisso agora estava tão enrolada que eu queria me enforcar.

Ele rapidamente se recuperou. Aquilo que o deixara com tanta raiva se derreteu por um instante, mas logo em seguida seu rosto enrijeceu e ele voltou a odiar tudo.

A reputação cruel do agente especial Maddox o precedia. Agentes do país todo sabiam de sua rédea curta e expectativas inatingíveis. Eu havia me preparado para sofrer sob sua supervisão. Eu não tinha me preparado para isso acontecer depois de estar literalmente debaixo dele.

Merda, merda, merda.

Ele piscou e me estendeu o relatório.

— Este FD-três-zero-dois é inaceitável. Não sei como você fazia as coisas em Chicago, mas em San Diego não botamos uma merda qualquer no papel e dizemos que está bom.

Sua crítica dura e bem pública me fez sair em um estalo da espiral de vergonha e voltar ao papel de Betty Bureau.

— O relatório está completo — falei com confiança.

Apesar da raiva, minha mente brincava com as lembranças daquela noite — como era o corpo por baixo do terno do meu chefe, o modo como seus bíceps se flexionavam enquanto ele se pressionava dentro de mim, como era boa a sensação dos lábios dele nos meus. O peso do rolo em que eu tinha me metido me atingiu. Eu não fazia ideia nem de como formar uma frase, quanto mais de como parecer confiante.

— Senhor — a Val começou —, seria um prazer dar uma olhada no relatório e...

— Agente Taber? — disse Maddox.

Eu meio que esperei ela dizer: *Vai se foder.*

— Sim, senhor.

— Sou perfeitamente capaz de discernir se vou aceitar um relatório ou não.

— Sim, senhor — ela repetiu, inabalável, entrelaçando os dedos sobre a mesa.

— É capaz de realizar a tarefa que lhe foi atribuída, agente Lindy? — Maddox perguntou.

Não gostei do modo como ele pronunciou meu nome, como se aquilo deixasse um gosto ruim em sua boca.

— Sim, senhor. — Parecia tão absurdamente bizarro chamá-lo de senhor. Isso me fez sentir submissa demais. O sangue do meu pai se agitou em minhas veias.

— Então faça.

Eu queria estar em San Diego mesmo que isso me colocasse diretamente no centro da atenção de um chefe notoriamente babaca como o

Maddox. Era melhor que ficar em Chicago, tendo a mesma conversa de sete anos com Jackson Schultz. Esse nome definitivamente deixava um gosto ruim na minha boca.

Ainda assim, não consegui evitar dizer a seguinte frase:

— Eu adoraria, senhor, se me permitir.

Tive certeza de ouvir uma ou duas arfadas quase imperceptíveis na sala. Os olhos do agente Maddox vacilaram. Ele deu um passo em minha direção. Maddox era alto e nada menos que ameaçador, mesmo em um terno feito sob medida. Apesar de ele ser uns trinta centímetros mais alto que eu e conhecido por ser letal com uma arma e com os punhos, meu lado irlandês me fez querer estreitar os olhos e inclinar a cabeça, desafiando meu superior a dar mais um passo, mesmo no meu primeiro dia.

— Senhor — outro agente falou, chamando a atenção de Maddox.

Ele se virou, permitindo que o homem sussurrasse em seu ouvido.

Val se inclinou em minha direção, falando tão baixo que quase murmurou as palavras.

— Esse é o Marks. É o mais próximo do Maddox aqui.

Maddox teve de se inclinar, porque Marks não era muito mais alto que eu, mas tinha os ombros largos e parecia quase tão perigoso quanto o ASAC.

Maddox assentiu, e seus olhos castanho-esverdeados percorreram todas as pessoas na sala.

— Temos algumas pistas de Abernathy. O Marks vai se encontrar com nosso contato em Vegas hoje à noite. Taber, em que ponto estamos com o cara do Benny, o tal Arturo?

Val começou a passar seu relatório no exato momento em que Maddox jogou meu FD-302 sobre a mesa.

Ele a deixou terminar, depois me olhou feio.

— Me mande alguma coisa quando tiver informação de verdade. Eu trouxe você pra cá com base na recomendação do Carter. Não o faça passar vergonha.

— O agente Carter não faz elogios levianos — falei, sem achar graça. — Isso é muito sério.

Maddox ergueu uma sobrancelha, esperando.

— Levo a recomendação dele muito a sério, senhor.

— Então me dê algo que eu possa usar até o fim do dia.

— Sim, senhor — falei entredentes.

Todo mundo levantou e se dispersou, e eu peguei meu relatório de cima da mesa e olhei furiosa para Maddox enquanto ele saía com o agente Marks em seu encalço.

Alguém me passou um copo de isopor cheio de água, e eu o peguei antes de me arrastar com dificuldade até minha estação de trabalho e desabar desajeitada na cadeira.

— Obrigada, agente Taber.

— Vai se foder — ela disse. — E você está ferrada. Ele te odeia.

— O sentimento é mútuo — falei antes de tomar mais um gole. — Só estou de passagem. Meu objetivo é me tornar analista em Quantico.

Val puxou os longos cachos castanhos para cima, enroscando-os e prendendo-os em um coque baixo. Meu triste cabelo preto e fino estava morrendo de inveja enquanto ela lutava com quatro grampos para impedir que o peso do cabelo desmanchasse o penteado. A franja usada de lado foi puxada da testa e colocada atrás da orelha esquerda.

Val parecia jovem, mas não inexperiente. No dia anterior, ela tinha mencionado vários casos encerrados que já estavam em seu currículo.

— Eu também falei que San Diego era temporário, e aqui estou eu, quatro anos depois.

Ela me seguiu até o canto onde ficava o café.

O Esquadrão Cinco tinha voltado ao trabalho, digitando no computador ou falando ao telefone. Quando minha xícara estava cheia, peguei sachês de açúcar e creme e voltei para minha cadeira preta de encosto alto. Tentei não comparar tudo com meu cubículo de Chicago, mas o escritório de San Diego era novo, construído apenas dois anos antes. Em algumas áreas, eu ainda podia sentir o cheiro de tinta fresca. O escritório de Chicago era bem desgastado. Tinha sido meu lar durante seis anos e meio antes da minha transferência. Minha cadeira era praticamente moldada à minha bunda, a papelada na minha mesa organizada do jeito que eu queria, as divisórias entre os cubículos eram altas o suficiente para termos ao menos um pouco de privacidade, e o ASAC não tinha me destruído na frente da equipe toda no meu segundo dia.

Val me observou colocar a xícara fumegante sobre a mesa, depois sentou na cadeira dela.

Mexi no sachê de creme, franzindo a testa.

— Estou sem creme de leite desnatado, mas tenho um semidesnatado na geladeira — ela disse, com um toque de simpatia na voz.

Fiz uma careta.

— Não. Odeio leite.

As sobrancelhas dela se ergueram com tudo, depois seus olhos desabaram para o chão, surpresa com o meu tom.

— Tudo bem, então. Você não é fã de leite. Não vou perguntar de novo.

— Não. Eu odeio leite. Tipo, minha *alma* odeia leite.

Val deu uma risadinha.

— Tudo bem, não toco mais nesse assunto. — Ela olhou para a minha mesa de trabalho vazia, sem fotos de família, nem mesmo um porta-lápis. — O cara que costumava sentar nesse cubículo... o nome dele era Trex.

— Trex? — perguntei.

— Scottie Trexler. Meu Deus, ele era um gato. Ele também pediu transferência... pra fora. Acho que ele está numa agência diferente, agora. — Ela suspirou, os olhos enxergando alguma coisa que eu não podia ver. — Eu gostava dele.

— Sinto muito — falei, sem saber o que mais dizer.

Ela deu de ombros.

— Aprendi a não me apegar por aqui. O Maddox dirige a coisa com rédea curta, e poucos agentes conseguem suportar.

— Ele não me assusta — falei.

— Não vou contar pra ele que você disse isso, senão ele não vai mesmo sair de cima de você.

Senti o rosto esquentar, o suficiente para Val perceber, e ela estreitou os olhos.

— Você está vermelha.

— Não estou, não.

— E agora está mentindo.

— É o café.

Val olhou fundo nos meus olhos.

— Você não tomou nem um gole. Alguma coisa que eu falei te deixou com vergonha. Maddox... sair de cima...

Eu me remexi por causa do olhar intenso.

— Você mora em Midtown.

— Não — falei, balançando a cabeça. Eu não queria negar o local da minha residência, mas o que eu sabia que ela ia descobrir em breve. *Que merda ter amigos que trabalham como investigadores federais.*

— O Maddox é o seu vizinho, não é?

Balancei a cabeça com mais rapidez, olhando ao redor.

— Val, não... para...

— Puta que pariu. Você tá brincando. O Maddox é a sua transa de uma noite só! — ela sibilou, felizmente mantendo a voz num sussurro.

Cobri o rosto e deixei a testa cair sobre a mesa. Eu pude ouvi-la se inclinando sobre o cubículo.

— Ai, meu Deus, Liis. Você morreu quando o viu? Como você não sabia? Como ele não sabia? Ele te contratou, pelo amor de Deus!

— Não sei — falei, balançando a cabeça de um lado para o outro, meus dedos se enterrando na beirada da mesa. Eu me endireitei, puxando a pele abaixo dos olhos enquanto fazia isso. — Estou fodida, não estou?

— No mínimo uma vez, que eu saiba. — Val se levantou, e seu crachá balançou quando ela fez isso. Ela forçou um sorriso para mim, deslizando os dedos magros e longos para dentro dos bolsos.

Levantei o olhar para ela, desesperada.

— Agora você pode me matar. Acabe com o meu desespero. Você tem uma arma, pode fazer isso.

— Por que eu faria isso? Essa é a melhor coisa que aconteceu com esse esquadrão em anos. O Maddox trepou.

— Você não vai contar pra ninguém, vai? Promete.

Val fez uma careta.

— Somos amigas. Eu não faria uma coisa dessas.

— Isso mesmo. Somos amigas.

Ela inclinou o pescoço na minha direção.

— Por que você está falando comigo como se eu fosse doente mental?

Pisquei e balancei a cabeça.

— Desculpa. É bem possível que eu esteja vivendo o pior dia da minha vida.

— Bom, você parece quente. — Ela se afastou.

— Obrigada — falei para mim mesma enquanto passava os olhos pela sala.

Ninguém ouviu nossa conversa, mas mesmo assim parecia que o segredo tinha se espalhado. Afundei de novo na cadeira e coloquei os fones de ouvido enquanto Val passava pelas portas de segurança que levavam ao corredor.

Cobri a boca por um instante e suspirei, me sentindo perdida. *Como foi que eu consegui estragar meu recomeço antes mesmo de começar?*

Não só eu tinha transado com o meu chefe, mas, se os outros agentes descobrissem, isso poderia acabar com todas as chances de eu ser promovida enquanto estivesse sob a supervisão de Maddox. Se ele tivesse alguma integridade, nunca me escolheria para uma promoção, temendo que a verdade se espalhasse. Uma promoção seria ruim para nós dois — não que isso importasse. Maddox tinha dado um jeito de deixar todo mundo saber que ele não estava impressionado com o meu trabalho — um relatório ao qual me dediquei completamente, e o melhor de mim era absurdamente bom.

Olhei para a transcrição e balancei a cabeça. A tradução estava perfeita. O relatório era abrangente. Passei o mouse sobre a seta do lado direito e cliquei, tocando o áudio de novo.

Quanto mais a voz dos dois italianos tagarelava sobre um serviço e a prostituta com quem um deles transou na noite anterior, mais meu rosto ficava vermelho de raiva. Eu tinha orgulho dos meus relatórios. Essa era minha primeira tarefa no escritório de San Diego, e Maddox chamar minha atenção na frente de todo mundo tinha sido uma vergonha.

Em seguida, pensei no almoço com a Val no dia anterior e nos alertas que ela me dera em relação a Maddox.

Ele vai dizer que você é uma inútil mesmo que seja a melhor das agentes, só para poder observar seu desempenho quando sua confiança é esmagada.

Arranquei os fones e peguei o relatório. Então disparei rumo à sala do ASAC, do outro lado do escritório do esquadrão.

Fiz uma pausa ao avistar a mulher impressionantemente linda que servia de barreira para impedir que alguém entrasse no escritório de Maddox. A placa sobre a mesa dizia CONSTANCE ASHLEY, um nome que combinava com ela, os cabelos loiro-esbranquiçados que caíam em ondas suaves, pouco acima dos ombros, quase combinando com a pele de porcelana. Ela levantou os olhos sob os cílios abundantes para mim.

— Agente Lindy — disse com um leve sotaque fanhoso do sul. O rosto corado de Constance, sua segurança e disposição despretensiosa eram um artifício. Os olhos azuis de aço a entregavam.

— Srta. Ashley — falei, assentindo.

Ela me deu um sorriso doce.

— Apenas Constance.

— Apenas Liis. — Tentei não soar tão impaciente quanto estava. Ela era simpática, mas eu estava ansiosa para falar com Maddox.

Ela tocou no aparelho minúsculo no ouvido e fez um sinal positivo com a cabeça.

— Agente Lindy, sinto informar que o agente especial Maddox não está na mesa dele. Devo marcar um horário?

— Onde ele está? — perguntei.

— Isso é confidencial. — Seu sorriso doce continuou inabalado.

Mostrei meu crachá.

— Felizmente, tenho autorização para assuntos superconfidenciais. — Constance não se impressionou. — Preciso falar com ele — expliquei, tentando não implorar. — Ele está esperando meu relatório.

Ela tocou no pequeno dispositivo de plástico mais uma vez e fez que sim com a cabeça.

— Ele vai voltar depois do almoço.

— Obrigada — falei, girando nos calcanhares e voltando pelo caminho por onde tinha vindo.

Em vez de retornar para o meu cubículo, fui até o corredor e dei uma olhada ao redor até encontrar a Val. Ela estava no escritório do agente Marks.

— Posso falar com você um minuto? — perguntei.

Ela olhou para Marks e se levantou.

— Claro.

Saiu e fechou a porta, mordendo o lábio.

— Desculpa interromper.

Ela fez uma careta.

— Ele está atrás de mim há seis meses. Agora que o Trex saiu do caminho, ele acha que tem uma chance, mas está errado.

Meu rosto se contraiu.

— Eu me transferi para um bar de solteiros? — Balancei a cabeça. — Não responda. Eu preciso de um favor.

— Já?

— Aonde o Maddox costuma ir na hora do almoço? Ele tem um restaurante preferido? Ele fica aqui?

— A academia de ginástica. Ele está lá todos os dias neste horário.

— É verdade. Você já tinha dito isso. Obrigada — falei.

Ela gritou nas minhas costas:

— Ele odeia ser interrompido! Tipo, ele odeia do fundo da *alma*.

— Ele odeia tudo — resmunguei baixinho, apertando o botão do elevador.

Desci dois andares e segui pela passarela até os escritórios da ala oeste. O escritório de San Diego, recém-construído, era composto de três grandes edifícios, e provavelmente seria um labirinto para mim durante pelo menos uma ou duas semanas. Foi pura sorte a Val ter me mostrado o caminho até a academia de ginástica no dia anterior.

Quanto mais eu me aproximava da academia, mais rápido caminhava. Voltei meu crachá para o quadrado preto na parede. Depois de um bipe e do som da fechadura destravando, empurrei a porta e vi os pés de Maddox pendurados, o rosto vermelho brilhando de suor, conforme ele se exercitava rapidamente na barra. Ele mal me notou, continuando com os exercícios.

— Precisamos conversar — falei, mostrando meu relatório, agora amassado de tanto eu apertar. Isso me deixou com ainda mais raiva.

Ele soltou a barra, e seus tênis pousaram no chão com um ruído seco. Maddox estava respirando com dificuldade, e usou o colarinho da camiseta cinza mescla do FBI para secar o suor que lhe pingava do rosto. A barra da camiseta se ergueu, revelando apenas um pedaço do abdome inferior esculpido com perfeição e um lado do V com o qual eu fantasiara pelo menos umas dez vezes desde que o vi pela primeira vez.

Sua resposta me trouxe de volta ao presente.

— Sai daqui.

— Esse espaço é para todos os funcionários do escritório, não?

— Não entre onze e meio-dia.

— Quem disse?

— Eu. — O músculo de seu maxilar se contraiu levemente, e ele olhou para os papéis na minha mão. — Você mexeu naquele FD-três-zero-dois?

— Não.

— Não?

— Não — falei com raiva. — A transcrição e a tradução estão precisas, e o FD-três-zero-dois, como eu já disse, está perfeito.

— Você está errada — ele disse, me olhando feio de cima para baixo. Além da irritação, havia algo mais que eu não conseguia decifrar.

— Pode me explicar o que está faltando? — perguntei.

Maddox se afastou, marcas escuras de suor no tecido sob os dois braços e na parte inferior das costas.

— Com licença, senhor, mas eu fiz uma pergunta.

Ele virou de repente.

— Você não pode vir até mim fazendo perguntas. Você recebe ordens, e eu mandei você modificar esse relatório para ficar do meu jeito.

— Como exatamente quer que eu faça isso, senhor?

Ele soltou uma risada, irritado.

— Seu superior fazia seu trabalho por você em Chicago? Porque em...

— Estou em San Diego. Eu sei.

Ele estreitou os olhos.

— Você é insubordinada, agente Lindy? Por isso foi mandada pra cá? Pra ficar sob o meu comando?

— O senhor *me* solicitou, lembra?

Eu ainda não podia ler sua expressão, e isso estava me enlouquecendo.

— Não solicitei você — ele disse. — Solicitei o melhor especialista em idiomas que tínhamos.

— Sou eu, senhor.

— Sinto muito, agente Lindy, mas, depois de ler esse relatório, estou tendo dificuldades para acreditar que é tão boa quanto pensa.

— Não posso lhe dar informações que não estejam lá. Talvez o senhor devesse me dizer o que quer saber a respeito desse Título Três.

— Está sugerindo que estou pedindo que minta no relatório?

— Não, senhor. Estou sugerindo que me diga o que espera de mim.

— Quero que faça seu serviço.

Cerrei os dentes, tentando impedir meu lado irlandês de providenciar minha demissão.

— Eu adoraria cumprir minhas responsabilidades, senhor, e de acordo com o seu gosto. O que acha que está faltando no meu relatório?

— Tudo.

— Isso não ajuda.

— Que pena — ele disse num tom presunçoso, se afastando outra vez.

Minha paciência havia se esgotado.

— Que merda você fez para ser promovido a ASAC?

Ele parou e girou nos calcanhares, se inclinando um pouco para baixo, parecendo incrédulo.

— O que foi que você disse?

— Sinto muito, mas o senhor ouviu.

— Este é o seu segundo dia, agente Lindy. Você acha que pode...

— E pode muito bem ser o último depois disso, mas estou aqui para fazer um trabalho e o senhor está me atrapalhando.

Maddox me observou por muito tempo.

— Você acha que pode fazer melhor?

— Claro que posso, droga.

— Ótimo. Agora você é a supervisora do Esquadrão Cinco. Dê seu relatório para a Constance digitalizar e leve suas merdas para o seu escritório.

Meus olhos dançaram pelo espaço, tentando processar o que acabara de acontecer. Ele me dera uma promoção que eu achava que levaria pelo menos mais quatro anos.

Maddox se afastou e abriu a porta do vestiário masculino. Eu estava respirando com dificuldade, talvez pior do que ele depois de malhar.

Virei e avistei uma dúzia de pessoas em pé na porta de vidro. Elas enrijeceram e se afastaram quando perceberam que foram vistas. Abri a porta e voltei pelo corredor, cruzando a passarela, atordoada.

Eu me lembrava de ter visto uma caixa vazia perto da cafeteira, então eu a peguei e a coloquei em cima da minha mesa de trabalho, enchendo-a com meu notebook, minha arma e os poucos papéis em minhas gavetas.

— Foi tão ruim assim? — Val perguntou, uma preocupação genuína em sua voz.

— Não — respondi, ainda atordoada. — Ele me promoveu a supervisora do esquadrão.

— Desculpa. — Ela deu uma risadinha. — Achei que você tinha dito que virou supervisora.

Ergui o olhar para ela.

— Isso mesmo.

Suas sobrancelhas saltaram.

— Ele olha pra você com mais ódio do que olha para o agente Sawyer, e isso significa alguma coisa. Você está me dizendo que o enfrentou uma vez e ele te deu uma promoção?

Corri os olhos pela sala, tentando pensar em um motivo plausível também.

Val deu de ombros.

— Ele perdeu a cabeça, enlouqueceu de vez. — Ela apontou para mim. — Se eu soubesse que ser insubordinada e mexer com algo tabu, dizendo a outro agente como cuidar de um caso, significava ser promovida, teria mandado o Maddox para o inferno há muito tempo.

Respirei fundo e peguei a caixa antes de entrar no escritório vazio do supervisor. Val me seguiu lá para dentro.

— Este escritório está vazio desde a promoção do Maddox a ASAC. Ele é um dos mais jovens do FBI no cargo. Sabia?

Balancei a cabeça enquanto colocava a caixa sobre minha nova mesa de trabalho.

— Se alguém consegue lidar com isso, é o Maddox. Ele é tão queridinho do diretor que posso apostar que vai virar SAC cedo também.

SAC era agente especial no comando, um cargo acima do dele.

— Ele conhece o diretor? — perguntei.

Val riu uma vez.

— Ele costuma jantar com o diretor. No ano passado, ele passou o Dia de Ação de Graças na casa do diretor. Ele é o preferido do diretor, e não estou falando só do escritório de San Diego nem dos da Califórnia. Estou falando no FBI. Thomas Maddox é o menino de ouro. Ele consegue o que quer, e sabe disso. Todo mundo sabe.

Fiz uma careta.

— Ele não tem família? Por que ele não foi para casa no Dia de Ação de Graças?

— Tem a ver com a ex ou alguma coisa assim, foi o que ouvi dizer.

— Como alguém feito o Maddox consegue andar com o diretor? Ele é tão irritante.

— Talvez. Mas é leal aos que fazem parte de seu círculo, e eles são leais a ele. Então cuidado com o que você fala e com quem. Você pode passar de promoção surpresa para transferência surpresa.

Isso me fez parar.

— Eu vou, hum... me ajeitar aqui.

Val seguiu para o corredor, se detendo na porta.

— Drinques hoje à noite?

— De novo? Achei que você tivesse me dito para ficar longe de você.

Ela sorriu.

— Não me dê ouvidos. Sou conhecida por dar péssimos conselhos.

Pressionei os lábios, tentando conter um sorriso.

Mesmo com a merda monumental que eu tinha feito, talvez aqui não fosse tão ruim, afinal.

4

— *Olha quem está aqui — disse Anthony, colocando dois guardanapos* na frente de dois bancos vazios.

— Obrigada pelo aviso na outra noite — falei. — Você podia ter me dito que eu estava saindo do bar com o meu chefe.

Val abafou uma risada.

— Você deixou que ela saísse daqui com ele? Não deu nem uma pista? Isso é simplesmente cruel.

O barman repuxou a boca para o lado.

— Ele não era seu chefe... ainda. Além do mais, eu sabia que não ia acontecer nada.

Estreitei os olhos.

— Mas você sabia que ele ia ser, e você perdeu a aposta.

Anthony ficou surpreso.

— Maddox? Ah, não, queridinha, você deve ter tido uma alucinação.

— Não fique tão chocado — falei. — Isso não é educado.

— Não é isso... Só que... — Anthony olhou para Val. — Já vi o cara rejeitar tantas mulheres. Já foi bem surpreendente ele ter pedido para você ir embora com ele.

Val balançou a cabeça e deu uma risadinha.

— Eu te falei. Ele desistiu das mulheres.

— Bem, o são Thomas quebrou sua promessa — falei.

Anthony ergueu o dedo e fez círculos no ar.

— Você deve ter algum vodu no meio das pernas.

Val caiu na gargalhada.

— Talvez eu tenha! — falei, fingindo estar ofendida.

Anthony pareceu arrependido, como se implorasse em silêncio: "Não me mata".

— Você está certa. Eu devia ter te alertado. A primeira rodada é por minha conta. Amigos?

— É um bom começo — falei, sentando.

— Nossa — ele disse, olhando para Val —, ela é brava.

— Espera até o Maddox descobrir que você sabia que ela era agente.

Anthony levou a mão ao peito, parecendo realmente preocupado.

— Jesus amado, você não vai contar pra ele, vai?

— Talvez — falei, roendo a unha do polegar. — É bom você me proteger daqui pra frente.

— Prometo — ele disse, levantando três dedos.

— Para com essa merda. Você nunca foi escoteiro — Val falou.

— Ei — disse uma voz masculina antes de se inclinar para beijar o rosto de Val e sentar no banco ao lado dela.

— Ei, Marks. Você conhece a Lindy.

Marks se inclinou, me deu uma olhada e se recostou de novo.

— Ãhã.

Val fez uma careta.

— O que é isso? — Ele estava concentrado na enorme tevê acima de nós, e, como não respondeu, ela deu um tapa no braço dele com o dorso da mão. — Joel! Pra que essa babaquice?

— Mas que... Por que você está me batendo? — ele disse, esfregando o braço. — Eu só quero ficar longe de encrenca.

Revirei os olhos e encarei Anthony.

— O de sempre? — o barman perguntou.

Eu assenti.

— Você já tem um de sempre? — Val perguntou. — Com que frequência você vem aqui?

Suspirei.

— É só a terceira vez.

— Em três dias — Anthony acrescentou e pousou um manhattan sobre o guardanapo diante de mim. — Você vai falar comigo desta vez?

— Você tem sorte de eu estar falando com você agora — comentei.

Ele assentiu, depois olhou para Val.

— Se ela tivesse pedido um único drinque, ainda assim eu lembraria. De quem você acha que é este bar?

Val arqueou uma sobrancelha.

— Este bar não é seu, Anthony.

— É meu bar — ele disse, colocando um copo baixo na frente dela. — Está vendo mais alguém administrando essa merda? — Ele apontou ao redor. — Então tá.

Val deu uma risadinha, e Anthony anotou o pedido de Marks. Eu estava acostumada com mais gentileza, mais cortesia. Mas gostava do humor afiado e dos limites irregulares do grupo — sem ressentimentos, sem seriedade. Depois de um dia no escritório, era reconfortante.

A porta fez um barulho, e uma rápida olhada se transformou em uma longa olhada enquanto Maddox se dirigia ao banco ao lado de Marks. Os olhos dele capturaram os meus por uma fração de segundo, depois ele cumprimentou o amigo. Antes que Maddox pudesse sentar e afrouxar a gravata, Anthony já tinha colocado uma garrafa de cerveja no balcão em frente a ele.

— Relaxa — Val sussurrou. — Ele não vai ficar por muito tempo. Talvez uma única bebida.

— Fico feliz por nunca ter tentado trabalhar como agente secreta. Estou começando a achar que meus pensamentos e sentimentos são cercados por paredes de vidro e legendados, para o caso de eu não ser óbvia o suficiente.

Val me ajudou a manter uma conversa quase normal, mas então Maddox pediu mais uma bebida.

O rosto dela se contraiu.

— Ele não é assim.

— Que inferno — sussurrei. — Bem, é melhor eu ir pra casa, de qualquer forma.

Fiz um sinal pedindo a conta a Anthony, e Marks se inclinou para frente.

— Você vai embora? — perguntou.

Apenas assenti.

Ele pareceu irritado com o meu silêncio.

— Você não fala mais?

— Só estou tentando te ajudar a ficar longe de encrenca. — Assinei a pequena tira de papel para Anthony, deixando uma gorjeta que cobria todas as três noites, e passei a alça da bolsa no ombro.

O ar noturno me implorava para fazer um caminho diferente até o meu apartamento, mas dobrei a esquina e atravessei a rua, subindo os degraus da entrada do prédio. Quando entrei, meus saltos martelaram o piso de cerâmica até eu estar na frente do elevador.

A porta de entrada abriu e fechou, e Maddox diminuiu o ritmo até parar, quando me viu.

— Subindo? — perguntou.

Eu o encarei com uma expressão confusa, e ele olhou ao redor como se estivesse perdido, ou talvez não acreditasse que tinha dito algo tão idiota. Estávamos no térreo.

As portas deslizaram com um ruído animado e eu entrei. Maddox me seguiu. Apertei o botão do quinto e o do sexto andar, incapaz de esquecer que Maddox morava diretamente acima de mim.

— Obrigado — disse ele.

Pensei ter captado sua tentativa de aliviar a voz irritada de "eu sou o chefe".

Enquanto o elevador subia os cinco andares, a tensão entre mim e meu supervisor aumentava, assim como os números iluminados sobre a porta.

Finalmente, quando meu andar apareceu, dei um passo para fora e soltei a respiração que estava prendendo. Virei para fazer um sinal para Maddox e, pouco antes de as portas se fecharem, ele saiu.

Assim que seus pés atingiram o carpete do quinto andar, ele pareceu se arrepender.

— Seu apartamento não é...

— No andar de cima. É — ele respondeu. Então olhou para minha porta e engoliu em seco.

Ao avistar a tinta azul gasta na minha porta, eu me perguntei se as lembranças vinham tão rápido e tão fortes para ele quanto para mim.

— Liis... — Ele fez uma pausa, parecendo escolher cuidadosamente as palavras, e suspirou. — Eu te devo um pedido de desculpas pela noite em que nos conhecemos. Se eu soubesse... se eu tivesse feito meu serviço e analisado sua ficha minuciosamente, nenhum de nós estaria nessa posição.

— Sou crescidinha, Maddox. Posso lidar com a responsabilidade tão bem quanto você.

— Eu não te dei a promoção por causa daquela noite.

— Certamente espero que não.

— Você sabe tanto quanto eu que seu relatório está excepcional, e que tem mais colhão do que a maioria dos homens da unidade. Ninguém nunca me enfrentou como você. Preciso de um agente assim como supervisor.

— Você questionou o meu trabalho na frente de todo mundo só pra ver se eu ia te enfrentar? — perguntei, irada e hesitante ao mesmo tempo.

Ele pensou na pergunta, depois colocou as mãos nos bolsos e deu de ombros.

— Sim.

— Você é um babaca.

— Eu sei.

Meu olhar involuntariamente foi parar nos lábios dele. Por um instante, me perdi nas lembranças de como foi maravilhoso estar em seus braços.

— Com isso estabelecido, acho que começamos com o pé esquerdo. Não precisamos ser inimigos. Nós trabalhamos juntos, e acho que, pelo bem do esquadrão, precisamos ser cordiais.

— Pelo nosso histórico, acho que tentar ser amigos seria uma ideia especialmente ruim.

— Não amigos — falei rapidamente. — Um... respeito mútuo... como colegas de trabalho.

— Colegas — ele falou sem expressar qualquer emoção.

— Profissionais — comentei. — Você não concorda?

— Agente Lindy, eu só queria esclarecer que o que aconteceu entre nós foi um erro, e, apesar de possivelmente ter sido uma das minhas melhores noites desde que voltei para San Diego, nós... nós não podemos cometer esse erro de novo.

— Estou ciente disso — falei simplesmente. Eu estava tentando com muito afinco ignorar a observação sobre a ótima noite, porque tinha sido ótima, mais até do que isso, e ela nunca se repetiria.

— Obrigado — ele disse, aliviado. — Eu não estava ansioso por essa conversa.

Olhei para qualquer lugar, menos para Maddox, e peguei a chave na bolsa.

— Tenha uma boa noite, senhor.

— Apenas... Maddox está ótimo quando não estivermos no escritório. Ou... Thom... Maddox está ótimo.

— Boa noite — falei, enfiando a chave na fechadura e girando-a.

Enquanto fechava a porta, vi-o seguir em direção à escada com uma expressão furiosa.

Meu sofá estava sendo mantido refém, cercado por caixas de papelão. As paredes brancas sem cortinas pareciam desconfortavelmente frias, mesmo com a temperatura agradável do lado de fora. Fui direto para o quarto e caí de costas na cama, encarando o teto.

O dia seguinte seria longo, organizando o escritório e entendendo em que ponto estávamos no caso de Vegas. Eu teria que desenvolver meu próprio sistema para acompanhar o progresso de todo mundo, definindo em que ponto estavam nas tarefas atuais e no que trabalhariam em seguida. Seria minha primeira tarefa como supervisora, subordinada a um ASAC que esperava perfeição.

Bufei.

Em um dos cantos do teto havia uma pequena mancha de umidade, e eu me perguntei se Maddox tinha deixado a banheira transbordar alguma vez ou se se tratava apenas de um vazamento em algum lugar das paredes. Uma leve batida atravessou o gesso que separava nosso apartamento. Ele estava lá em cima, provavelmente entrando no chuveiro, o que significava que estava se despindo.

Droga.

Eu o conheci como alguém que não era meu chefe, e agora era difícil não me lembrar do homem inebriante que eu encontrei no bar, dono dos lábios pelos quais me lamentei antes mesmo de ele deixar minha cama.

Raiva e ódio eram as únicas maneiras de eu aguentar meu período em San Diego. Eu teria que aprender a odiar Thomas Maddox, e eu tinha a sensação de que ele não ia tornar isso difícil para mim.

As prateleiras estavam vazias, mas sem poeira. Um espaço maior do que eu jamais poderia esperar ocupar, a sala do supervisor era tudo pelo qual eu havia lutado e, ao mesmo tempo, o próximo passo parecia apenas mais um degrau quebrado na escada que eu estava subindo no FBI.

O que para uma pessoa comum poderia parecer uma bagunça de fotos, mapas e fotocópias era meu jeito de acompanhar que agente era designado para qual tarefa, quais pistas eram promissoras e quais suspeitos eram mais interessantes que outros. Um nome em particular chamou minha atenção e aparecia toda hora — uma lenda fracassada do pôquer chamada Abernathy. A filha dele, Abby, também aparecia em algumas fotos em preto e branco de câmeras de segurança, embora eu ainda não tivesse chegado aos relatórios sobre seu envolvimento.

Val entrou e observou, horrorizada, enquanto eu colocava o último clipe na ponta da lã vermelha desenrolada.

— Uau, Liis. Há quanto tempo está fazendo isso?

— A manhã toda — respondi, admirando minha obra de arte enquanto descia da cadeira. Coloquei as mãos nos quadris e bufei. — Fantástico, né?

Ela respirou fundo, parecendo impressionada.

Alguém bateu à porta. Virei e avistei o agente Sawyer apoiado no batente.

— Bom dia, Lindy. Gostaria de discutir algumas coisas com você, se não estiver ocupada.

Sawyer não parecia o babaca que Val pintara. O cabelo estava recém-aparado, longo o bastante para passar os dedos, mas ainda assim profissional. Talvez ele usasse spray demais, mas o corte estilo James Dean lhe caía bem. O maxilar quadrado e os dentes brancos e retos destacavam os olhos azul-claros. Ele até que era bonito, mas havia algo feio por trás de seus olhos.

Val fez uma careta.

— Vou avisar ao zelador que tem lixo no seu escritório — ela disse, passando por ele.

— Sou o agente Sawyer — ele falou, dando alguns passos para apertar minha mão. — Eu ia me apresentar ontem, mas fiquei preso no tribunal. Foi um dia longo.

Segui até a parte de trás da minha mesa e tentei organizar as pilhas de papéis e arquivos.

— Eu sei. O que posso fazer por você, Sawyer?

Ele se acomodou em uma das duas poltronas de couro acolchoadas posicionadas em frente à minha grande mesa de carvalho.

— Pode sentar — falei, apontando para a poltrona na qual ele já havia sentado.

— Eu já tinha planejado fazer isso — ele disse.

Devagar e sem desviar o olhar do par de olhos azul-oceano diante de mim, sentei na minha cadeira grande demais, e o encosto alto me fez sentir como se tivesse me acomodado em um trono — meu trono, e esse palhaço estava tentando mijar na minha corte. Eu o encarei como se ele fosse um cão sarnento.

Sawyer pousou uma pasta sobre a minha mesa e a abriu, apontando para um parágrafo destacado em laranja fluorescente.

— Eu já tinha levado isso pro Maddox, mas agora que temos um par de olhos novos...

Maddox entrou pisando duro na minha sala.

Sawyer se levantou como se tivesse levado um tiro.

— Bom dia, senhor.

O chefe simplesmente fez um sinal com a cabeça em direção à porta, e Sawyer saiu apressado sem dizer uma única palavra. Maddox bateu a porta com força, e a parede de vidro tremeu, então eu não precisava fazer isso.

Eu me recostei em meu trono e cruzei os braços, prevendo e esperando um comentário babaca sair daquela boca perfeita.

— Gostou do seu escritório? — ele perguntou.

— Como é?

— Sua sala — ele disse, andando de um lado para o outro e jogando a mão na direção das prateleiras vazias. — É do seu agrado?

— Sim?

Os olhos de Maddox se voltaram para mim.

— Isso é uma pergunta?

— Não. O escritório é satisfatório, senhor.

— Muito bem. Se precisar de alguma coisa, é só me dizer. E — ele apontou para a parede de vidro —, se aquele merda asqueroso encher seu saco, você fala diretamente comigo, entendeu?

— Sou capaz de lidar com o Sawyer, senhor.

— No instante exato — ele se agitou — em que ele fizer uma observação depreciativa, questionar sua autoridade ou lhe passar uma cantada, você vai direto para minha sala.

Se ele me passar uma cantada? Quem ele acha que está enganando?

— Por que o designou para esse caso, se o odeia tanto?

— Ele é bom no que faz.

— Ainda assim, você não lhe dá ouvidos.

Ele esfregou os olhos com o dedão e o indicador, frustrado.

— Só porque eu tenho que aguentar a babaquice para usar seu talento, não significa que você tem que fazer o mesmo.

— Eu pareço fraca para você?

Suas sobrancelhas se uniram.

— Como é?

— Você está tentando puxar meu tapete? — Eu me empertiguei. — É esse o seu jogo? Estou tentando decifrar isso tudo. Acho que seria melhor me fazer parecer reclamona e incompetente do que simplesmente me tirar da jogada.

— O quê? Não. — Ele pareceu genuinamente confuso.

— Eu consigo lidar com o Sawyer. Consigo lidar com o cargo que acabei de assumir. Sou capaz de liderar esse esquadrão. Mais alguma coisa, senhor?

Maddox se deu conta de que estava boquiaberto e fechou a boca.

— Isso é tudo, agente Lindy.

— Fantástico. Tenho trabalho a fazer.

Maddox abriu a porta, enfiou as duas mãos nos bolsos da calça, assentiu e seguiu para a porta de segurança. Ergui o olhar para o relógio e soube exatamente para onde ele estava indo.

Val entrou apressada, os olhos arregalados.

— Que merda, o que foi isso?

— Não tenho a menor ideia, mas vou descobrir.

— Ele saiu apressado do pub ontem à noite. Ele te levou até em casa?

— Não — respondi, me levantando.

— Mentira.

Eu a ignorei.

— Preciso liberar um pouco de tensão. Se importa de vir comigo?

— Para a academia de ginástica no horário do ASAC? Nem morta. Você não devia forçar a barra, Liis. Entendo que vocês dois têm uma competição esquisita em andamento, mas ele é conhecido pelo gênio ruim.

Ergui minha sacola de ginástica do chão e passei a alça pelo ombro.

— Se ele quer que eu force a barra, vou forçar.

— Até onde? Até ultrapassar o limite?

Pensei nisso por um instante.

— Ele entrou aqui todo irritado por causa do Sawyer.

Val deu de ombros.

— O Sawyer é um babaca. Ele deixa todo mundo puto.

— Não, eu tive a nítida impressão de que o Maddox estava... Sei o que isso pode parecer, mas ele estava se comportando como um ex-namorado ciumento. Se não for isso, acho que ele me deu essa promoção para me fazer parecer incompetente. Combina com o que você disse sobre ele antes, e com o que ele fez comigo antes da promoção.

Val enfiou a mão no bolso e pegou um pequeno pacote de pretzels. Ela levou um à boca e mastigou em pedacinhos, como um esquilo.

— Estou mais inclinada a acreditar na sua teoria de que o Maddox está com ciúme, mas isso é impossível. Primeiro, ele nunca teria ciúme do Sawyer. — Seu rosto se contorceu. — Segundo, ele simplesmente não é mais assim, não depois que aquela garota o fez odiar qualquer coisa que tenha vagina.

Eu quis lembrá-la que ele também não tinha dormido com ninguém antes de mim, mas isso daria a entender que eu queria que ele estivesse com ciúme, e não era verdade.

— O que te faz pensar que a culpa foi dela? — perguntei.

Isso a fez parar.

— Ele estava apaixonado pela garota. Você já foi na sala dele?

Balancei a cabeça.

— Aquelas prateleiras vazias costumavam exibir porta-retratos com fotos dela. Todo mundo sabia como ele se esforçava para cuidar do trabalho e amá-la como ele achava que ela merecia. Agora ninguém fala no assunto... não porque ele fez alguma coisa errada, mas porque ela partiu o coração dele, e ninguém quer que ele se sinta mais infeliz do que já está.

Eu a ignorei.

— Sou analista de inteligência, Val. Minha natureza é juntar pedaços de informação e formar uma teoria.

Ela torceu o nariz.

— O que isso tem a ver? Estou tentando argumentar que ele não está com ciúme do Sawyer.

— Eu nunca disse que ele estava.

— Mas você queria que ele estivesse. — Val estava confiante de que tinha razão. Isso era irritante.

— Quero saber se estou certa sobre ele. Quero saber se ele está tentando puxar meu tapete. Quero arrancar aquela camada externa e ver o que há por baixo.

— Nada que você vá gostar.

— Veremos — falei, passando por ela em direção à porta.

5

Maddox parou no meio de um abdominal invertido e suspirou.

— Você tá de brincadeira.

— Não — falei, seguindo direto para o vestiário feminino.

Ele deixou a cabeça desabar com força no banco em que estava, as pernas flexionadas e os pés plantados com firmeza no chão.

— Você quer que a gente se odeie? — ele perguntou, olhando para o teto. — Estou com a sensação de que quer.

— Você não está tão errado — falei, empurrando a porta vaivém.

Depois de tirar as roupas de ginástica da pequena bolsa esportiva, me livrei de minha saia lápis azul-marinho, desabotoei a blusa azul-clara e troquei meu sutiã com bojo por um top. Era incrível como um pedaço de pano podia me transformar de alguém com curvas modestas em um garoto de doze anos.

A sala, repleta de armários enfileirados e cartazes motivacionais, não tinha o cheiro de mofo e tênis sujos que eu esperava. O aroma de água sanitária e tinta fresca dominava o ambiente.

Maddox estava terminando os abdominais quando segui até a esteira mais próxima, meus tênis gemendo a cada contato com o piso emborrachado. Subi na esteira e prendi a barra da minha camiseta branca do FBI no gancho de segurança.

— Por que agora? — ele perguntou do outro lado da sala. — Por que você tem que estar aqui durante o meu horário de almoço? Não pode malhar de manhã ou à noite?

— Você já viu esta sala antes e depois do horário de trabalho? Os aparelhos ficam lotados. O melhor horário para malhar direito sem precisar desviar de corpos suados é no seu horário de almoço, porque ninguém quer vir enquanto você está aqui.

— Porque eu não deixo.

— Você vai me pedir para sair? — perguntei, olhando para ele por sobre o ombro.

— Quer dizer, te mandar sair?

Dei de ombros.

— Semântica.

Seus olhos seguiram para a minha calça legging justa enquanto ele pensava no assunto, depois ele saiu do banco e se dirigiu para as barras duplas antes de erguer as pernas quase na altura do peito. Se ele malhava assim cinco vezes por semana, não era surpresa ter o abdome tão definido. Suor lhe pingava dos cabelos, e todo o seu tronco brilhava.

Fingi não notar enquanto pressionava o botão para iniciar o equipamento. A esteira se moveu suavemente para frente, as engrenagens provocando um tremor familiar sob meus pés. Colocando os fones de ouvido, usei a música para me ajudar a esquecer que Maddox estava atrás de mim, aperfeiçoando a perfeição; aumentar a velocidade e a inclinação da esteira também ajudou.

Depois de algumas voltas, tirei um dos fones e o deixei pendendo sobre o ombro. Virei para a parede de espelhos à esquerda e falei para o reflexo do Maddox:

— Aliás, eu já saquei você.

— Ah, é? — Maddox comentou, ofegando ao fundo.

— Pode ter certeza que sim.

— E que merda isso significa?

— Não vou deixar você conseguir.

— Você acha mesmo que eu estou tentando te sabotar? — Ele parecia entretido.

— Não está?

— Já disse que não. — Depois de uma breve pausa, ele estava de pé ao lado da esteira, a mão sobre o apoio de segurança. — Sei que causei uma impressão negativa, Lindy. Admito que foi intencional. Mas minha motivação é aprimorar os agentes, não acabar com a carreira deles.

— Isso inclui o Sawyer?

— O agente Sawyer tem uma história em nosso esquadrão sobre a qual você não sabe nada.

— Então me conta.

— A história não é minha, não posso contar.

— É só isso? — Forcei um sorriso.

— Não estou te entendendo.

— Você não vai permitir que ele fale comigo por causa da história de outra pessoa?

Maddox deu de ombros.

— Eu gosto de estragar os planos dele.

— O surto que você teve na minha sala *depois* que o agente Sawyer saiu se resume a você estragando os planos dele. Entendi.

Maddox balançou a cabeça e se afastou. Comecei a colocar o fone de ouvido de volta, mas ele surgiu ao meu lado outra vez.

— Por que eu sou babaca por manter um idiota como o Sawyer longe de você?

Apertei um botão e a esteira parou.

— Não preciso da sua proteção — bufei.

Ele começou a falar, mas depois se afastou de novo. Dessa vez, empurrou a porta do vestiário masculino e entrou.

Depois de oito minutos me contendo por causa dessa atitude, saí da esteira e entrei pisando duro no vestiário masculino.

Maddox estava com uma das mãos apoiada na pia, a outra segurando uma escova de dentes. O cabelo estava molhado, e ele só estava coberto por uma toalha.

Ele cuspiu, enxaguou a boca e bateu a escova na pia.

— Posso te ajudar?

Mudei o apoio do corpo.

— Você pode até ser capaz de encantar o diretor, mas eu já saquei você. Não pense nem por um segundo que não enxergo o que tem por trás desse seu papo-furado. Não vou a lugar nenhum, então pode parar com esse seu joguinho.

Ele deixou a escova de dentes na pia e veio na minha direção. Dei um passo para trás, acelerando o passo conforme ele caminhava. Minhas costas bateram na parede, e eu arfei. Maddox bateu as mãos espalmadas na parede pouco acima de minha cabeça, me cercando. Ele estava a poucos centímetros do meu rosto, a pele ainda molhada do banho.

— Eu te promovi a supervisora, agente Lindy. O que faz você pensar que quero que vá embora?

Ergui o queixo.

— Sua história furada sobre o Sawyer não faz sentido.

— O que quer que eu diga? — ele perguntou.

Eu podia sentir o cheiro de menta em seu hálito e de sabonete líquido em sua pele.

— Quero a verdade.

Maddox se inclinou para frente, o nariz contornando meu maxilar. Meus joelhos quase cederam quando seus lábios encostaram em minha orelha.

— Você pode ter o que quiser. — Ele se afastou, os olhos pousando em meus lábios.

Prendi a respiração e me preparei enquanto ele se aproximava, fechando os olhos.

Ele parou pouco antes de encostar a boca na minha.

— Fala — ele sussurrou. — Fala que você quer que eu te beije.

Levantei a mão e estendi os dedos, deslizando-os por seu abdome ondulado, seguindo as gotas de água até encostar na parte de cima da toalha. Todos os nervos do meu corpo me imploravam para dizer sim.

— Não. — Eu o empurrei e saí porta afora.

Subi na esteira outra vez, optei pela velocidade mais rápida e recoloquei os fones no ouvido, mudando as músicas até que alguma coisa cheia de gritos começasse a tocar.

Quarenta e cinco minutos depois, sem fôlego e suando, diminuí o ritmo, caminhando com as mãos nos quadris. Depois de cinco minutos de menor intensidade, tomei um banho e me vesti antes de prender os cabelos num coque úmido.

Val estava me esperando do outro lado da passarela.

— Como foi? — ela perguntou, preocupada de verdade.

Continuei andando em direção ao elevador, e ela me acompanhou.

Tentei ao máximo manter os ombros e a expressão relaxados.

— Eu corri. Foi ótimo.

— Mentira.

— Deixa isso pra lá, Val.

— Você simplesmente... correu? — Ela parecia confusa.

— Sim. Como foi o seu almoço?

— Eu trouxe comida: sanduíche de pasta de amendoim com geleia. Ele gritou com você?

— Não.

— Tentou te expulsar?

— Não.

— Eu não... entendo.

Dei uma risadinha.

— E o que tem para entender? Ele não é um ogro. Na verdade, neste momento, ele deve achar que *eu* sou a ogra.

Entramos juntas no elevador, e eu pressionei o botão do nosso andar. Val deu um passo na minha direção, se aproximando tanto que eu me inclinei para trás.

— Mas ele é... um ogro. Ele é mau e bruto e grita com as pessoas quando elas entram na academia durante a hora dele, mesmo que seja para pegar um tênis que deixaram para trás. Eu sei. Eu já fui essa pessoa. Ele gritou comigo, teve uma merda de um surto, só porque tentei pegar um maldito tênis esquecido — ela disse as últimas palavras de um jeito lento e impetuoso, como se estivesse diante de um público improvisado, em duelo de rimas.

— Talvez ele tenha mudado.

— Desde que você chegou? Em três dias? Não.

Seu tom desdenhoso me irritou.

— Você está parecendo uma criança birrenta.

— Dramática?

— Sim.

— É só meu jeito de falar.

— Dramaticamente?

— Sim. Pare de pensar em formas de me julgar e escute o que estou tentando dizer.

— Tudo bem — falei.

A porta do elevador se abriu, e eu dei um passo em direção ao corredor.

Val me seguiu até a porta de segurança.

— O Joel insistiu para eu comer meu sanduíche no escritório dele.

— Quem é Joel?

— O agente Marks. Preste atenção. Ele me mandou uma mensagem ontem à noite. Disse que o Maddox está esquisito. O irmão mais novo dele vai se casar no mês que vem... Bom, não casar, recasar. Não, isso também não está certo.

Meu rosto se contorceu.

— Renovar os votos, talvez?

Val apontou para mim.

— Isso.

— Por que está me contando isso?

— Ele vai ver, você sabe... ela.

— A mulher que deu um fora nele?

— Afirmativo. Na última vez em que ele foi para casa e a viu, voltou outro homem. — Ela franziu o nariz. — Não de um jeito positivo. Ele estava devastado. Foi assustador.

— Tá bom.

— Ele está preocupado com a viagem. Ele contou para o Marks... Isso é confidencial pra caralho, tá me entendendo?

Dei de ombros.

— Continua.

— Ele disse ao Marks que estava meio contente com a sua transferência para cá.

Entrei na minha sala e, com um leve sorriso, indiquei que Val fizesse o mesmo, e ela passou rapidamente por mim. Quando a porta se encaixou no batente, fiz uma ceninha para me assegurar de que estava fechada, depois encostei na porta, a madeira fria e dura mesmo através da minha blusa.

— Ai, meu Deus, Val! O que eu faço? — sibilei, fingindo estar em pânico. — Ele está *meio contente?* — Fiz a cara mais horrível que consegui e comecei a ofegar.

Ela revirou os olhos e desabou no meu trono.

— Vai se foder.

— Você não pode mandar eu me foder sentada na minha cadeira.

— Posso, se você zombar de mim. — Sua calça raspou no couro escuro quando ela se inclinou para frente. — Estou dizendo, isso é uma grande coisa. Não é do feitio dele. Ele não fica contente, nem meio contente. Ele odeia tudo.

— Tudo bem, mas isso aqui é uma situação de não inteligência, Val. Mesmo que seja atípico, você está disparando o alarme de incêndio por causa de uma vela.

Ela arqueou uma sobrancelha.

— Estou dizendo, você derrubou a vela dele.

— Você tem coisa melhor pra fazer, Val, e eu também.

— Drinques hoje à noite?

— Preciso ajeitar as coisas da mudança.

— Eu te ajudo. E levo um vinho.

— Combinado — falei enquanto ela deixava a minha sala.

Sentar na minha cadeira era reconfortante. Eu estava me escondendo bem à vista, as costas protegidas, o corpo envolvido pelos braços na altura da cintura. Meus dedos tocavam o teclado enquanto pontinhos pretos preenchiam a caixa branca da senha no monitor. Na primeira vez em que me conectei ao sistema, lembro de ter visto o emblema do FBI na tela e sentir o coração disparar. Algumas coisas nunca mudam.

Minha caixa de entrada estava cheia de mensagens de todos os agentes sobre andamentos, perguntas e pistas. O nome da Constance praticamente saltou da tela, então cliquei nele.

Agente Lindy,

O ASAC Maddox solicita uma reunião às 15h para discutir um evento. Por gentileza, libere espaço na sua agenda.

Constance

Merda.

Cada minuto que se passou depois disso era mais agonizante do que a caminhada que fiz mais cedo até a academia de ginástica. Quando faltavam cinco minutos para as três, fechei a tarefa em que estava trabalhando e segui pelo corredor.

Os longos cílios de Constance se agitaram quando ela me viu, e ela tocou a própria orelha. Palavras, baixas e inaudíveis, lhe escaparam pelos lábios vermelhos. Ela virou meio centímetro na direção da porta de Maddox. Seu cabelo loiro-esbranquiçado caiu atrás do ombro e depois quicou de volta para sua ondulação suave. Ela pareceu voltar ao presente e sorriu para mim.

— Entre, por favor, agente Lindy.

Eu assenti, notando que ela não tirou os olhos de mim conforme eu passava por sua mesa. Ela não era apenas assistente de Maddox. Era seu cão de guarda em um minúsculo pacote louro.

Respirei fundo e girei a maçaneta de metal escovado.

O escritório de Maddox era composto de mogno e carpetes exuberantes, mas as prateleiras eram vazias e patéticas como as minhas, sem fotos de família e quinquilharias pessoais que pudessem levar alguém a acreditar que ele tinha uma vida fora do FBI. As paredes exibiam suas lembranças preferidas, incluindo placas e prêmios, com uma foto dele apertando a mão do diretor.

Havia três porta-retratos sobre a mesa, inclinados e virados para o outro lado. Fiquei incomodada por não conseguir ver o que havia neles. Imaginei se eram fotos dela.

Maddox estava de pé com seu terno azul-marinho, uma das mãos no bolso, encarando a bela vista de sua sala.

— Pode sentar, Lindy.

Sentei.

Ele virou.

— Tenho um dilema que talvez você possa me ajudar a resolver.

Uma centena de declarações diferentes poderiam ter saído de sua boca. Essa não era a que eu esperava.

— Sinto muito, senhor. Qual seria?

— Tive uma reunião com o SAC mais cedo e ele acha que você pode ser a solução para um problema recente — ele disse, finalmente sentando em sua cadeira.

As persianas deixavam toda a luz da tarde entrar, criando um brilho sobre a superfície já reluzente da mesa. Era grande o suficiente para seis pessoas, e acho que pesada demais para dois homens a carregarem. Ergui os dedos dos pés para encaixá-los confortavelmente no espaço entre a madeira e o tapete. Soltei um suspiro, me sentindo ancorada o bastante para impedir que a coisa inesperada que Maddox estava prestes a lançar em cima de mim me jogasse longe.

Ele jogou uma pasta sobre a mesa, e ela deslizou na minha direção, parando quase na beirada. Quando a peguei e segurei a pilha grossa de papéis, eu ainda estava concentrada demais na declaração de Maddox para abri-la.

— O agente especial Polanski, o SAC, acha que eu sou a solução — falei, desconfiada.

Ou eu tinha subestimado demais meu valor, ou Maddox estava exagerando.

— Leia isso aí — ele disse, se levantando outra vez e seguindo em direção à janela. Pela expressão austera e postura rígida, ele estava nervoso.

Abri a grossa pasta de papelão na primeira página e continuei dando uma olhada nos vários FDs-302, fotos de câmeras de segurança e uma lista de mortos. Um relatório continha as acusações e as transcrições do julgamento de um universitário chamado Adam Stockton. Ele era algum tipo de organizador e fora sentenciado a dez anos de prisão. Passei direto pela maioria das coisas, sabendo que não era isso que Maddox queria que eu visse.

Várias das fotos eram de um homem ligeiramente parecido com Maddox — mesma altura, mas o cabelo era raspado e os braços cobertos de tatuagens. Havia mais fotos com uma moça bonita de vinte e poucos anos, um olhar com muito mais sabedoria do que deveria haver ali. Poucas fotos eram individuais, a maioria era dos dois juntos. Eu a reconheci como a garota que aparecia em algumas das fotos que coloquei na parede da minha sala — a filha de Abernathy. O cara de cabelo raspado e Abby obviamente formavam um casal, mas o modo como se abraçavam me levou a crer que o relacionamento era recente e apaixonado.

Se não era isso, se amavam muito. Ele assumia uma postura protetora em quase todas as fotos, mas ela permanecia a seu lado, nem um pouco intimidada. Eu me perguntei se ele ao menos percebia que fazia isso quando estava com ela.

Todos eram alunos da Universidade Eastern. Dei prosseguimento à leitura, e o relatório agora era sobre um incêndio que havia consumido um dos prédios do campus, matando cento e trinta e dois universitários — à noite. Antes de perguntar por que tantos alunos estavam em um porão da faculdade àquela hora da noite, virei a página e encontrei a resposta: um ringue de apostas, e o cara parecido com Maddox era um dos suspeitos.

— Meu Deus. O que é isso? — perguntei.

— Continue lendo — ele disse, ainda de costas para mim.

Quase que imediatamente, dois nomes saltaram aos meus olhos: Maddox e Abernathy. Depois de mais algumas páginas, tudo fez sentido, e eu ergui o olhar para o meu chefe.

— Seu irmão é casado com a filha do Abernathy? — Maddox não virou para mim. — Você tá brincando.

Ele suspirou, finalmente me encarando.

— Queria estar. Eles vão renovar os votos no fim do próximo mês em St. Thomas... para a família poder comparecer. O primeiro casamento foi em Vegas, quase um ano atrás...

Levantei o papel.

— Só algumas horas depois do incêndio. Ela é esperta.

Maddox caminhou lentamente até a sua mesa e sentou de novo. Sua incapacidade de ficar parado estava me deixando mais nervosa do que ele parecia estar.

— O que a faz pensar que foi ideia dela? — ele perguntou.

— Ele não parece do tipo que deixa a namorada salvá-lo — falei, pensando em sua postura nas fotos.

Maddox deu uma risadinha e baixou o olhar.

— Ele não é do tipo que deixa ninguém salvá-lo, e é por isso que esse negócio vai ser particularmente difícil. O agente especial Polanski insiste que eu preciso de reforço, e eu tenho de concordar com ele.

— Reforço pra quê?

— Vou ter que dar a má notícia para ele depois da cerimônia.

— De que ela se casou para ele ter um álibi?

— Não — ele disse, balançando a cabeça. — A Abby pode ter tido um motivo para se casar com meu irmão, mas esse motivo é que ela o ama. — Ele franziu o cenho. — Descobrir a verdade vai acabar com ele mesmo que ela *estivesse* tentando salvá-lo.

— Você sempre faz o que é melhor para os seus irmãos?

Ele olhou para as fotos que eu não podia ver.

— Você não tem ideia. — E suspirou. — Fiz o que eu pude depois do incêndio, mas, como você pode ver pela lista de mortos, uma sentença de dez anos para o Adam não vai ser suficiente. Ele recebeu duzentas e sessenta e quatro acusações de homicídio culposo, duas para cada vítima.

— Como foi que o promotor conseguiu isso? — perguntei.

— Adam foi indiciado sob duas alegações diferentes: homicídio por negligência criminosa e por contravenção penal.

Fiz que sim com a cabeça.

— Minhas mãos estavam atadas — Maddox continuou. — Não pude ajudar meu irmão... até deixar o Polanski por dentro do que me tornou um dos ASACS mais jovens da história do FBI. Eu tinha uma carta na manga. Ele quase não acreditou em mim. Meu irmão mais novo estava namorando e depois casado com a filha de uma pessoa de interesse investigativo em um dos nossos maiores casos: Mick Abernathy. Fiz o Polanski, claro que com a aprovação do diretor, desistir das acusações se o Travis concordasse em trabalhar com a gente, mas desvendar esse caso vai levar mais tempo do que a pena dele poderia ter levado.

— Ele vai ser um informante?

— Não.

— O FBI vai recrutá-lo? — perguntei, estupefata.

— Vai. Mas ele ainda não sabe.

Meu rosto se contorceu em repulsa.

— E por que falar isso pra ele no dia do casamento?

— Não vou contar no dia do casamento, mas na manhã seguinte, antes de voltar. Tem que ser pessoalmente, e eu não sei quando vou vê-lo de novo. Não vou mais para casa.

— E se ele não concordar?

Maddox soltou uma longa respiração, magoado com a ideia.

— Ele vai para a prisão.

— Onde eu entro nisso?

Ele virou um pouco na cadeira, os ombros ainda tensos.

— Apenas... me ouça. Foi cem por cento ideia do SAC. E ele está certo.

— O quê? — Minha mente estava dando voltas, e minha paciência estava diminuindo.

— Preciso de companhia para o casamento. Preciso que mais alguém do FBI vá até lá e testemunhe a conversa. Não sei como ele vai reagir. Uma agente do sexo feminino vai suavizar as coisas. O Polanski acha que você é a candidata perfeita.

— Por que eu? — perguntei.

— Ele falou o seu nome.

— Por que não a Val? Ou a Constance?

Maddox se encolheu e então encarou os dedos, que tamborilavam no tampo da mesa.

— Ele sugeriu alguém que se encaixasse.

— Encaixasse — repeti, confusa.

— Dois irmãos meus estão apaixonados por mulheres que... não são nada sutis.

— Eu não sou sutil? — perguntei, apontando para o centro do meu próprio peito. — Você está falando sério, porra? — Inclinei o pescoço. — Você já conheceu a Val?

— Está vendo? — Maddox falou, apontando a mão toda para mim. — É exatamente o que a Abby ou... a Camille, namorada do Trent, diria.

— Namorada do Trent?

— Meu irmão.

— Seu irmão Trent. E Travis. E você é Thomas. Quem está faltando? O Tigrão e o Toad?

Ele não achou graça.

— Taylor e Tyler. São gêmeos. Nasceram entre mim e o Trent.

— Por que tantos Ts? — eu tive que perguntar, mas estava mais do que irritada com a conversa toda.

Ele suspirou.

— É uma coisa do Meio-Oeste. Não sei. Lindy, preciso que você vá comigo ao casamento do meu irmão. Preciso que me ajude a convencê-lo a não ir para a prisão.

— Não deve ser tão difícil assim convencê-lo. O FBI é uma ótima alternativa comparado à prisão.

— Ele vai trabalhar como agente secreto. Vai ter que mentir para a esposa.

— E daí?

— Ele é completamente apaixonado por ela.

— Outros agentes secretos também são — soltei, sem sentir a menor empatia.

— O Travis tem um passado. O relacionamento dele com a Abby sempre foi inconstante, e ele encara a honestidade como um compromisso com o casamento deles.

— Maddox, essas conversa está me entediando. Nossos agentes secretos simplesmente dizem aos companheiros que não podem falar do trabalho e ponto-final. Por que ele não pode fazer o mesmo?

— Ele não pode contar nada a ela. Ele vai trabalhar em uma investigação que talvez incrimine o pai da Abby. Isso certamente poderia ser um problema no casamento dos dois. Ele não vai querer se arriscar a fazer algo que possa significar perdê-la.

— Ele vai se acostumar. Vamos dar a ele um álibi simples e forte e mantê-lo.

Maddox balançou a cabeça.

— Nada disso é simples, Liis. Vamos ter que ser excepcionalmente criativos para impedir que a Abby descubra. — Ele suspirou e olhou para o teto. — Aquela ali é atenta como uma maldita águia.

Estreitei os olhos para ele, desconfiada do fato de ele ter usado meu primeiro nome.

— O SAC quer que eu vá. Você quer?

— Não é má ideia.

— Sermos amigos é uma má ideia, mas posarmos de casal durante um fim de semana inteiro não é?

— O Travis é... difícil de explicar.

— Você acha que ele vai ficar violento?

— Eu sei que vai.

— Suponho que você não queira que eu atire se ele ficar violento.

Maddox me lançou um olhar.

— Então posso atirar em você? — perguntei. Ele revirou os olhos, e eu levantei as mãos. — Só estou tentando entender meu papel nisso tudo.

— O Travis não lida bem com as coisas quando não tem opções. Se achar que pode perder a Abby por isso, ele vai brigar. Perdê-la por mentir ou porque está preso não são boas opções. Ele pode recusar a oferta.

— Ele a ama tanto assim?

— Acho que essa não é a palavra adequada para descrever o que ele sente por ela. Ameaçá-lo de perdê-la é como ameaçar a vida dele.

— Isso é terrivelmente... dramático.

Maddox pensou no que falei.

— Drama é a natureza do relacionamento dos dois.

— Anotado.

— O Trent organizou uma despedida de solteiro na minha cidade natal: Eakins, Illinois.

— Já ouvi falar — comentei. Quando Maddox me lançou um olhar confuso, continuei: — Passei de carro pela entrada algumas vezes, chegando e saindo de Chicago.

Ele assentiu.

— No dia seguinte, vamos até o Aeroporto Internacional de O'Hare e voamos de lá para St. Thomas. Vou pedir para Constance te mandar as datas e o itinerário por e-mail.

Eu me sentia confusa em relação a voltar para casa tão rápido depois de ter partido.

— Tudo bem.

— Como eu disse, vamos fingir que somos um casal. Minha família acredita que trabalho com marketing, e eu gostaria que as coisas continuassem assim.

— Eles não sabem que você é um agente do FBI?

— Exatamente.

— Posso perguntar por quê?

— Não.

Pisquei.

— Tudo bem. Suponho que vamos dividir um quarto de hotel em Eakins e em St. Thomas.

— Correto.

— Mais alguma coisa?

— Por enquanto não.

Eu me levantei.

— Tenha uma boa tarde, senhor.

Ele pigarreou, obviamente surpreso com a minha reação.

— Obrigado, agente Lindy.

Girando nos calcanhares para sair da sala dele, eu estava ciente de tudo: a velocidade a que eu andava, o modo como meus braços balançavam, até mesmo minha postura ereta. Eu não queria dar nenhuma informação a ele. Eu mesma não sabia como me sentir em relação à viagem e certamente não queria que ele especulasse.

Quando voltei para a minha sala, fechei a porta e quase desabei na cadeira. Cruzei as pernas na altura dos tornozelos e as apoiei na mesa.

Os dedos do agente Sawyer bateram na porta, e ele me encarou com expectativa através da parede de vidro. Acenei para ele ir embora.

Maddox estava contente com a minha transferência de San Diego, e o SAC não me achava sutil — menos até do que a Val Vai Se Foder ou a agente Davies, a vadia. Olhei para minha blusa de botão azul-claro e para minha saia lápis.

Eu sou sutil pra caralho. Só porque falo o que penso, não tenho tato?

Meu rosto todo ficou vermelho de raiva. Achei que os dias em que as mulheres do FBI eram chamadas de peitudas e gostosas tinham acabado. A maioria dos agentes homens que faziam observações sexistas seria rapidamente silenciada por outros agentes homens, mesmo quando não estavam na presença de outras mulheres.

Não sou sutil? Vou acabar com a sutileza dele nessa porra de sala do esquadrão.

Cobri a boca, apesar de não ter xingado em voz alta. *Eles podem ter certa razão.*

O apito agudo do ramal interno berrou duas vezes, e eu levei o receptor ao ouvido.

— Lindy.

— É o Maddox.

Eu me empertiguei na cadeira, apesar de ele não poder me ver.

— Tem mais um motivo pelo qual você é uma boa candidata, um que não mencionei para o SAC.

— Sou toda ouvidos — falei em um tom monótono.

— Vamos posar de casal, e eu... acho que você é a única agente que se sentiria suficientemente confortável para interpretar esse papel.

— Não consigo imaginar o motivo.

A linha ficou muda por dez segundos.

— Estou brincando. É bom saber que não é só porque o SAC acha que eu não tenho classe.

— Vamos esclarecer uma coisa. O SAC não disse isso, nem eu.

— Você meio que disse.

— Não foi o que eu quis dizer. Eu daria um soco no estômago de alguém que dissesse algo parecido sobre você.

Agora meu lado da linha ficou mudo.

— O-obrigada. — Eu não sabia o que mais responder.

— Fique de olho naquele e-mail da Constance.

— Sim, senhor.

— Tenha um bom dia, Lindy.

Coloquei o telefone no gancho e voltei os tornozelos para a posição anterior, sobre a mesa, pensando na viagem que faríamos em sete semanas. Eu passaria várias noites sozinha com o Maddox, posando de namorada dele, e não estava nem um pouco chateada com isso, apesar de querer estar.

Tentei não sorrir. Eu não queria sorrir, então franzi a testa, e foi minha maior mentira desde que falei para o Jackson — e para mim mesma — que eu estava feliz com ele em Chicago.

Val bateu de leve no vidro e depois no relógio de pulso. Fiz que sim com a cabeça, e ela foi embora.

Eu não sabia quanto Maddox queria que eu falasse no assunto. Manter segredo sobre nossa noite e sobre meu objetivo no Esquadrão Cinco já era bem difícil. Infelizmente para mim, Val era minha única amiga em San Diego, e a suposição era seu superpoder.

6

Enrosquei os dedos no cabelo de frustração, enquanto me esforçava para me concentrar nas palavras na tela. Eu estava encarando o computador havia mais de duas horas, e minha visão estava começando a embaçar.

As persianas das janelas estavam fechadas, mas a luz do pôr do sol havia escapado pelas frestas e sumido horas antes. Depois de estudar o arquivo do caso de Travis, passei o resto da tarde procurando maneiras de livrá-lo da prisão por incêndio, mas usá-lo como informante não era só a melhor ideia. Era a única ideia. Infelizmente para o Travis, seu irmão era tão bom no que fazia que o FBI achou que acrescentar mais um Maddox à casa seria totalmente útil. Então, ele não seria apenas um informante. Ele seria recrutado.

Ouvi uma batida e o agente Sawyer colocou uma pasta no suporte de metal preso na frente da minha porta. O suporte ficava ali para que os agentes não precisassem me incomodar com cada pedido de aprovação, mas Sawyer abriu a porta apenas o suficiente para colocar a cabeça dentro da sala, com um sorriso branco e luminoso como o do gato da Alice.

— Já é tarde — ele disse.

— Eu sei — falei, apoiando o queixo na mão. Não tirei os olhos da tela.

— É sexta-feira.

— Estou sabendo — falei. — Bom fim de semana.

— Achei que talvez você quisesse jantar em algum lugar. Você deve estar faminta.

Maddox entrou no escritório com um ar tranquilo e agradável, então olhou com raiva para Sawyer.

— A agente Lindy e eu temos uma reunião em dois minutos.

— Reunião? — Sawyer perguntou, rindo. Sob o olhar intenso de Maddox, seu sorriso desapareceu. Ele ajeitou a gravata e pigarreou. — Sério?

— Boa noite, agente Sawyer — disse Maddox.

— Boa noite, senhor — ele respondeu antes de desaparecer no corredor.

Maddox veio até a minha mesa e sentou, se recostando casualmente, os dois cotovelos apoiados nos braços da poltrona.

— Não temos uma reunião — comentei, os olhos no monitor.

— Não, não temos — ele concordou, parecendo cansado.

— Você me transformou em chefe dele. Precisa deixá-lo falar comigo em algum momento.

— Não vejo dessa maneira.

Eu me inclinei para o lado para poder ver seu rosto, o meu ainda apoiado na mão, e franzi o cenho, em dúvida.

— Você está um lixo — disse Maddox.

— Você está pior — menti.

Ele parecia um modelo da Abercrombie, incluindo o olhar sério porém impenetrável, e por acaso eu sabia que, por baixo do terno e da gravata, ele também parecia um modelo. Eu me escondi atrás do monitor de novo, antes que ele pudesse captar meus olhos paralisados naqueles lábios absurdamente inesquecíveis.

— Está com fome? — ele perguntou.

— Morrendo.

— Vamos comer alguma coisa. Eu dirijo.

Balancei a cabeça.

— Ainda tenho muita coisa pra fazer.

— Você precisa comer.

— Não.

— Que inferno, você é teimosa.

Olhei pela lateral do monitor de novo, para causar um efeito.

— A agente Davies anda dizendo que trepei para subir de cargo. Você tem ideia de como é difícil fazer os agentes me levarem a sério depois de ter entrado aqui e conseguido uma promoção no primeiro dia?

— Foi no segundo dia, na verdade. E a agente Davies *de fato* trepou para chegar ao topo... bem, o topo para ela. Ela provavelmente não vai ser mais promovida.

Ergui uma sobrancelha.

— Você já deu algum aumento de salário para ela?

— Claro que não.

— Bem, a Davies pode ter feito isso, mas, tecnicamente, ela está certa em relação a mim. Isso está me atormentando. Estou fazendo hora extra para me convencer de que mereci o cargo.

— Cresça, Liis.

— Você primeiro, Thomas.

Pensei ter ouvido uma risadinha abafada, mas não dei atenção. Simplesmente me permiti abrir um sorriso presunçoso por trás da segurança da tela iluminada entre nós.

Buzinas e sirenes vindas da rua lá embaixo podiam ser ouvidas. Do lado de fora, o mundo seguia em frente, sem saber que trabalhávamos até tarde e tínhamos uma vida solitária para garantir que eles pudessem ir se deitar com menos um mafioso, uma área de prostituição e um assassino em série à solta. Caçar e capturar era meu trabalho diário — ou o que tinha sido minha função um dia. Agora minha tarefa era manter o irmão de Thomas fora da cadeia. Pelo menos, era assim que eu me sentia.

Meu sorriso presunçoso desapareceu.

— Fale a verdade — pedi, o rosto apoiado na mão.

— Sim, estou com fome — Thomas respondeu de um jeito monótono.

— Não é isso. Qual é o seu objetivo? Prender o Benny ou manter o Travis longe da prisão?

— Uma coisa envolve a outra.

— Escolha uma.

— Eu praticamente o criei.

— Isso não é resposta.

Thomas respirou fundo e soltou o ar, os ombros afundando como se a resposta estivesse pesando sobre ele.

— Eu daria minha vida para salvar a dele. Eu definitivamente me afastaria dessa missão. Já me afastei antes.

— Do trabalho?

— Não, e eu não quero falar sobre isso.

— Entendido — respondi. Eu também não queria falar dela.

— Você *não* quer que eu fale? Todo mundo aqui está morrendo para saber.

Olhei séria para ele.

— Você disse que não queria. Mas tem uma coisa que eu quero saber.

— O quê? — ele perguntou, preocupado.

— Quem está nas fotos na sua mesa?

— O que a faz pensar que é *alguém*? Talvez sejam fotos de gatos.

Todas as emoções escaparam do meu rosto.

— Você não tem gatos.

— Mas eu gosto de gatos.

Eu me recostei na cadeira e bati na mesa, frustrada.

— Você não gosta de gatos.

— Você não me conhece tão bem assim.

Eu me escondi atrás do monitor de novo.

— Eu sei que ou você tem um removedor de pelos milagroso ou não tem gatos.

— Ainda assim eu poderia *gostar* de gatos.

Eu me inclinei para frente.

— Você está me matando.

Um fraco vislumbre de sorriso roçou seus lábios.

— Vamos jantar.

— Não, a menos que você me diga quem está naqueles porta-retratos.

Thomas franziu a testa.

— Por que você simplesmente não olha na próxima vez em que for lá?

— Talvez eu faça isso.

— Ótimo.

Ficamos em silêncio por vários segundos, então eu finalmente falei:

— Vou te ajudar.

— Com o jantar?

— Vou te ajudar a ajudar o Travis.

Ele se remexeu na cadeira.

— Eu não sabia que antes você não pretendia fazer isso.

— Talvez você não devesse me considerar como algo certo.

— Talvez você não devesse ter dito sim — ele retrucou.

Fechei o notebook com força.

— Eu não disse sim. Eu disse que ia esperar o e-mail da Constance.

Ele estreitou os olhos para mim.

— Vou ter que ficar de olho em você.

Um sorriso presunçoso se espalhou pelo meu rosto.

— Vai, sim.

Meu celular apitou, e o nome de Val apareceu na tela. Peguei o aparelho e o levei à orelha.

— Oi, Val. Sim, estou quase terminando aqui. Tá bom. Te vejo em vinte minutos. — Apertei o botão para encerrar a chamada e coloquei o celular sobre a mesa.

— Isso magoa — Thomas disse, verificando o próprio celular.

— Aceita que dói menos — falei, abrindo a gaveta inferior para pegar a bolsa e as chaves.

As sobrancelhas dele se uniram.

— O Marks vai?

— Não sei — respondi, me levantando antes de pendurar a alça da bolsa no ombro.

Aspiradores de pó estavam sendo empurrados em algum lugar do corredor. Apenas metade das luzes estava acesa. Thomas e eu éramos os únicos funcionários na ala além do pessoal da limpeza.

A expressão dele me fez sentir culpada. Inclinei a cabeça.

— Quer ir?

— Se a Val vai estar lá, seria menos constrangedor se o Marks fosse — ele disse, ficando de pé.

— Concordo. — Pensei no assunto por um instante. — Convida o Marks.

Os olhos de Thomas brilharam, e ele ergueu o celular, digitando rapidamente uma mensagem. Em poucos segundos, o celular apitou de volta. Ele levantou o olhar para mim.

— Onde?

— Um lugar no centro chamado Kansas City BBQ.

Thomas riu.

— Ela está fazendo um roteiro turístico com você?

Eu sorri.

— É o bar do filme *Top Gun*. Ela disse que não fez essas coisas quando se mudou pra cá e acabou nunca indo lá. Agora tem uma desculpa.

Ele digitou no celular, um sorrisinho se espalhando rapidamente em seu rosto.

— KC BBQ, então.

Sentei no último banco, dando uma olhada no ambiente. As paredes eram cobertas de itens do filme *Top Gun: ases indomáveis* — cartazes, imagens e fotos autografadas do elenco. Para mim, não se parecia nem um pouco com o bar do filme, exceto pela jukebox e pelo piano antigo.

Val e Marks estavam mergulhados em uma conversa sobre os prós e os contras das pistolas 9 mm comparadas à Smith & Wesson padrão. Thomas estava do outro lado do balcão, no meio de um pequeno rebanho de garotas da Califórnia do qual qualquer um dos Beach Boys se orgulharia. As mulheres davam risadinhas enquanto bebiam e se revezavam nos dardos, aplaudindo e torcendo todas as vezes em que Thomas atingia o centro do alvo.

Ele não parecia muito satisfeito com a atenção, mas estava se divertindo, me olhando de vez em quando com um sorriso relaxado.

Ele havia tirado o paletó e enrolado as mangas da camisa, revelando vários centímetros dos antebraços torneados e bronzeados. A gravata estava frouxa, o botão do colarinho aberto. Afastei o ciúme que ameaçava borbulhar todas as vezes que eu olhava para suas novas fãs, mas ainda podia sentir aqueles braços ao meu redor, me puxando para diferentes posições, observando-os flexionar enquanto ele...

— Liis! — Val chamou, estalando os dedos. — Você não ouviu nem uma palavra do que eu disse, né?

— Não — respondi antes de terminar meu drinque. — Vou embora.

— O quê? Não! — ela comentou, fazendo biquinho. O lábio inferior protuberante recuou quando ela sorriu. — Você não tem carona. Você não pode ir embora.

— Chamei um táxi.

Seus olhos refletiram a sensação de ter sido traída.

— Como você teve coragem?

— Te vejo na segunda — falei, ajeitando a alça da bolsa.

— Segunda? E amanhã? Você vai desperdiçar uma noite de sábado perfeita?

— Tenho que desempacotar a mudança e realmente gostaria de passar um tempo no apartamento pelo qual estou pagando.

Val voltou a fazer bico.

— Tá bom.

— Boa noite, Lindy — Marks falou antes de voltar a atenção para Val.

Abri a porta, sorrindo educadamente para os clientes sentados na área externa. Os fios de luzes multicoloridas pendurados no alto me deram a impressão de que eu estava em férias. Eu ainda não havia me acostumado ao fato de que a temperatura agradável e as roupas leves agora eram corriqueiras para mim. Em vez de caminhar com dificuldade pela tundra congelada de Chicago usando casaco acolchoado, eu podia sair com vestido de alça e sandálias, se quisesse, mesmo bem cedo.

— Já vai? — Thomas disse, parecendo apressado.

— Sim. Quero terminar de desempacotar a mudança neste fim de semana.

— Deixa eu te levar.

— Parece que você está... — eu me inclinei para espiar suas fãs pela janela — ocupado.

— Não estou. — Ele balançou a cabeça como se eu tivesse que ser mais esperta.

Quando ele me olhava daquele jeito, eu me sentia a única pessoa na cidade.

Meu coração se agitou, e eu implorei que qualquer resquício de ódio que eu ainda sentisse por ele viesse à tona.

— Você não vai me levar para casa. Você estava bebendo.

Ele colocou a garrafa de cerveja pela metade em uma mesa.

— Estou bem. Eu juro.

Olhei para meu pulso.

— Que bonito — Thomas disse.

— Obrigada. Foi presente de aniversário dos meus pais. O Jackson nunca entendeu por que eu usava uma coisa tão minúscula que nem tem números.

Thomas cobriu meu relógio com a mão, os dedos dando uma volta e meia em meu pulso estreito.

— Por favor, me deixa te levar.

— Já chamei um táxi.

— Ele vai entender.

— Eu...

— Liis — Thomas deslizou a mão do meu pulso para a minha mão, me conduzindo para o estacionamento. — Eu vou naquela direção de qualquer maneira.

O calor em seu sorriso o fez parecer mais com o desconhecido que eu levara para casa e menos com o ogro do escritório. Ele não soltou minha mão até chegarmos ao seu Land Rover Defender preto. O carro parecia quase tão velho quanto eu, mas Thomas claramente tinha feito umas melhorias e modificações e o mantinha meticulosamente limpo.

— O que foi? — ele disse, notando meu olhar antes de sentar no banco do motorista.

— É um carro tão esquisito para ter na cidade.

— Concordo, mas não posso desistir dele. Passamos por muitas coisas juntos. Comprei no eBay quando me mudei para cá pela primeira vez.

Eu havia deixado meu Toyota Camry prateado de quatro anos em Chicago. Eu não tinha dinheiro para transportá-lo, e uma viagem de carro tão longa não me pareceu nem um pouco atraente, então ele estava na entrada da casa dos meus pais, com "Vende-se" e o número do meu celular escritos com cera de sapato branca no para-brisa. Eu nem tinha considerado o eBay. Estava tão determinada a não pensar em Jackson e na minha cidade que não tinha pensado em ninguém nem nada dentro dos limites urbanos de Chicago. Eu não havia telefonado para os meus amigos nem para os meus pais.

Thomas me deixou com meus pensamentos, perdido nos dele, enquanto conduzia o SUV pelo tráfego até nosso prédio. Minha mão estava solitária desde que ele a soltou para abrir minha porta. Quando ele estacionou e veio até o meu lado para agir como um cavalheiro novamente, tentei não esperar que ele a pegasse, mas fracassei. No entanto, Thomas não fracassou em me desapontar.

Caminhei com os braços cruzados, fingindo que não teria aceitado a mão dele de qualquer forma. Quando entramos, Thomas apertou o botão, e nós esperamos em silêncio pelo elevador. As portas se abriram e ele fez sinal para eu entrar, mas não me seguiu.

— Você não vem?

— Não estou cansado.

— Você vai voltar até lá?

Ele pensou na pergunta e então balançou a cabeça.

— Não, provavelmente vou ali do outro lado da rua.

— Para o Cutter Pub?

— Se eu subir com você agora... — ele disse enquanto as portas deslizavam. Ele não conseguiu terminar.

O elevador subiu cinco andares e me libertou. Eu estava me sentindo ridícula, mas corri até a janela no fim do corredor e observei Thomas atravessar a rua com as mãos nos bolsos. Uma tristeza esquisita me invadiu até ele parar e olhar para cima. Quando seus olhos encontraram os meus, um sorriso gentil se espalhou em seu rosto. Acenei para ele, ele acenou de volta e continuou.

Meio envergonhada e meio feliz ao mesmo tempo, caminhei até o meu apartamento e vasculhei a bolsa, procurando a chave. O metal rangeu enquanto eu movimentava a tranca e virava a maçaneta. Imediatamente fechei a porta, deslizei a corrente e virei o trinco.

As caixas empilhadas ali estavam começando a parecer móveis. Deixei a bolsa deslizar do meu ombro para a mesinha ao lado e chutei os sapatos. Ia ser uma noite longa e solitária.

Três batidas altas à porta me fizeram dar um pulo, e, sem olhar pelo olho mágico, me arrastei tão rapidamente para destravar as trancas que o vento fez meu cabelo voar.

— Oi — falei, piscando.

— Não pareça tão decepcionada — Sawyer disse, passando apressado por mim e entrando na sala de estar.

Ele sentou no meu sofá, se recostando nas almofadas e esticando os braços sobre o encosto. Parecia mais confortável no meu apartamento que eu.

Não me preocupei em perguntar a um agente do FBI como ele sabia onde eu morava.

— Que diabos você está fazendo aqui, sem avisar?

— É sexta-feira. Estou tentando falar com você a semana toda. Moro no prédio ao lado. Eu estava fumando meu cigarro eletrônico lá fora e vi o Maddox entrar com você, mas depois ele saiu sozinho em direção ao Cutter.

— Não estou entendendo como isso se traduz em um convite.

— Desculpa — ele disse, sem um pingo de arrependimento na voz. — Posso ir até sua casa?

— Não.

— É sobre o irmão mais novo do Maddox.

Isso me fez parar.

— O que tem ele?

Sawyer gostou de ter toda a minha atenção.

— Você leu o arquivo?

— Li.

— Inteiro?

— Sim, Sawyer. Pare de desperdiçar o meu tempo.

— Você leu a parte sobre o Benny tentando contratar o Travis? O SAC ordenou que o Maddox transforme o irmão em informante. Ele tem uma influência que ninguém mais tem.

— Já sei disso. — Eu não queria que ele soubesse que Travis já tinha sido selecionado para o recrutamento. Meu instinto me dizia para guardar isso para mim.

— Você também sabia que essa ideia é uma merda? A Abby Abernathy é o caminho.

— Ela não se dá com o pai. O Travis é a opção mais viável.

— Ela carregou o Travis pra Vegas e mentiu sobre o álibi. O Trenton estava na luta. Ele sabia que o irmão estava lá. A família toda sabia.

— Exceto o Thomas.

Ele soltou um suspiro frustrado e se inclinou para frente, apoiando os cotovelos nos joelhos.

— Agora é Thomas? — Olhei furiosa para ele. — Há um ano venho dizendo ao Thomas que a gente devia usar a Abby. Ela seria melhor como informante.

— Discordo — falei simplesmente.

Ele sentou na beirada do sofá e estendeu as mãos.

— Apenas... me escuta.

— Pra quê? Se o Travis descobrir que coagimos sua esposa, a operação vai implodir.

— Então, a melhor opção é trazer aquele cara instável para ser informante? — ele disse, sem expressar nenhuma emoção.

— Acho que o Maddox conhece o irmão, e ele está na liderança do caso. Nós devemos confiar nele.

— Você o conhece há uma semana. Você confia nele?

— Não, não faz nem uma semana. E sim. E você devia fazer o mesmo.

— Ele está próximo demais desse caso. É o irmão dele. Merda, até o diretor está próximo demais. Por alguma razão desconhecida, ele praticamente adotou o Maddox. Eles deviam ser mais espertos. Não estou sendo um babaca. Estou raciocinando e ficando maluco porque ninguém me escuta. Aí você chega... alguém de fora colocada em uma posição de autoridade. Achei que finalmente eu tinha conseguido minha chance, e tenho certeza de que o Maddox está me mantendo longe de você de propósito.

— Isso mesmo — falei.

— O pior é que, quanto mais alto eu falo, menos eles me escutam.

— Talvez você devesse tentar falar mais baixo.

Sawyer balançou a cabeça. Os olhos azuis ardentes queimaram quando ele desviou o olhar de mim.

— Meu Deus, Lindy. Você precisa de ajuda com a mudança?

Eu queria mandá-lo embora, mas um par de mãos extra ia acelerar tudo.

— Na verdade...

Ele ergueu as mãos de novo.

— Eu sei minha reputação no escritório. E admito metade dela... tudo bem, a maior parte. Mas não sou um babaca o tempo todo. Eu te ajudo e vou embora. Eu juro.

Olhei séria para ele.

— Sou lésbica.

— Não, você não é.

— Tá bom, mas as chances de eu me tornar lésbica são maiores que as de transar com você.

— Entendido. Embora eu te ache bem atraente... não nego que, no mundo real, eu tentaria ao máximo te levar pra casa depois do bar... você precisa saber que, apesar de eu ser idiota e galinha às vezes, não sou burro. Eu não dormiria com a minha chefe.

O comentário de Sawyer fez meu rosto corar, e eu virei de costas para ele. Seu charme sulista me atingia, apesar de a razão me dizer que ele era uma perda de tempo para qualquer mulher que quisesse respeito ou um relacionamento sério.

Sawyer podia ser um conquistador e até um babaca a maior parte do tempo, mas não tinha problemas em ser transparente. Mantido a certa distância, ele na verdade poderia ser uma vantagem e talvez até um amigo.

Apontei para a cozinha.

— Vamos começar por ali.

7

Acordei em um quarto quase limpo. Todas as minhas roupas estavam penduradas no armário ou dobradas nas gavetas da cômoda. Sawyer e eu tínhamos conseguido desempacotar tudo e até fazer uma limpeza depois da bagunça — exceto pelo isopor e as caixas vazias que rasgamos e deixamos perto da porta da frente.

Com um suéter cinza e uma calça de pijama azul-marinho, vesti meu roupão branco felpudo e abri a porta do quarto, dando uma olhada na cozinha e na sala de estar. Os dois ambientes eram conjugados, separados apenas pelo balcão da cozinha, que fazia papel de ilha e possivelmente mesa de café da manhã.

O apartamento era pequeno, mas eu não precisava de muito espaço. A ideia de ter um lugar só para mim me fez ter vontade de respirar fundo e girar como a Maria em *A noviça rebelde* — até eu lembrar que não estava sozinha.

Sawyer estava deitado no sofá, ainda dormindo. Viramos duas garrafas e meia de vinho antes de ele desmaiar. Um de seus braços estava sobre o rosto, cobrindo-lhe os olhos. Um pé com meia estava apoiado no chão, como se quisesse impedir que a sala girasse. Sorri. Mesmo bêbado, ele manteve a promessa de não dar em cima de mim e conquistou uma quantidade infinita de respeito quando o deixei no sofá e fui para o quarto.

Vasculhando os armários pateticamente vazios, eu estava tentando encontrar algo para comer que não ofendesse minha ressaca. Assim que estendi a mão para a caixa de biscoitos salgados, alguém bateu à porta.

Eu me arrastei até ali usando minha pantufa rosa e branca — presente de Natal da minha mãe no ano anterior. *Droga,* pensei. *Preciso telefonar para ela hoje.*

Soltando a corrente e abrindo o trinco, girei a maçaneta e espiei através da fresta na porta.

— Thomas — falei, surpresa.

— Oi. Desculpa por te abandonar ontem à noite.

— Você não me abandonou.

— Acabou de acordar? — ele perguntou, olhando para o meu roupão.

Apertei um pouco mais o cinto.

— É. A festa da organização foi boa.

— Precisa de ajuda? — ele perguntou.

— Não, já terminei.

Seus olhos dançaram ao redor um pouco, seu faro investigativo aguçado. Eu já vira essa expressão tantas vezes.

— Você terminou de desempacotar aquilo tudo sozinha?

Minha hesitação em responder o fez encostar a mão na porta e empurrá-la lentamente.

Sua raiva foi instantânea.

— Que porra ele tá fazendo aqui?

Voltei a porta para a posição anterior.

— Ele está dormindo no sofá, Thomas. Meu Deus, raciocina um pouco.

Ele se inclinou e sussurrou:

— Eu também já estive nesse sofá.

— Ah, vai se foder — falei.

Empurrei a porta para fechá-la, mas Thomas a segurou.

— Eu falei que, se ele te incomodasse, era pra você me avisar.

Cruzei os braços.

— Ele não estava me incomodando. Tivemos uma noite agradável.

Seus olhos piscaram, e suas sobrancelhas se juntaram. Ele deu um passo em minha direção e manteve a voz baixa enquanto dizia:

— Se você está preocupada com sua imagem, não devia ter deixado o Sawyer dormir aqui.

— Você precisa de alguma coisa? — perguntei.

— O que foi que ele te disse? Ele discutiu o caso?

— Por quê?

— Apenas responda às perguntas, Lindy — ele disse entredentes.

— Sim, mas não acho que seja algo que ele não tenha dito a você.

— Ele quer que a Abby seja informante.

Fiz que sim com a cabeça.

— E? — ele perguntou.

Fiquei surpresa por ele me perguntar.

— Seu irmão não vai permitir. Além do mais, acho que não podemos confiar nela. De acordo com as informações, ela ajudou o pai inúmeras vezes, apesar do relacionamento instável dos dois. Ela não vai entregá-lo, exceto talvez pelo Travis. Mas teríamos que prendê-lo antes. Então talvez ela entrasse no jogo.

Thomas suspirou, e eu me amaldiçoei internamente por ter pensado em voz alta.

— *Você* teria que prendê-lo — ele disse.

— Como assim?

Thomas falou quase em um sussurro:

— Isso ia acabar com o meu disfarce.

— Você não está disfarçado. De que merda você está falando?

Thomas mudou o peso do corpo de lado.

— É difícil explicar, e eu não vou fazer isso enquanto estou no corredor e o Sawyer está fingindo dormir no seu sofá.

Virei, e um dos olhos do Sawyer se abriu de repente.

Ele sentou, sorrindo.

— Sejamos justos, eu estava dormindo até você bater na porta. Este sofá é confortável, Lindy! Onde você comprou? — ele perguntou, afofando as almofadas.

Thomas abriu a porta e apontou para o corredor.

— Saia.

— Você não pode expulsá-lo do meu apartamento — falei.

— Sai daqui, porra! — Thomas gritou, as veias pulsando em sua garganta.

Sawyer se levantou, se espreguiçou e pegou suas coisas na mesa de centro retangular, as chaves arranhando o vidro. Ele parou entre mim e o batente, a poucos centímetros do meu rosto.

— Te vejo na segunda de manhã.

— Obrigada pela ajuda — falei, tentando me desculpar sem deixar de ser profissional. Era um equilíbrio impossível.

Sawyer fez um sinal com a cabeça para Thomas e saiu para o corredor. Quando a porta do elevador abriu e fechou de novo, Thomas me encarou com uma expressão severa.

Revirei os olhos.

— Ah, para. Você está se esforçando demais.

Eu me afastei, e ele me seguiu para dentro do apartamento.

Peguei os biscoitos no armário e os estendi.

— Café da manhã?

Thomas pareceu confuso.

— O quê?

— Estou de ressaca. Os biscoitos são meu café da manhã.

— O que você quis dizer com "estou me esforçando demais"?

Olhei para ele.

— Você gosta de mim.

— Eu... Você é legal, eu acho — ele disse, tropeçando nas palavras.

— Mas você é meu chefe, acha que a gente não devia sair, então agora está afastando qualquer parte interessada.

— Essa é uma teoria e tanto — ele disse.

Abri o pacote de plástico, coloquei uma pilha de biscoitos em um prato, enchi um copo de água e usei o balcão como mesa.

— Você está dizendo que estou errada?

— Não. Mas você não está emocionalmente disponível, lembra? Talvez eu só esteja fazendo um favor ao Sawyer.

Os biscoitos foram triturados pelos meus dentes, e a boca seca por causa do excesso de álcool ficou ainda pior. Afastei o prato e bebi um gole de água.

— Você não devia ser tão duro com o Sawyer. Ele está apenas ajudando a equipe. Você está tentando salvar seu irmão. Isso é importante para você. Sabe-se lá por quê, sua família não sabe que você é agente federal, e agora você vai obrigar seu irmão a fazer parte da equipe. Todo mundo entende, mas você não precisa desprezar todas as ideias que a equipe lhe dá.

— Sabe, Liis, suas observações nem sempre estão corretas. Às vezes, as coisas vão além do que está na superfície.

— Os motivos que levam à origem do problema nem sempre são simples, mas a solução sempre é.

Thomas sentou no sofá, parecendo confuso.

— Eles não entendem, Liis, e você definitivamente também não.

Minha máscara dura se derreteu ao ver a dele se desfazendo.

— Talvez eu entenda, se você explicar.

Ele balançou a cabeça, esfregando o rosto.

— Ela sabia que isso ia acontecer. Foi por isso que ela o fez prometer.

— Quem é *ela*? A Camille?

Thomas ergueu o olhar para mim, totalmente desviado de sua linha de pensamento.

— Que merda fez você pensar nela?

Andei os três metros até o sofá e sentei ao lado dele.

— Vamos trabalhar nisso juntos ou não?

— Vamos.

— Então temos que confiar um no outro. Se alguma coisa estiver me impedindo de cumprir a tarefa, eu removo o que quer que seja.

— Tipo eu? — ele perguntou com um sorriso.

Lembrei de nossa discussão na academia e me perguntei como tive coragem de dizer ao ASAC para sair do meu caminho.

— Thomas, você tem que dar um jeito nisso.

— No quê?

— No que quer que esteja confundindo a sua cabeça. O Sawyer acha que você está próximo demais desse caso. Ele está certo?

Thomas franziu a testa.

— O Sawyer quer esse caso desde que eu o levei ao supervisor. Ele o queria quando fui promovido a supervisor e quando fui promovido a ASAC.

— Isso é verdade? Você foi promovido por causa da entrada que conseguiu no caso?

— O fato de o Travis namorar a filha do Abernathy?

Esperei a resposta.

Ele olhou ao redor do ambiente, a expressão sombria.

— Em grande parte, sim. Mas também trabalhei feito um burro de carga.

— Então para de fazer merda por aí e vamos pegar esses caras.

Thomas ficou de pé e se pôs a andar de um lado para o outro.

— Pegar esses caras significa prendê-los, e a maneira mais fácil de fazer isso é usar meu irmão.

— Então faça isso.

— Você sabe que não é tão fácil assim. Você não pode ser tão ingênua — ele soltou.

— Você sabe o que tem que ser feito. Não sei por que está dificultando tanto.

Thomas refletiu por um instante e depois sentou ao meu lado mais uma vez. Cobriu a boca e o nariz com as mãos e fechou os olhos.

— Você quer conversar sobre isso? — perguntei.

— Não — ele respondeu, a voz abafada.

Suspirei.

— Você não quer mesmo falar sobre isso? Ou é nesse ponto que eu exijo que você fale?

Ele deixou as mãos caírem no colo e se recostou.

— Ela teve câncer.

— A Camille?

— Minha mãe.

O ar ficou tão pesado que eu não conseguia me mexer. Eu não conseguia respirar. Só escutar.

Os olhos de Thomas estavam grudados no chão, a mente presa em uma lembrança ruim.

— Antes de morrer, ela falou com cada um de nós. Eu tinha onze anos. Pensei muito nisso. Eu simplesmente não consigo... — ele respirou fundo — imaginar como foi para ela tentar dizer aos filhos tudo que queria nos ensinar ao longo da vida, mas ter que fazer isso em poucas semanas.

— Não consigo imaginar como foi para *você*.

Thomas balançou a cabeça.

— Todas as palavras que ela disse, até mesmo as que ela tentou dizer, estão gravadas a fogo na minha memória.

Eu me recostei na almofada, a cabeça apoiada na mão, ouvindo enquanto Thomas descrevia como a mãe lhe estendeu a mão, como a voz dela era linda apesar de mal conseguir falar e como ele sabia que ela o amava até mesmo nos últimos momentos. Pensei no tipo de mulher que teria criado um homem como Thomas com outros quatro garotos. Que tipo de pessoa poderia se despedir com força e amor suficientes para durarem pelo resto da infância deles? As descrições que ele fez da mãe me deixaram com um nó na garganta.

As sobrancelhas de Thomas se juntaram.

— Ela disse: "Seu pai vai sofrer. Você é o mais velho. Sinto muito por isso, e não é justo, mas está nas suas mãos, Thomas. Não só cuide deles. Seja um bom irmão".

Apoiei o queixo nas mãos, observando as diferentes emoções que passavam por seu rosto. Eu nunca havia vivenciado aquilo, mas definitivamente sentia empatia; tanta que tive de resistir à vontade de abraçá-lo.

— A última coisa que eu disse para minha mãe foi que ia tentar. O que estou prestes a fazer com o Travis... não parece que estou tentando porra nenhuma.

— Sério? — perguntei, em dúvida. — Todo o trabalho que você teve nesse caso? Todos os pauzinhos que precisou mexer para que o Travis fosse recrutado em vez de preso?

— Meu pai é detetive aposentado, sabia? — Thomas me observou com os olhos castanho-esverdeados. Ele estava mergulhado até o pescoço no passado, na história da família, na culpa e na decepção.

Eu não sabia até que ponto essa história podia piorar. Parte de mim tinha medo de ele admitir que havia sofrido algum tipo de abuso.

Hesitante, balancei a cabeça.

— Ele... batia em você?

O rosto do Thomas se contorceu em repulsa.

— Não. Não, nada do tipo. — Seus olhos perderam o foco. — Meu pai pirou durante uns anos, mas ele é um homem bom.

— Como assim? — perguntei.

— Foi logo depois que ela falou comigo pela última vez. Eu estava chorando no corredor, bem ao lado do quarto dela. Eu queria chorar tudo o que precisava chorar para os meninos não me verem. Ouvi minha mãe pedir ao meu pai para largar o emprego na delegacia, e ela o fez prometer que nunca ia deixar a gente seguir os passos dele. Ela sempre teve orgulho do meu pai, do trabalho dele, mas sabia que a morte dela seria difícil para nós e não queria meu pai em um emprego que pudesse nos deixar órfãos. Meu pai adorava o que fazia, mas prometeu. Ele sabia que a minha mãe estava certa. Nossa família não aguentaria mais uma perda.

Ele passou o polegar nos lábios.

— Chegamos perto demais com o Trenton e o Travis. Eles quase morreram com a Abby naquele incêndio.

— Seu pai sabe?

— Não. Mas, se alguma coisa tivesse acontecido com os dois, ele não sobreviveria.

Pousei a mão no joelho dele.

— Você é bom como agente federal, Thomas.

Ele suspirou.

— Eles não vão ver as coisas desse jeito. Passei o resto da infância tentando ser adulto. Perdi muito o sono tentando pensar em outra carreira. Eu não podia deixar meu pai quebrar a promessa que fez a ela. Ele a amava demais. Eu não podia fazer isso com ele.

Peguei a mão dele. A história era muito pior do que eu pensava. Eu não conseguia imaginar o tamanho da culpa que ele carregava todos os dias, amando o emprego que não deveria ter.

— Quando decidi me candidatar ao FBI, foi a coisa mais difícil e mais empolgante que eu já fiz. Tentei contar várias vezes, mas simplesmente não consigo.

— Você não precisa contar para ele. Se acha mesmo que ele não vai entender, não conta. É o seu segredo.

— E agora vai ser o segredo do Travis.

— Eu queria... — pousei minha outra mão sobre a dele — que você pudesse ver as coisas como eu vejo. Você está protegendo seu irmão do único jeito possível.

— Eu ensinei o Travis a usar a privada. Dava banho nele todas as noites. Meu pai amava os filhos, mas estava perdido no luto. Por um tempo, depois que conseguiu um novo trabalho, ele bebia até desmaiar. Ele já compensou isso, se desculpa o tempo todo por ter escolhido o caminho mais fácil. Mas fui eu quem criou o Trav. Fiz curativo nos machucados. Entrei em muitas brigas por causa dele e lutei ao seu lado. Não posso deixá-lo ir para a cadeia. — A voz dele estremeceu.

Balancei a cabeça.

— Você não vai deixar. O diretor concordou em recrutá-lo. Ele não corre perigo.

— Você entende com o que estou tendo que lidar? O Trav vai ser obrigado a mentir para a nossa família e para a esposa, como eu fiz. Mas eu escolhi esse caminho, e sei como é difícil, Liis. Ele não tem escolha. Não é só o meu pai que vai ficar decepcionado, mas o Travis vai ter que atuar como agente secreto. Só o diretor e a nossa equipe vão saber. Ele vai precisar mentir para todo mundo que conhece porque eu sabia que o vínculo dele com o Benny me daria essa promoção. Sou a porra do irmão dele. Que tipo de pessoa faz isso com o próprio irmão?

Era difícil de assistir à autodepreciação de Thomas, especialmente sabendo que não havia como aliviá-la.

— Você não fez isso só pela promoção. Pode dizer isso a si mesmo, mas eu não acredito. — Apertei a mão dele. Sua tristeza era tão pesada que dava para sentir. — E você não o obrigou a se envolver em uma atividade ilegal. Está apenas tentando poupá-lo das consequências das ações dele.

— Ele é um garoto — a voz de Thomas falhou. — Ainda vai fazer vinte e um, pelo amor de Deus. Ele é uma porra de um garoto, e eu deixei ele na mão. Voltei para a Califórnia e não olhei pra trás, e agora ele está numa merda bem séria.

— Thomas, escuta. Você tem que dar um jeito nisso na sua cabeça. Se você não acredita nos motivos para o Travis ser recrutado, ele definitivamente não vai acreditar.

Ele envolveu minhas mãos com as dele. Então levou meus dedos até os lábios e os beijou. Meu corpo todo se inclinou uma fração de centímetro na direção dele, como se houvesse uma atração gravitacional que eu não conseguisse controlar. Enquanto eu observava sua boca aquecer minha pele, tive inveja das minhas próprias mãos.

Eu nunca tinha sentido uma vontade tão ardente de desafiar minhas próprias regras, a ponto de minha consciência estar em guerra. Nem metade dessas emoções conflitantes surgiu na noite em que decidi deixar Jackson. O efeito que Thomas tinha sobre mim era maravilhoso e enlouquecedor e apavorante.

— Eu lembro do cara que conheci na minha primeira noite aqui, aquele que não tinha a pressão de administrar um escritório ou de tomar a difícil decisão de proteger o irmão. Não importa o que diga a si mesmo, você é uma boa pessoa, Thomas.

Ele me olhou e puxou a mão, indignado.

— Não sou santo, porra. Se eu te contasse a história da Camille, você não estaria me olhando desse jeito.

— Você falou que ela é namorada do Trent. Posso imaginar.

Ele balançou a cabeça.

— É pior do que você pensa.

— Eu diria que ajudar o Travis a não ser preso é uma expiação.

— Não chega nem perto. — Ele se levantou.

Estendi a mão, mas não consegui alcançá-lo. Eu não queria que ele fosse embora. Eu tinha um dia inteiro pela frente e nada para desempacotar. Agora que estava em minha sala de estar, Thomas parecia preencher o espaço vazio. Tive medo de me sentir sozinha quando ele fosse embora.

— A gente consegue fazer isso, sabe — falei. — O Travis vai ficar livre. Vai poder ficar em casa com a esposa e com um bom emprego. Vai dar tudo certo.

— Acho bom. Deus me deve uma. Mais de uma.

Ele não estava na minha sala. Estava a quilômetros de distância de mim.

— Só precisamos manter o foco — falei. — Vai ter que ser a melhor porcaria que eu ou você já fizemos.

Ele assentiu, pensando nas minhas palavras.

— E a Camille? — perguntei. — Esse assunto está resolvido?

Thomas foi até a porta e colocou a mão na maçaneta.

— Outra hora. Acho que já tivemos verdade suficiente para um dia.

A porta bateu com força, meus ombros subiram até as orelhas, e eu fechei os olhos. Quando as poucas decorações que Sawyer pregara na parede na noite anterior pararam de tremer, eu me recostei outra vez nas almofadas do sofá, bufando. Thomas devia tornar mais fácil odiá-lo, e, depois do que ele compartilhou comigo, isso era impossível.

Eu me perguntei quem no FBI sabia de seus conflitos pessoais — com o irmão e o caso de Vegas, e o fato de esconder a carreira da família; talvez Marks, provavelmente o SAC e, com certeza, o diretor.

Thomas me tornou sua parceira nisso. Por algum motivo, ele confiava em mim, e, da mesma maneira inexplicável, isso me fez querer trabalhar com muito mais afinco para terminar esse caso.

Val dissera que Thomas tinha um círculo fiel e para eu ter cuidado com o que falava. Agora eu fazia parte desse círculo e estava curiosa se era porque ele precisava dos meus talentos, como dos de Sawyer, ou se simplesmente precisava de *mim*.

Cobri o rosto, pensando em seus lábios em minha pele, e percebi que queria as duas coisas.

8

— *De jeito nenhum — falei para a agente Davies.*

Ela rangeu os dentes, se empertigando no assento em minha sala.

— Você não vai pegar três milhões de dólares dos contribuintes para um esquema capenga qualquer.

— Não é um esquema capenga, Lindy. Está bem aí no documento. Se mandarmos três milhões para essa conta, teremos a confiança de Vick.

— Você sabe quanto vale a confiança de um intermediário pra mim?

— Três milhões? — Davies respondeu, os olhos grandes apenas meio esperançosos.

— Não. Pare de desperdiçar meu tempo. — Continuei digitando no notebook, verificando minha agenda.

Val e eu tínhamos uma reunião de almoço no Fuzzy e em seguida eu precisaria perguntar ao Thomas se podia falar com o outro especialista em idiomas, o agente Grove, sobre umas discrepâncias que eu havia encontrado em seu FD-302.

Davies deu um tapa na minha mesa e se levantou.

— Só mais uma maldita mandona... — Seus resmungos foram diminuindo conforme ela se aproximava da porta.

— Agente Davies — chamei.

Ela virou, o rabo de cavalo balançando enquanto fazia o movimento. Sua expressão irritada endureceu quando seus olhos encontraram os meus.

— Você precisa entender bem uma coisa: eu não sou mandona. Sou a porra da chefe.

O olhar austero de Davies se suavizou e ela piscou.

— Tenha um bom dia, agente Lindy.

— Você também, agente Davies. — Fiz sinal para ela fechar a porta e, quando isso aconteceu, coloquei os fones de ouvido e escutei o arquivo digital que Thomas me enviara pela manhã.

O arquivo que o agente Grove traduzira uns dias antes era preciso, exceto por alguns elementos importantes. Eu queria ter perguntado sobre isso ao Thomas mais cedo, mas alguma coisa parecia errada. Era um número aqui e outro ali, mas então Grove anotou errado o nome de um suspeito e começou a deixar algumas coisas totalmente de fora.

Tirei os fones e segui até a sala do esquadrão, notando que Grove não estava em sua mesa.

— Val — chamei —, você viu o Maddox?

Ela caminhou até mim, segurando um pacote de batata frita em uma das mãos e lambendo o sal da outra.

— Ele está entrevistando alguém no Centro de Boas-Vindas Talibã.

Franzi a testa.

— Sério? É assim que a gente vai chamar isso?

— É assim que todo mundo chama — ela disse, dando de ombros.

Val estava se referindo ao prédio milionário que ficava em frente ao nosso edifício multimilionário. Era usado como ponto de segurança para visitantes, e era ali que interrogávamos possíveis suspeitos. Desse modo, se eles ou seus amigos tentassem trazer explosivos, o prédio principal não estaria em risco.

Alguém tinha chamado esse ponto de segurança de Centro de Boas-Vindas Talibã e, por algum motivo bizarro, o apelido pegou.

Dei um tapinha em meu crachá de identificação — um hábito para garantir que ele estava comigo antes de sair — e parti. Normalmente era um passeio agradável atravessar o estacionamento até o prédio da segurança, mas baixas nuvens cinza estavam ribombando no céu, e enormes gotas de chuva começaram a cair alguns segundos depois de eu ter posto o pé no concreto.

O ar tinha um cheiro metálico, e eu respirei fundo. Eu tinha passado quase a última semana toda em ambientes fechados. Isso era algo para o qual eu ainda não havia me preparado. Era fácil trabalhar atrás de uma mesa nas temperaturas congelantes de Chicago. Trabalhar tanto quando a temperatura era amena estava sendo mais difícil conforme os dias lindos apareciam, um atrás do outro.

Olhei para o céu, vendo flashes de raios nos limites da cidade. Seria mais fácil estar no trabalho com uma tempestade do lado de fora.

Empurrei as portas duplas de vidro, sacudindo as mãos e molhando o carpete com a água da chuva. Apesar de ensopada, eu estava de bom humor.

Com um sorriso largo, olhei para a agente à mesa. Ela não ficou impressionada com minha positividade, meus modos ou o fato de eu ter andado tanto na chuva.

Meu sorriso desapareceu, e eu pigarreei.

— O agente especial Maddox?

Ela deu uma bela olhada no meu crachá e então fez um sinal para trás com a cabeça.

— Ele está na sala de interrogação dois.

— Obrigada. — Fui até a porta de segurança e me inclinei de leve, segurando o crachá em frente à caixa preta na parede. Eu me senti ridícula, e em breve teria que encontrar um cordão de crachá retrátil.

A tranca fez um clique, e eu empurrei a porta. Segui pelo corredor e passei por mais uma porta antes de avistar Thomas de pé, sozinho, observando o agente Grove interrogar um sujeito — um asiático magro e mal-humorado, com um casaco esportivo brilhante.

— Agente Lindy — Thomas disse.

Cruzei os braços, ciente de que minha blusa branca estava molhada e eu estava com frio.

— Há quanto tempo ele está nisso?

— Não muito. O sujeito não está colaborando.

Ouvi os dois conversando em japonês. Imediatamente, franzi o cenho.

— O que a fez vir até aqui? — Thomas perguntou.

— Eu tinha perguntas sobre algumas transcrições do Grove. Preciso da sua permissão para falar com ele.

— Para o caso Yakuza?

— Sim.

Ele sussurrou, inabalável:

— Sua função aqui é confidencial.

— Alguém deixou uma pilha dos relatórios dele na minha porta. Achei que o Grove soubesse que eu era especialista e quisesse minha opinião.

— Suposições são perigosas, Liis. Eu os coloquei lá.

— Ah.

— Você encontrou alguma coisa?

— Muitas coisas.

Olhei pelo vidro para as três pessoas lá dentro. Outro agente estava sentado no canto, fazendo anotações, mas parecendo extremamente entediado.

— Quem é aquele? — perguntei.

— Pittman. Ele destruiu um carro pela terceira vez. Vai ficar em trabalho interno por um tempo.

Olhei para Thomas. Sua expressão era indecifrável.

— Você não parece surpreso por eu ter encontrado discrepâncias — falei, observando Grove através do espelho unidirecional. Apontei. — Ali. Ele acabou de traduzir que onze ex-membros da Yakuza estão morando em um prédio que também abriga outros sujeitos investigados pelo FBI.

— E daí?

— O sujeito relatou que essas pessoas ainda são membros da Yakuza, na verdade, e são dezoito, não onze. O Grove está omitindo. Ou ele fala um japonês de merda ou não é confiável.

O agente Grove se levantou e deixou o interrogado na sala com o agente da transcrição. Saiu devagar antes de fechar a porta atrás de si. Quando viu nós dois, ele se assustou, mas se recuperou rapidamente.

— Agente Maddox — ele disse em um tom nasalado.

Qualquer outro teria deixado passar o ligeiro tremor em seus dedos quando ele ergueu os óculos. Era um homem rechonchudo com a pele acobreada. Os olhos eram tão escuros que quase chegavam a ser pretos, e o bigode enrolado mexia quando ele falava.

Thomas apontou para mim com a mesma mão que segurava o café.

— Essa é a agente Lindy, a nova supervisora do Esquadrão Cinco.

— Já ouvi seu nome — Grove disse, me olhando. — De Chicago?

— Nascida e criada.

Grove estava com a expressão que eu costumava ver pouco antes de alguém me perguntar se eu era coreana, japonesa ou chinesa. Ele estava tentando adivinhar se eu falava o idioma que ele traduzira incorretamente.

— Talvez você devesse entrar e me ajudar. Ele tem um sotaque esquisito. Está me confundindo um pouco — Grove disse.

Dei de ombros.

— Eu? Não falo japonês. Mas ando pensando em fazer umas aulas.

Thomas se intrometeu:

— Talvez você pudesse ensiná-la, Grove.

— Como se eu tivesse tempo pra isso — ele resmungou, esfregando distraidamente as palmas suadas uma na outra.

— Era só uma ideia — o chefe comentou.

— Vou pegar um café. A gente se vê por aí.

Thomas ergueu o queixo uma vez, esperando o agente Grove deixar o ambiente.

— Muito bem — disse, observando Pittman rabiscar.

— Há quanto tempo você sabe? — perguntei.

— Tenho minhas suspeitas há pelo menos três meses. Tive certeza quando perdi uma prisão depois de entrar numa sala vazia que eu sabia que estava cheia de membros da Yakuza dois dias antes.

Ergui uma sobrancelha.

Ele deu de ombros.

— Eu ia designá-lo para traduzir os Títulos Três que conseguimos dos caras do Benny em Vegas, mas, depois dessa prisão perdida, pensei melhor no assunto. Em vez disso, preferi designar a tarefa para alguém novo, alguém melhor.

— Alguém que não fosse agente duplo?

Thomas virou para mim com um leve sorriso.

— Por que acha que eu trouxe você para cá?

— Você vai prendê-lo? — perguntei. — O que vai fazer?

Ele deu de ombros.

— Duvido que a gente continue a usá-lo como tradutor.

Fiz uma careta.

— Estou falando sério.

— Eu também.

Thomas caminhou comigo pelo corredor até sairmos para o estacionamento, jogando o café no lixo e abrindo um guarda-chuva.

— Você devia investir em um desses, Liis. Estamos na primavera, sabe como é.

Ele não disse meu nome com tanta aspereza como dissera antes. Ele o pronunciou com suavidade, a língua acariciando cada letra, e eu me vi contente por termos a chuva como desculpa para ficar tão próximos.

Desviei de poças, apreciando em silêncio quando Thomas se esforçava para manter o guarda-chuva sobre a minha cabeça. Por fim, ele decidiu colocar a mão livre na minha cintura e me puxar para o seu lado. Quando chegávamos a uma poça, ele simplesmente me erguia sobre ela sem esforço.

— Nunca gostei de chuva — Thomas disse quando paramos na frente das portas do saguão, enquanto ele sacudia o guarda-chuva. — Mas posso ter mudado de ideia.

Forcei um sorriso, tentando ao máximo não deixar evidente a tontura ridícula que senti com seu flerte inocente.

Assim que entramos no saguão do prédio principal, Thomas voltou ao seu típico comportamento de ASAC.

— Preciso de um FD-três-zero-dois sobre suas descobertas até o fim do dia. Preciso relatar isso ao SAC.

— Pode deixar — falei, virando para o elevador.

— Liis?

— Sim.

— Você vai malhar hoje?

— Hoje não. Vou almoçar com a Val.

— Ah.

Apreciei o lampejo de decepção em seus olhos.

— Amanhã eu estarei lá.

— Ah, tá bom — ele disse, tentando disfarçar o pequeno golpe no ego.

Se ele parecesse mais triste, eu não ia conseguir disfarçar o sorriso que ameaçava se estender pelo meu rosto.

Assim que entrei no elevador e a adrenalina diminuiu, fiquei muito irritada comigo mesma. Eu havia basicamente o expulsado da minha cama na noite em que nos conhecemos porque tinha certeza de que estaria ocupada demais curtindo minha liberdade. Estar com o Jackson era sufocante, e uma transferência pareceu a solução perfeita.

Por que diabos eu me sinto assim em relação ao Thomas? Apesar da minha opinião sobre começar um novo relacionamento e considerando o temperamento e a bagagem emocional dele, o que há em Thomas que me faz perder a capacidade de raciocinar?

O que quer que fosse, eu precisava dar um jeito nisso. Tínhamos que nos concentrar em cumprir a missão em St. Thomas, e algo confuso como sentimentos não ajudaria ninguém.

O elevador se abriu e revelou Val sorrindo animada no corredor. Depois de me avistar, seu bom humor desapareceu.

— Você nunca ouviu falar em guarda-chuva, Liis? Meu Deus.

Revirei os olhos.

— Você age como se eu estivesse coberta de cocô de cachorro. É só chuva.

Ela me seguiu até a minha sala e sentou em uma das poltronas em frente à minha mesa. Cruzou as pernas e os braços e me olhou feio.

— Pode abrir o bico.

— Do que você está falando? — perguntei, tirando os saltos e colocando-os um ao lado do outro perto da ventilação do chão.

— Sério? — Ela ergueu o queixo. — Não seja assim. Primeiro as amigas, depois os paus.

Sentei e entrelacei os dedos sobre a mesa.

— Apenas me diga o que quer saber, Val. Tenho coisas pra fazer. Acho que acabei de fazer o agente Grove ser demitido... ou preso.

— O quê? — Suas sobrancelhas se ergueram por meio segundo, e então ela estava franzindo a testa outra vez. — Você pode ser mestre em desviar o foco, mas eu sei quando alguém está me escondendo alguma coisa, e você, Liis, tem um segredo.

Cobri os olhos com as mãos.

— Como você adivinhou? Preciso melhorar nisso.

— O que quer dizer com "como você adivinhou"? Você sabe de quantos interrogatórios eu já participei? Eu simplesmente sei. Eu diria que sou vidente, mas isso é idiotice, então vou dizer apenas: "Obrigada, papai, por ser um canalha traidor e aprimorar meu detector de mentiras".

Tirei as mãos do rosto e dei uma olhada para ela.

— O quê? Eu digo a verdade... ao contrário de você, sua... amiga falsa e suja.

Franzi o nariz.

— Isso foi duro.

— Assim como saber que a sua amiga não confia em você.

— Não é que eu não confie em você, Val. Só que não é da sua conta.

Ela se levantou e contornou a poltrona, colocando as mãos no encosto.

— Francamente, eu preferia que você não confiasse em mim. E... você não está mais convidada para ir ao Fuzzy.

— O quê? — dei um gritinho. — Ah, para com isso!

— Não. Nada de Fuzzy pra você. E eles me amam, Liis. Você sabe o que isso significa? Nada de Fuzzy no almoço. Nada de Fuzzy *pra sempre.* — Ela enfatizou cada sílaba das duas últimas palavras. Depois arregalou os olhos e girou nos calcanhares antes de bater a porta atrás de si.

Cruzei os braços e fiz um biquinho.

Cinco segundos depois, meu ramal tocou e eu atendi.

— Lindy — falei rapidamente.

— Anda logo. Estou com fome.

Eu sorri, peguei a bolsa e os sapatos e segui apressada para o corredor.

9

— Então — Val disse enquanto mastigava, limpando a mistura de maionese e mostarda do canto da boca —, você tem um encontro com o Maddox em três semanas. É isso que você está me dizendo?

Franzi a testa.

— Não. Foi isso que você arrancou de mim.

Ela sorriu, pressionando os lábios para impedir que um pedaço grande de hambúrguer com bacon, alface e tomate lhe escapasse.

Apoiei o queixo na mão, fazendo bico.

— Por que você não consegue simplesmente deixar as coisas pra lá, Val? Preciso que ele confie em mim.

Ela engoliu.

— Quantas vezes eu já te disse? Não existem segredos no FBI. O Maddox devia ter imaginado que em algum momento eu ia descobrir. Ele conhece muito bem os meus talentos.

— E o que isso quer dizer?

— Engole o ciúme, O.J. Eu quis dizer que o Maddox sabe que somos amigas e que eu consigo detectar qualquer segredo melhor que um cão farejador.

— Um *cão farejador*? Quem é você?

— Meus avós moram em Oklahoma. Eu costumava visitá-los todo verão — ela disse com desdém. — Escuta, você está fazendo um trabalho excelente como supervisora. O SAC obviamente está de olho em você. Você vai estar em Quantico antes mesmo que consiga dizer *amor no escritório.*

Eu quase engasguei com a batata frita.

— Val, você vai me matar.

— Ele não tira os olhos de você.

Balancei a cabeça.

— Para.

Ela me provocou com um olhar sagaz.

— Às vezes ele sorri quando você passa. Não sei. É meio fofo. Eu nunca o vi desse jeito.

— Cala a boca.

— Então, e o casamento do Travis?

Dei de ombros.

— Vamos passar a noite em Illinois, depois vamos para St. Thomas.

O sorriso dela era contagiante.

Dei uma risadinha.

— O que foi? Para com isso, Val! É trabalho.

Ela jogou uma batata em mim, depois me deixou terminar o almoço em paz.

Deixamos o Fuzzy para voltar ao escritório.

Quando passamos pela sala do Marks, ele acenou para Val.

— Ei! Me encontra no Cutter hoje à noite — ele disse.

— Hoje à noite? — Ela balançou a cabeça. — Não, tenho que ir ao mercado.

— Mercado? — ele repetiu, fazendo uma careta. — Você não cozinha.

— Pão. Sal. Mostarda. Não tenho nada.

— Me encontra depois. O Maddox também vai. — Os olhos dele flutuaram até mim por uma fração de segundo, o suficiente para fazer meu rosto corar.

Voltei para minha sala, não desejando parecer ansiosa para ouvir os planos de Thomas. Assim que sentei no meu trono e reativei o notebook, Sawyer bateu à porta parcialmente aberta.

— Hora ruim? — perguntou.

— É — respondi, mexendo o mouse. Cliquei no ícone da minha caixa de entrada de e-mail e franzi a testa enquanto lia as inúmeras linhas de assunto. — Como essa merda acontece? Fiquei fora por uma hora e tenho trinta e duas novas mensagens.

Sawyer enfiou as mãos nos bolsos e se apoiou no batente da porta.

— Somos carentes. Tem uma mensagem minha.

— Ótimo.

— Quer ir ao Cutter hoje à noite?

— Esse é o único bar por aqui?

Ele deu de ombros, andando em direção à minha mesa e desabando em uma das poltronas. Ele se recostou, os joelhos separados e os dedos entrelaçados no peito.

— Aqui não é a minha sala de estar, agente.

— Desculpa, senhora — ele disse, se ajeitando no assento. — O Cutter é o lugar que a gente frequenta. É perto para muitos de nós que moramos nas redondezas.

— Por que tantos de nós moramos ali? — perguntei.

Ele deu de ombros.

— O departamento de habitação tem um bom relacionamento com os proprietários. É relativamente perto do escritório. É um bairro bom e, para Midtown, o preço é bem razoável. — Ele sorriu. — Tem um restaurantezinho em Mission Hills chamado Brooklyn Girl. É muito legal. Quer ir lá?

— Onde fica Mission Hills?

— A uns dez minutos do seu prédio.

Pensei no assunto durante um segundo.

— Só comida, certo? Não é um encontro.

— Meu Deus, não... a menos que você queira me pagar o jantar.

Dei uma risadinha.

— Não. Tá bom. Brooklyn Girl às oito e meia.

— *Bum* — ele disse, se levantando.

— O que foi isso?

— Não vou ter que comer sozinho. Me desculpa por comemorar.

— Sai daqui — falei, acenando para ele sair.

Sawyer pigarreou, e eu percebi que a porta não tinha se fechado quando deveria. Ergui o olhar e vi Thomas de pé na porta, o cabelo curto ainda úmido por causa do banho depois da atividade física.

— Há quanto tempo está aí de pé? — perguntei.

— Tempo suficiente.

Eu mal reconheci o sarcasmo.

— Você realmente devia parar de ficar rondando a minha porta. É assustador.

Ele suspirou, fechando a porta atrás de si antes de se aproximar da minha mesa. Sentou, esperando pacientemente, enquanto eu dava uma olhada nos e-mails.

— Liis.

— O quê? — perguntei por trás do monitor.

— O que está fazendo?

— Verificando meus e-mails, também conhecido como trabalho. Você devia experimentar.

— Você costumava me chamar de senhor.

— Você costumava me obrigar. — Um longo e constrangedor silêncio me fez inclinar e encontrar seus olhos. — Não me faça explicar.

— Explicar o quê? — ele perguntou, verdadeiramente intrigado.

Desviei o olhar, irritada, depois cedi.

— É só um jantar.

— No Brooklyn Girl.

— E daí?

— É meu restaurante preferido. Ele sabe disso.

— Meu Deus, Thomas. Não é uma competição de marcação de território.

Ele pensou no que eu disse por um instante.

— Talvez não pra você.

Balancei a cabeça, frustrada.

— O que isso significa?

— Você se lembra da noite em que a gente se conheceu?

Cada pedaço de ousadia e irritação em mim se derreteu, e instantaneamente me senti como nos primeiros segundos depois que ele atingiu o clímax dentro de mim. O constrangimento me colocou em meu lugar com mais rapidez do que a intimidação jamais conseguiria.

— O que tem? — perguntei, roendo a unha do polegar.

Ele hesitou.

— Você estava falando sério?

— Sobre qual parte?

Ele olhou direto nos meus olhos durante o que pareceu uma eternidade, planejando o que dizer em seguida.

— Que você não está emocionalmente disponível.

Ele não só derrubou minhas defesas. Todas elas foram derrubadas com mais rapidez do que qualquer outra defesa derrubada na história das defesas derrubadas.

— Não sei como responder — falei. *Muito bem, Liis!*

— Isso serve pra todo mundo ou só pra mim? — ele perguntou.

— Também não sei como responder.

— É só que eu... — Sua expressão mudou de flerte casual para curiosa com flerte casual. — Quem é o cara da SWAT que você deixou em Chicago?

Olhei para trás como se alguém pendurado na janela do sétimo andar pudesse escutar.

— Estou no trabalho, Thomas. Por que é que estamos conversando sobre essa merda agora?

— Podemos conversar sobre isso no jantar, se quiser.

— Tenho compromisso — falei.

A pele ao redor de seus olhos se comprimiu.

— Um encontro?

— Não.

— Se não é um encontro, o Sawyer não vai se importar.

— Não vou cancelar com ele porque você quer ganhar o joguinho de vocês. Isso já está velho. Você me cansa.

— Então está combinado. Vamos conversar sobre seu ex-ninja no meu restaurante preferido às oito e meia. — Ele se levantou.

— Não, não vamos. Nada disso parece atraente... nem um pouco.

Ele olhou ao redor e, de um jeito brincalhão, apontou para o próprio peito.

— Não, você também não é atraente — soltei.

— Para uma agente federal, você é uma péssima mentirosa — Thomas disse, forçando um sorriso. Ele foi até a porta e a abriu.

— O que está acontecendo com todo mundo hoje? A Val está agindo de um jeito maluco, você está insano... e arrogante, aliás. Eu só quero vir para o trabalho, voltar para casa e, quem sabe, não comer sozinha de vez em quando, e com quem eu bem entender, sem dramas, sem reclamações e sem competições.

O Esquadrão Cinco inteiro estava olhando para a minha sala.

Cerrei os dentes.

— A menos que tenha uma atualização do caso pra mim, agente Maddox, por favor, me deixe continuar minha tarefa.

— Tenha um bom dia, agente Lindy.

— Obrigada — bufei.

Antes de fechar a porta, ele colocou a cabeça para dentro de novo.

— Eu já estava me acostumando com você me chamando de Thomas.

— Sai da minha sala, Thomas.

Ele fechou a porta, e minhas bochechas queimaram quando um sorriso incontrolável se espalhou pelo meu rosto.

Rios em miniatura corriam em cada lado da rua, a sujeira e o entulho de uma cidade descendo pelos bueiros grandes e quadrados em cada cruzamento. Pneus espirravam água com barulhos agudos enquanto derrapavam no asfalto molhado, e eu estava de pé na frente da cobertura listrada e das grandes janelas de vidro, com "Brooklyn Girl" escrito em uma fonte vintage.

Eu não conseguia parar de sorrir pelo fato de não estar enrolada em um casaco pesado. As nuvens baixas eram iluminadas pela lua, e o céu respingara e chovera torrencialmente em San Diego o dia todo, mas eu estava ali com uma blusa branca sem manga, um blazer de linho coral e calça jeans skinny com sandálias. Eu queria ter usado meu sapato de salto de camurça que prende no tornozelo, mas não queria correr o risco de molhá-lo.

— Oi — Sawyer disse no meu ouvido.

Virei e sorri, lhe dando uma cotovelada.

— Consegui uma mesa pra gente — Thomas disse, passando rapidamente por nós e abrindo a porta. — Três, certo?

Sawyer pareceu ter engolido a língua.

As sobrancelhas de Thomas se ergueram.

— E aí? Vamos comer. Estou faminto.

Sawyer e eu trocamos olhares, e eu entrei primeiro, seguida por ele.

Thomas enfiou as mãos nos bolsos enquanto parava no balcão da recepção.

— Thomas Maddox — a jovem disse, com um brilho nos olhos. — Há quanto tempo.

— Oi, Kasie. Mesa para três, por favor.

— Por aqui. — Kasie sorriu, pegou três cardápios e nos conduziu a uma mesa no canto.

Sawyer sentou primeiro, perto da parede, e eu na cadeira ao lado dele, deixando Thomas sentar de frente para nós. A princípio, os dois homens pareceram felizes com a disposição, mas as sobrancelhas de Thomas se uniram quando Sawyer puxou a cadeira um pouco mais para perto da minha.

Eu o olhei com suspeita.

— Achei que era seu restaurante preferido.

— E é — Thomas disse.

— Ela falou que você não vem aqui há muito tempo.

— É verdade.

— Por quê?

— Você não costumava trazer sua namorada aqui? — Sawyer perguntou.

Thomas abaixou o queixo e olhou com raiva para Sawyer, mas, quando seus olhos encontraram os meus, seus traços se suavizaram. Ele baixou o olhar, ajeitando os talheres e o guardanapo.

— A última vez que eu vim aqui foi com ela.

— Ah — falei, de repente sentindo a boca seca.

Uma jovem garçonete se aproximou da nossa mesa com um sorriso.

— Oi, pessoal. Meu nome é Tessa.

Sawyer levantou os olhos para ela com um brilho conhecido no olhar.

— Alguém tem um encontro depois do trabalho. Estou com ciúme.

Tessa ficou vermelha.

— Batom novo.

— Eu sabia que tinha alguma coisa. — Os olhos de Sawyer se demoraram um pouco mais na garçonete antes de ele mirar o cardápio.

Thomas revirou os olhos, pediu uma garrafa de vinho sem olhar a carta de vinhos, e ela foi embora.

— Então — Sawyer disse, virando o corpo todo na minha direção —, você ajeitou o quadro?

— Não — respondi com uma risada silenciosa, balançando a cabeça. — Não sei por que é tão pesado. Ainda está apoiado na parede em que quero pendurá-lo.

— É tão estranho não ter prego nenhum naquela parede — ele comentou, tentando desesperadamente não parecer nervoso.

Thomas se ajeitou na cadeira.

— Tenho buchas em casa. É muito pesado?

— Pesado demais para a parede de gesso, mas acho que com uma bucha vai dar certo — falei.

Ele deu de ombros, parecendo muito mais confortável com a situação do que Sawyer ou eu.

— Levo uma pra você mais tarde.

Pela visão periférica, vi um movimento mínimo no maxilar de Sawyer. Thomas tinha acabado de garantir um tempo sozinho comigo mais tarde. Eu não sabia bem se outras mulheres apreciavam estar nessa posição, mas eu estava quase deprimida.

Tessa voltou com uma garrafa e três taças.

Enquanto ela servia, Sawyer piscou para ela.

— Obrigada, querida.

— De nada, Sawyer. — Ela mal conseguia conter a felicidade enquanto se balançava nos calcanhares. — Hum, vocês já escolheram as entradas?

— Abobrinha recheada — Thomas disse, sem tirar os olhos de mim.

A intensidade de seu olhar me fez ficar envergonhada, mas não desviei os olhos. Pelo menos por fora, eu queria parecer impenetrável.

— Quero o homus — Sawyer disse, parecendo enojado com a escolha de Thomas.

Tessa girou nos calcanhares, e Sawyer a observou voltar para a cozinha.

— Com licença — ele disse, fazendo sinal de que precisava sair da mesa.

— Ah. — Eu me afastei e levantei, deixando-o passar.

Ele passou por mim com um sorriso e foi em direção ao que imaginei ser o toalete, passando pelas paredes cinza e por uma arte rústica moderna pendurada ali.

Thomas sorriu enquanto eu voltava para o meu assento. O ar-condicionado foi ativado, e eu apertei o blazer ao meu redor.

— Quer o meu casaco? — ele perguntou, oferecendo seu blazer, que combinava perfeitamente com as paredes. Ele estava de calça jeans e botas Timberland de couro marrom.

Balancei a cabeça.

— Não estou com tanto frio assim.

— Você só não quer estar vestindo meu casaco quando o Sawyer voltar do banheiro. Mas ele não vai notar, porque vai estar de papo com a Tessa.

— O que o Sawyer pensa ou sente não me diz respeito.

— Então por que está aqui com ele? — O tom não era de acusação. Na verdade, era tão diferente de sua voz alta e exigente de sempre que suas palavras quase se misturaram ao zumbido do ar-condicionado.

— Não estou sentada na frente dele. No momento, estou aqui com você.

Os cantos de sua boca se curvaram. Ele pareceu apreciar o que ouviu, e eu me xinguei internamente pelo modo como me senti em relação a isso.

— Gostei desse lugar — falei, olhando ao redor. — Meio que lembra você.

— Eu adorava este lugar — Thomas disse.

— Mas não adora mais. Por causa dela?

— Minha última lembrança daqui também é minha última lembrança dela. Sem contar o aeroporto.

— Então ela te deixou.

— Sim. Achei que a gente ia falar do seu ex, não da minha.

— Ela te deixou pra ficar com seu irmão? — perguntei, ignorando-o.

Seu pomo de adão se elevou quando ele engoliu em seco, e Thomas olhou na direção do banheiro, procurando Sawyer, que como previsto, estava de pé na beirada do balcão, perto da estação de bebidas, fazendo Tessa dar risadinhas.

— É — Thomas disse, então bufou, como se alguma coisa tivesse tirado seu fôlego. — Mas, para começar, ela não era minha. A Camille sempre pertenceu ao Trent.

Balancei a cabeça e franzi a testa.

— Por que fazer isso consigo mesmo?

— É difícil explicar. O Trent é apaixonado por ela desde que éramos crianças. Eu sabia.

Sua confissão me surpreendeu. Pelo que eu sabia de sua infância e de seus sentimentos em relação aos irmãos, era difícil imaginar Thomas fazendo algo tão insensível.

— Mas foi atrás dela mesmo assim. Só não entendo por quê.

Seus ombros subiram só um pouquinho.

— Eu também sou apaixonado por ela.

Tempo presente. Uma pontada de ciúme atingiu meu peito.

— Não foi de propósito — Thomas disse. — Eu costumava voltar sempre pra casa, principalmente para vê-la. Ela trabalha num bar por lá. Uma noite, fui direto para o Red e sentei em frente ao balcão dela, e então de repente me dei conta. Ela não era mais uma garotinha de rabo de cavalo. Ela tinha crescido e estava sorrindo pra mim. O Trent falava da Camille o tempo todo, mas, para mim pelo menos, nunca pareceu que ele ia tentar algo. Durante muito tempo, achei que ele nunca ia ficar com alguém de verdade. Então ele começou a sair com outra garota... a Mackenzie. E foi aí que eu achei que ele tinha superado a paixonite pela Camille. Mas, pouco tempo depois, houve um acidente e a Mackenzie morreu.

Engoli uma respiração curta.

Thomas reconheceu meu choque com um sinal de cabeça e continuou:

— O Trent nunca mais foi o mesmo depois disso. Ele bebia muito, transava com qualquer uma e abandonou a faculdade. Num fim de semana, voltei pra casa pra ver como ele e meu pai estavam e então fui até o bar. Ela estava lá. — Ele hesitou. — Eu tentei evitar.

— Mas não evitou.

— Cheguei à conclusão de que ele não a merecia. Foi a segunda coisa mais egoísta que já fiz, e ambas foram com meus irmãos.

— Mas o Trent e a Camille acabaram juntos?

— Eu trabalho muito. Ela está lá. Ele está lá. Era óbvio que ia acontecer, depois que o Trent decidiu ir atrás dela. Eu não podia protestar de verdade. Ele se apaixonou primeiro.

A tristeza em seus olhos fez meu peito doer.

— Ela sabe o que você faz?

— Sabe.

Arqueei uma sobrancelha.

— Você contou pra ela onde trabalha, mas não para sua família?

Thomas pensou nas minhas palavras e se remexeu na cadeira.

— Ela não vai contar. Ela prometeu que não ia contar.

— Então ela mente para todos eles?

— Ela omite.

— Para o Trent também?

— Ele sabe que a gente namorava. Ele acha que mantínhamos tudo em segredo por causa do que ele sentia pela Camille. Ele ainda não sabe sobre o FBI.

— Você confia que ela não vai contar para ele?

— Confio — ele disse sem hesitar. — Eu lhe pedi segredo em relação ao fato de que estávamos saindo. Durante meses, ninguém soube, exceto a amiga que mora com ela e algumas pessoas do trabalho dela.

— É verdade, não é? Você não queria que seu irmão soubesse que você tinha roubado a Camille dele — falei, presunçosa.

Seu rosto se contorceu em repulsa pela minha falta de sutileza.

— Em parte. Mas também não queria que meu pai ficasse insistindo para que ela desse informações sobre mim. Ela teria que mentir. Isso teria tornado as coisas mais difíceis do que já eram.

— Ela teve que mentir de qualquer jeito.

— Eu sei. Foi burrice. Agi sob o impulso de um sentimento passageiro que acabou virando algo mais. Coloquei todo mundo em uma posição ruim. Fui um babaca egoísta. Mas eu a amava... eu a amo. Pode acreditar, estou sendo castigado por isso.

— Ela vai estar no casamento, não vai?

— Vai — ele respondeu, retorcendo o guardanapo.

— Com o Trent.

— Eles ainda estão juntos. Eles moram juntos.

— Ah — falei, surpresa. — E isso não tem nada a ver com o motivo pelo qual você quer que eu vá?

— O Polanski quer que você vá.

— Você não quer?

— Não porque estou tentando provocar ciúme na Camille, se é isso que está tentando dizer. Eles se amam. Ela faz parte do meu passado.

— Faz? — perguntei antes de conseguir me impedir. E me preparei para a resposta.

Ele me encarou por um tempo.

— Por quê?

Engoli em seco. *Essa é a verdadeira pergunta, não é? Por que eu quero saber?* Pigarreei, rindo de um jeito nervoso.

— Não sei por quê. Apenas quero saber.

Ele soltou uma risada e baixou o olhar.

— Você pode amar alguém sem querer estar com essa pessoa. Assim como você pode querer estar com uma pessoa antes de amá-la.

Ele levantou o olhar para mim, uma centelha em seus olhos.

Pela visão periférica, vi que Sawyer estava em pé ao lado da nossa mesa, esperando com Tessa, que tinha uma bandeja na mão.

Thomas não desviou o olhar de mim, e eu não conseguia desviar o meu dele.

— Posso, hum... com licença — Sawyer disse.

Pisquei algumas vezes e olhei para cima.

— Ah. Sim, desculpa. — Eu me levantei para que ele pudesse passar, depois voltei ao meu assento, tentando não me encolher sob o olhar decidido de Thomas.

Tessa colocou as entradas na mesa com três pratinhos. Ela encheu a taça de Thomas, que estava pela metade, o merlot escuro respingando ali dentro, mas eu coloquei a mão sobre a minha antes que ela pudesse servir.

Sawyer levou a taça aos lábios, e um silêncio constrangedor se abateu sobre a mesa enquanto o resto do restaurante zumbia com uma conversa constante, interrompida apenas por risadas intermitentes.

— Você contou a ela sobre a Camille? — Sawyer perguntou.

Os pelos em minha nuca se eriçaram, e minha boca de repente pareceu seca. Bebi o último gole do líquido vermelho em minha taça.

Thomas rangeu os dentes e estreitou os olhos, parecendo arrependido.

— Você contou à Tessa sobre aquela coceira?

Sawyer quase engasgou com o vinho. A garçonete tentou pensar em algo para dizer, mas não conseguiu e, depois de alguns pulinhos, voltou para a cozinha.

— Por quê? Por que você é tão babaca? — Sawyer perguntou.

Thomas deu uma risadinha, e eu tentei abafar um sorriso, mas não consegui, soltando a risada dentro do copo de água.

Sawyer também riu e balançou a cabeça antes de passar uma boa quantidade de homus na fatia de pão árabe.

— Muito boa, Maddox. Muito boa.

Thomas olhou para mim.

— Como você vai pra casa, Liis?

— Você vai me levar.

Ele assentiu.

— Eu não queria supor isso, mas estou contente por concordar.

10

— *Obrigada — sussurrei.*

Tentei não olhar para a faixa de pele lindamente bronzeada entre o cinto e a barra da camiseta branca de Thomas. Ele estava pendurando o quadro, uma das primeiras coisas que comprei depois do treinamento. Era uma impressão em tela com moldura de madeira, pesada demais para uma decoração de parede.

— É assustador pra caramba — Thomas comentou, descendo da minha cadeira da sala de jantar para o carpete.

— É do Yamamoto Takato. Meu artista japonês moderno preferido.

— Quem são elas? — Thomas perguntou, apontando para as duas irmãs no quadro.

Elas estavam descansando ao ar livre noturno. Uma estava curtindo em silêncio uma travessura qualquer que se passava diante delas. A outra olhava para mim e Thomas, mal-humorada e entediada.

— Espectadoras. Ouvintes. Como nós.

Ele não pareceu impressionado.

— Elas são esquisitas.

Cruzei os braços e sorri, feliz porque elas finalmente estavam onde deveriam.

— É um artista brilhante. Você devia ver outros trabalhos dele. Elas são comportadas, se compararmos com o resto.

Sua expressão me disse que ele não aprovava essa nova informação.

Ergui o queixo.

— Eu gosto delas.

Thomas inspirou, balançou a cabeça e soltou o ar.

— Cada um com seu gosto. Acho que eu vou, hum... embora.

— Obrigada pela carona. Obrigada pela bucha. Obrigada por pendurar as meninas.

— As meninas?

Dei de ombros.

— Elas não têm nome.

— Porque não são reais.

— São reais pra mim.

Thomas pegou a cadeira e a levou de volta até a mesa, mas segurou no encosto, se inclinando de leve.

— Por falar em coisas que não são reais... andei pensando num jeito de te falar sobre certos aspectos da viagem.

— Quais?

Ele veio na minha direção, se abaixando a centímetros do meu rosto, inclinando a cabeça de leve.

Eu me afastei.

— O que você está fazendo?

Ele recuou, satisfeito.

— Vendo sua reação. Eu estava certo em tocar nesse assunto agora. Se eu não demonstrar afeto, eles vão saber que tem alguma coisa errada. Você não pode se afastar de mim assim.

— Não vou fazer isso.

— Sério? Não foi uma reação instintiva que acabou de acontecer?

— Sim... mas eu já deixei você me beijar.

— Quando estava bêbada. — Thomas forçou um sorriso. Ele foi até o meio da sala e sentou no meu sofá como se fosse dono do lugar. — Não conta.

Eu o segui, o observei por um instante e então me sentei à sua direita, não deixando nem ar entre nós. Pousei a bochecha em seu peito e deslizei a mão por seu abdome rígido antes de enfiar os dedos do seu lado esquerdo, apenas o suficiente para meu braço ficar no lugar.

Meu corpo todo relaxou, e eu cruzei a perna direita sobre a esquerda, deixando a panturrilha sobre o joelho dele, de modo que todas as minhas partes estavam pelo menos levemente apoiadas nele. Eu me aninhei a ele com um sorriso, porque Thomas Maddox — o agente especial astuto e sempre no controle — estava parado feito uma estátua, o coração martelando no peito.

— Não sou eu quem precisa treinar — falei com um sorrisinho e fechei os olhos.

Senti seus músculos relaxarem, e ele passou os braços nos meus ombros, apoiando o queixo no topo da minha cabeça. Ele deixou todo o ar escapar dos pulmões, e pareceu se passar muito tempo antes de ele suspirar outra vez.

Ficamos assim, sem nenhum outro lugar para estar, ouvindo o silêncio do meu apartamento e o barulho da rua. Pneus ainda deslizavam no asfalto molhado, buzinas soavam, portas de carros batiam. De vez em quando, uma pessoa gritava, freios gemiam e um cachorro latia.

Ali dentro, sentada ao lado de Thomas — no mesmo sofá que batizamos na noite em que nos conhecemos —, parecia um universo paralelo.

— Isso é legal — ele disse por fim.

— *Legal?* — Fiquei levemente ofendida. Achei que era maravilhoso. Ninguém me abraçara desse jeito desde Jackson em Chicago, e, ainda assim, eu não tinha me sentido do mesmo modo.

Não achei que sentiria falta do toque de alguém, sobretudo porque eu não gostava do afeto de Jackson. Mas ficar sem isso durante menos de um mês me fez sentir solitária e talvez um pouco deprimida. Imagino que era algo normal para qualquer pessoa, mas eu estava certa de que a tristeza não teria sido tão intensa e rápida se eu não tivesse sentido as mãos de Thomas em mim na minha primeira noite em San Diego. Eu sentia falta delas todos os dias depois disso.

— Você sabe o que eu quero dizer — ele explicou.

— Não. Por que não me conta?

Seus lábios pressionaram meu cabelo, e ele soltou o ar, de maneira profunda e em paz.

— Não quero. Só quero curtir o momento.

É justo.

♡

Abri os olhos, sozinha e deitada em meu sofá. Eu ainda estava totalmente vestida, coberta com a manta de lã que mantinha dobrada sobre a poltrona.

Sentei, esfreguei os olhos e fiz uma pausa.

— Thomas? — chamei. Eu me senti ridícula. Era pior que a manhã depois da transa de uma noite só.

Meu relógio indicava três da manhã, e eu ouvi uma pancada no andar de cima. Olhei para o teto com um sorriso. Era legal saber que ele estava tão perto. Mas aí ouvi mais alguma coisa, algo que fez meu estômago revirar.

Um berro.

Um gemido.

Um uivo.

Ai, meu Deus.

Um ritmo de pancadas contra a parede seguido de gemidos começou a descer para o meu apartamento, e eu olhei ao redor, sem saber o que pensar. *Será que ele saiu daqui e foi para o Cutter? Conheceu uma garota? E então a levou para casa?*

Mas Thomas não faria isso. Eu tinha sido a única desde... talvez eu o tenha tirado do esconderijo.

Ai, meu Deus.

— Ai, meu Deus! — um grito de mulher ecoou em voz alta meu pensamento, enchendo meu apartamento.

Não. Isso tem que parar.

Eu fiquei de pé e comecei a procurar algo comprido o suficiente para bater no teto. A vergonha que ele sentiria não importava. Eu nem estava me importando de ser *aquela* vizinha — a solteirona do andar de baixo que não gosta de música, risadas escandalosas nem de sexo. Eu só precisava que o orgasmo absurdamente alto da mulher parasse.

Subi na cadeira da sala de jantar, a mesma que Thomas usara mais cedo, com uma vassoura na mão. Pouco antes de eu começar a bater com o cabo no teto, alguém bateu à porta.

Mas que merda é essa?

Eu a abri, ciente de que ou eu parecia totalmente maluca ou a pessoa do outro lado da porta era a doida da história, e eu teria que usar a vassoura contra um psicopata.

Thomas estava parado sob o batente com olheiras, parecendo exausto.

— Posso ficar aqui?

— O quê?

— Por que está segurando uma vassoura? — ele perguntou. — Já passa das três da manhã. Você está fazendo faxina?

Estreitei os olhos.

— Você não está acompanhado?

Ele olhou ao redor, parecendo confuso com a pergunta, depois mudou o peso do corpo de uma perna para outra.

— Sim.

— Não devia estar na sua casa, então?

— Hum... não vou conseguir dormir lá em cima.

— Óbvio que não!

Tentei bater a porta, mas ele a segurou e me seguiu para dentro do apartamento.

— O que há de errado com você? — ele perguntou. Depois apontou para a cadeira no meio da sala. — Qual é a da cadeira?

— Eu ia subir nela e usar isto! — falei, mostrando a vassoura.

— Pra quê? — Ele franziu o nariz.

— No teto! Para fazer isso parar! Para fazer a mulher parar!

O reconhecimento iluminou seus olhos, e ele ficou com vergonha instantaneamente.

— Você consegue ouvir?

Revirei os olhos.

— Sim. O prédio todo consegue ouvir.

Ele esfregou a nuca.

— Sinto muito, Liis.

— Não sinta — fervilhei. — Não é como se a gente... não é de verdade.

— Como assim?

— Por favor, não peça desculpas! Isso só faz com que eu me sinta mais patética!

— Tá bom! Desculpa! Quer dizer...

Suspirei.

— Apenas... vai embora.

— Eu... ia perguntar se podia ficar aqui hoje à noite. Mas acho que, se você consegue ouvi-la...

Joguei a vassoura nele, mas ele saltou sobre ela.

— Que merda é essa, Liis?

— Não, você não pode ficar aqui! Volte para o andar de cima, para sua transa de uma noite só! Parece que você virou profissional no assunto.

Seus olhos se arregalaram, e ele levantou as mãos.

— Ah! Uau. Não. Isso não era... não sou eu. Lá em cima. Com ela.

— O quê? — Fechei os olhos, totalmente confusa.

— Não estou com ela.

Olhei furiosa para ele.

— Claro que não. Você acabou de conhecê-la.

Suas mãos estavam se mexendo para frente e para trás, em um movimento horizontal.

— Não. Não estou lá em cima trepando com ela.

— Sei — enfatizei a palavra. Eu podia estar falando com a parede.

— Não! — ele gritou, frustrado.

As pancadas recomeçaram, e nós dois olhamos para cima. A mulher começou a uivar, e um gemido baixo atravessou o teto — uma voz masculina.

Thomas cobriu o rosto.

— Meu Deus.

— Alguém está com uma mulher no seu apartamento?

— Meu irmão — ele resmungou.

— Qual deles?

— O Taylor. Ele vai ficar aqui por uns dias. Ele me mandou uma mensagem perguntando por que eu não estava em casa. Saí daqui para encontrá-lo no andar de cima, mas, quando cheguei lá, ele estava puto com alguma coisa e não queria ficar no apartamento. Então o levei ao Cutter. A agente Davies estava lá e...

Apontei para o teto.

— É a agente Davies?

Thomas assentiu.

— Ah, graças a Deus — falei, cobrindo os olhos com a mão.

Ele franziu a testa.

— Hein?

— Nada.

Davies gritou.

Balancei a cabeça e apontei para a porta.

— Você precisa falar para eles pararem com essa merda. Eu preciso dormir.

Thomas fez que sim com a cabeça mais uma vez.

— É. Vou lá. — Ele virou na direção da porta, mas parou, então se voltou para mim, apontando. — Você achou que era eu. Você estava puta.

Fiz uma careta.

— Não, não estava.

— Estava, sim. Admita.

— E daí se eu estivesse?

— Por que você estava com raiva? — ele perguntou, os olhos me implorando alguma coisa.

— Porque são três da manhã e eu devia estar dormindo.

— Mentira.

— Não tenho ideia do que você está falando!

Eu sabia exatamente do que ele estava falando, e ele sabia que eu estava tentando me fazer de idiota.

Ele sorriu.

— Você achou que eu estava trepando com uma mulher do bar e ficou com raiva de mim. Você estava com ciúme.

Depois de alguns segundos incapaz de inventar uma desculpa decente, soltei:

— E daí?

Thomas ergueu o queixo e levou a mão para trás, segurando a maçaneta.

— Boa noite, Liis.

Mantive o olhar mais desprezível possível até ele fechar a porta, depois fui até a vassoura, a ergui do chão e empurrei a cadeira de volta para junto da mesa.

Após mais ou menos um minuto, os uivos e as pancadas pararam.

Eu me arrastei até o quarto, tirei a roupa e vesti uma camiseta antes de cair na cama.

Eu não só não odiava o Thomas, eu gostava dele. Pior que isso: ele sabia.

11

Girei o pulso para olhar o relógio, amaldiçoando a mim mesma por ter dormido demais. Depois de colocar um par de brincos de diamante falsos, calcei o sapato, peguei a bolsa e abri a porta.

Thomas estava parado ali com um copo de isopor em cada mão.

— Café?

Fechei a porta e virei a chave na fechadura.

— Tem leite nesse café? — perguntei.

— Não. Seis sachês de açúcar e dois de creme.

— Como você sabe como eu gosto do café? — perguntei, pegando o copo que ele estendeu na minha direção.

Caminhamos juntos até o elevador, e Thomas apertou o botão.

— Constance.

— A Constance sabe que você comprou café pra mim?

— A Constance me mandou comprar café pra você.

As portas se abriram e nós entramos.

Virei para ele, confusa.

— Ela acordou cedo — resmunguei. — Por que a Constance te diria pra fazer isso?

Ele deu de ombros.

— Ela achou que você podia gostar.

Virei para frente. Ele estava me dando respostas sem de fato me responder, a coisa de que eu menos gostava. Eu ia ter que pedir para Val me ensinar como funcionava seu detector de mentiras humano.

— As perguntas acabaram? — Thomas quis saber.

— Não.

— *Não?*

— Você não vai me dar uma resposta de verdade, de qualquer forma.

— A Constance sabe que eu gosto de você. Ela diz que estou diferente desde que você chegou, e ela tem razão.

— Thomas — falei, virando para ele. — Eu... me sinto grata por isso, mas não estou...

— Emocionalmente disponível. Eu sei. Mas você também acabou de sair de um relacionamento. Não estou te pedindo pra morar comigo.

— O que você está me pedindo?

— Deixa eu te levar para o trabalho.

— Isso não é um pedido.

— Tudo bem. Podemos jantar sozinhos?

Virei para ele quando a porta do elevador se abriu.

— Você está me convidando para um encontro, Maddox?

Segui para o saguão, os saltos batendo no piso.

Depois de alguns segundos de hesitação, ele assentiu uma vez.

— Sim.

— Não tenho tempo para nada confuso. Estou comprometida com o trabalho.

— Assim como eu.

— Eu gosto de trabalhar até tarde.

— Assim como eu.

— Não gosto de dar satisfação pra ninguém.

— Nem eu.

— Se é assim, então sim.

— Sim, posso te levar para o trabalho? Ou sim, podemos jantar?

— Sim para as duas coisas.

Ele sorriu, triunfante, e então usou as costas para empurrar as portas do saguão, me mantendo em seu campo de visão.

— Meu carro está pra lá.

Durante o trajeto até o trabalho, Thomas falou da noite com Taylor, me contou a que horas a agente Davies deixou seu apartamento e como era inconveniente ter um hóspede surpresa, mesmo sendo seu irmão.

A via expressa ainda estava úmida por causa da chuva do dia anterior. Ele contornou o trânsito com seu Land Rover, e, embora eu estivesse acostumada a dirigir em Chicago, San Diego era totalmente diferente, e eu não sabia se estaria preparada quando conseguisse um carro.

— Você parece nervosa — Thomas comentou.

— Detesto a via expressa — resmunguei.

— Vai odiar ainda mais quando dirigir nela. Quando seu carro chega? Você está há quase três semanas sem ele.

— Meu carro não vem. Meus pais vão vendê-lo pra mim. Vou procurar um novo quando tiver tempo, mas, por enquanto, o transporte público é suficiente.

Thomas fez uma careta.

— Isso é ridículo. Você pode vir comigo.

— Está tudo bem, de verdade — falei.

— Me espera na frente do prédio todas as manhãs. A gente sai no mesmo horário, de qualquer maneira, e vai para o mesmo lugar. Além do mais, você está me fazendo um favor. Posso andar na faixa exclusiva para carona solidária.

— Tá bom — falei, olhando pela janela. — Se não se importa.

— Eu não me importo.

Olhei de relance para ele. Sua transformação de chefe irritado e temperamental para vizinho gentil e feliz — talvez mais que isso — fora gradual, por isso não percebi até estarmos lado a lado, o sol da manhã destacando a calmaria em seus olhos. Seguimos o restante do caminho até o FBI em um silêncio confortável.

Thomas só voltou a falar com o guarda, no portão de entrada.

— Agente Maddox — disse o agente Trevino, pegando nossos crachás. Ele se inclinou para me identificar e forçou um sorriso.

— Oi, Mig — Thomas cumprimentou. — Como está a família?

— Todos bem. É gentil da sua parte trazer a agente Lindy para o trabalho.

Thomas pegou seu crachá de volta.

— Moramos no mesmo prédio.

— Hummm — comentou Trevino, se recostando antes de apertar o botão para abrir o portão.

Thomas entrou e deu uma risadinha.

— Qual é a graça?

— O Trevino — ele disse, apoiando o braço no apoio na porta e encostando os dedos nos lábios.

Franzi a testa. Sempre que alguma coisa entrava em contato com seus lábios, um misto de depressão e ciúme se agitava dentro de mim. A sensação era horrível, e eu me perguntei quando isso ia parar.

— Sou a piada do momento?

Thomas olhou para mim e trocou a mão do volante. Logo em seguida, minha mão estava na dele, e ele a apertou de leve.

— Não. Por que está pensando isso?

— Qual foi a graça?

Ele parou na garagem e colocou o carro em ponto morto. Girou a chave, e o motor silenciou.

— Eu. Ele está rindo de mim. Eu não trago ninguém para o trabalho. Não sorrio quando entro, e com certeza que não pergunto sobre a família de ninguém. Ele sabe que é... ele sabe. As coisas estão diferentes desde que você chegou.

— E por que isso? — Eu o encarei, meus olhos implorando pelas palavras.

Confesso, eu era orgulhosa e teimosa demais para quebrar meu voto com o FBI sem uma garantia. Café, tarefas esquisitas no meu apartamento, até sua mão na minha não eram suficientes. Eu não tinha problema em ficar em segundo lugar em relação ao trabalho. Como nós dois éramos comprometidos com o FBI, de alguma forma um anulava o outro. Mas eu não ficaria em terceiro.

O celular dele tocou, e, quando leu o nome na tela, ele mudou completamente o comportamento. Suas sobrancelhas se juntaram e ele suspirou.

— Oi — Thomas disse, o rosto tenso. Ele soltou a minha mão e desviou o olhar. — Eu te falei que ia. Eu, humm... — Ele esfregou os olhos com o polegar e o indicador. — Não posso. Meu voo só chega uma hora antes da chegada do Trav ao hotel. Tudo bem... Me contar o quê?

Ele abaixou o olhar, seus ombros afundaram.

— Você está? Isso é ótimo — ele disse, sem conseguir disfarçar a desolação na voz. — Humm, não, eu entendo. Não, Trent, eu entendo. Tudo bem. É, estou feliz por você. Estou, sim. Tudo bem. A gente se vê lá.

Thomas apertou o botão para encerrar a ligação e deixou o celular cair no colo. Então segurou o volante com ambas as mãos, tão forte que os nós dos dedos ficaram brancos.

— Quer conversar?

Ele balançou a cabeça.

— Tudo bem. Bom... vou estar na minha sala, se mudar de ideia.

Assim que coloquei a mão na maçaneta, Thomas agarrou meu braço e me puxou para junto de si, os lábios incrivelmente macios se derretendo nos meus. Tudo ao nosso redor se tornou um borrão, e eu fui transportada de volta para a noite em que nos conhecemos — as mãos desesperadas, a língua mergulhada em minha boca, a pele ardente e suada na minha.

Quando ele por fim me soltou, eu sofri. Apesar de terem sido meus lábios nos dele, quando a gente se separou, eu ainda estava com aquela sensação horrível.

— Droga, Liis. Desculpa — ele disse, parecendo tão chocado quanto eu.

Eu estava respirando lenta, mas profundamente, ainda inclinada em sua direção.

— Eu sei que você não quer entrar em um relacionamento — ele disse, irritado consigo mesmo. — Mas não consigo ficar longe de você.

— Eu entendo — falei, tirando o cabelo do rosto. — O Trent? — perguntei, apontando com a cabeça para o celular dele.

Ele olhou para baixo e depois para mim.

— É.

— O que foi que ele disse que chateou você?

Thomas hesitou, claramente não querendo responder.

— Ele estava falando da despedida de solteiro do Travis.

— E?

— Ele é a diversão.

— E daí?

Thomas se remexeu de um jeito nervoso.

— Ele, hum... tem um trato com a Camille. — Ele balançou a cabeça. — Um tempo atrás, ela concordou em casar com ele se ele fizesse algo maluco e vergonhoso. E ele vai fazer isso na festa do Travis, depois... — Seus olhos desabaram. Ele parecia magoado. — Ele vai pedir a Camille em casamento.

— Sua ex.

Ele assentiu lentamente.

— Aquela por quem você ainda é apaixonado. E então me beijou pra parar de pensar no assunto?

— Sim — ele admitiu. — Desculpa. Foi uma merda fazer isso.

Minha primeira reação foi raiva. Mas como eu podia sentir raiva, se beijá-lo era tudo em que eu pensava desde que nos conhecemos? E como eu podia sentir ciúme? A mulher que ele amava ficaria noiva muito em breve, e ele tinha praticamente dado sua bênção. Esse raciocínio todo não me fez bem. Eu estava com ciúme de uma mulher que nem conhecia e que nunca ficaria com Thomas. Eu não podia ficar brava com ele, mas estava furiosa comigo mesma.

Puxei a maçaneta.

— O Esquadrão Cinco vai se reunir às três.

— Liis — ele me chamou quando saí.

Eu me afastei o mais rápido que meus saltos permitiam e fui direto para o elevador.

As portas se fecharam atrás de mim, e eu fiquei em silêncio enquanto os números subiam. Pessoas entraram e saíram — agentes, assistentes, líderes municipais —, todos sussurrando, quando falavam.

Quando as portas se abriram no sétimo andar, saí e tentei passar apressada pela sala de Marks. Ele sempre chegava cedo, e Val normalmente estava no escritório dele, conversando. Eu me esquivei da porta aberta, ouvindo a voz de Val, e passei rapidamente pelas portas de segurança. Dobrei o corredor na primeira baia, passei por outras duas e entrei sorrateiramente no meu escritório, fechando a porta.

Sentei no meu trono e virei de costas para a parede de janelas, encarando a estante e a visão da cidade abaixo. Ouvi uma batida na porta, mas ignorei, e em seguida alguém colocou uma pasta no suporte, me deixando em paz. Deixei o encosto alto da cadeira me esconder da sala do esquadrão e enrolei longas mechas pretas de cabelo no dedo, pensando no beijo, na noite anterior e em todas as vezes em que fiquei sozinha com o Thomas.

Ele ainda era apaixonado pela Camille. Eu não entendia e, pior, também não tinha certeza dos meus sentimentos. Eu sabia que me importava com ele. Se eu fosse sincera, essa era uma baita meia verdade. O modo como meu corpo reagia à sua presença era viciante e impossível de ignorar. Eu desejava Thomas de um jeito que nunca desejei Jackson.

Isso vale a confusão que pode causar no trabalho? Vale a confusão que pode causar em mim?

Tirei o cabelo da boca depois de me dar conta de que o estava mastigando. Eu não fazia isso desde pequena. Thomas era meu vizinho e chefe. Era irracional e insensato tentar ser mais que isso, e, se eu quisesse ficar no controle da situação, tinha de me render a esse fato.

Minha porta se abriu.

— Liis?

Era Thomas.

Virei devagar e me empertiguei. A angústia em seus olhos era insuportável. Ele estava sendo puxado para duas direções, assim como eu.

— Tudo bem — falei. — Não é de você que estou com raiva.

Ele fechou a porta e seguiu até uma das poltronas para se sentar. Então se inclinou, apoiando os cotovelos na beirada da mesa.

— Aquilo foi totalmente inadequado. Você não merecia.

— Você surtou. Eu entendo.

Ele me encarou, desconcertado pela minha resposta.

— Você não é um surto, Liis.

— Tenho um objetivo e estou determinada a alcançá-lo. Qualquer sentimento que eu possa ter por você não vai atrapalhar isso. Às vezes você me faz esquecer, mas eu sempre acabo voltando ao plano original, um plano que não inclui ter alguém.

Ele deixou minhas palavras borbulharem por um instante.

— Foi isso que aconteceu com você e o Jackson? Ele não se encaixava nos seus objetivos futuros?

— Esta conversa não é sobre o Jackson.

— Você não fala muito dele. — Ele se recostou na poltrona.

Merda. Eu não queria entrar nessa conversa com ele.

— É porque não preciso.

— Vocês não estavam noivos?

— Não que seja da sua conta, mas sim.

Thomas ergueu uma sobrancelha.

— Nada, hein? Não derramou nem uma lágrima?

— Na verdade, eu não... faço isso. Eu bebo.

— Tipo naquela noite no Cutter?

— Exatamente como naquela noite no Cutter. Então acho que estamos quites.

A boca de Thomas se abriu de repente, sem nem tentar disfarçar o ego ferido.

— Uau. Parece que sim.

— Thomas, entre todas as pessoas, você devia entender. Você enfrentou a mesma decisão quando estava com a Camille. Você escolheu o FBI, não foi?

— Não — ele disse, ofendido. — Tentei manter as duas coisas.

Eu me recostei e entrelacei as mãos.

— E como foi?

— Não gosto desse seu lado.

— Que pena. De agora em diante, esse é o único que você vai ter. — Eu o encarei bem dentro dos olhos, determinada.

Thomas começou a falar, mas alguém bateu à porta e a abriu.

— Agente Lindy? — uma voz suave, porém aguda, veio do corredor.

— Sim? — falei, reconhecendo Constance de pé na porta.

— Tinha uma visita pra você lá embaixo. Eu pedi para subir.

Antes que eu tivesse a chance de me perguntar quem poderia ter vindo me visitar, Jackson Schultz contornou Constance e parou na minha porta.

— Ai. Meu. Deus — sussurrei.

Ele estava usando camisa social azul e gravata estampada. As únicas vezes em que eu o vira tão bem-vestido tinham sido na noite em que ele me pediu em casamento e no funeral do agente Gregory. O tom da camisa destacava seus olhos azul-celeste. Os olhos costumavam ser minha parte favorita dele, mas, naquele momento, só consegui notar que estavam tão redondos quanto seu rosto. Jackson sempre esteve em forma, mas a cabeça raspada o fazia parecer mais corpulento do que era.

Quanto mais tempo passávamos juntos, mais suas características e hábitos menos atraentes se destacavam — o modo como ele chupava a comida dos dentes depois de uma refeição; como se inclinava de lado quando soltava gases, mesmo em público; ou não lavava as mãos depois de usar o banheiro por meia hora. Até as três profundas rugas onde o crânio encontrava o pescoço me davam calafrios.

— Quem diabos é você? — Thomas perguntou.

— Jackson Schultz, SWAT de Chicago. Quem diabos é você?

Eu me levantei.

— O agente especial Maddox é o ASAC de San Diego.

— Maddox? — Jackson riu uma vez, sem se impressionar.

— Sim, sou o babaca que administra este lugar. — Thomas olhou para Constance. — Estamos em reunião.

— Sinto muito, senhor — Constance falou, não parecendo nem um pouco arrependida.

Ela não me enganava. Ela falou para o Thomas que tipo de café comprar e, quando soube que Jackson estava no prédio, o acompanhou rapidamente até a minha sala para lembrar o chefe de que ele tinha concorrência. Eu não sabia se queria estrangulá-la ou rir, mas estava claro que ela se preocupava com Thomas, e foi legal saber que ela gostava de mim o suficiente para empurrá-lo na minha direção.

— Agente Maddox, já estávamos terminando, não é mesmo? — perguntei.

Thomas olhou para mim e depois para Jackson outra vez.

— Não. O agente Schultz pode esperar lá fora, porra. Constance?

Um canto da boca de Constance se curvou.

— Sim, senhor. Agente Schultz, pode me acompanhar, por favor?

Jackson manteve os olhos em mim enquanto a seguia para fora do meu campo de visão.

Estreitei os olhos para Thomas.

— Isso foi desnecessário.

— Por que você não disse que ele vinha te visitar? — ele soltou.

— Você acha mesmo que eu sabia?

Seus ombros relaxaram.

— Não.

— Quanto mais rápido permitir que ele entre aqui, mais rápido ele vai embora.

— Não quero que ele entre aqui.

— Para.

— O quê? — Thomas disse, fingindo encarar as diversas fotografias e post-its na minha parede ou a estante ou nada disso.

— Você está sendo infantil — falei.

Ele abaixou o queixo para me olhar furioso.

— Se livra dele — disse em voz baixa.

Num passado recente, eu poderia ter me sentido intimidada, mas Thomas Maddox não me assustava mais. Eu nem tinha certeza se um dia assustou.

— Você fez um drama por eu estar com ciúme ontem à noite. Você sabe que eu o deixei e que não estou nem um pouco interessada, e olha como você está agora.

Ele apontou para a porta.

— Você acha que estou com ciúme do senhor Arrumadinho? Você tá de brincadeira, né?

— Nós dois sabemos a zona que está aí dentro — apontei para minha cabeça — para você se preocupar com meu ex-noivo ou comigo em geral.

— Isso não é verdade.

— Você ainda é apaixonado por ela! — falei alto demais.

Todos os membros do Esquadrão Cinco que estavam no departamento se inclinaram para frente ou para trás na cadeira para espiar através da parede de vidro da minha sala. Thomas se levantou e baixou as persianas de uma parte, depois da outra, e fechou a porta.

Ele franziu a testa.

— E o que isso tem a ver? Não posso gostar de você e ainda amá-la?

— É isso? Você gosta de mim?

— Não, só te chamei pra sair porque gosto de ser rejeitado.

— Você me chamou pra jantar e logo depois teve um surto. Você não a esqueceu, Maddox.

— Lá vem você me chamar de Maddox de novo.

— Você não a superou — falei, odiando a tristeza em minha voz. — E eu tenho meus objetivos.

— Você já falou isso.

— Então estamos de acordo que é inútil.

— Ótimo.

— *Ótimo?* — perguntei, envergonhada com a pontada de pânico em minha voz.

— Não vou forçar a barra. Se eu esquecer a Camille e você esquecer seu... sua coisa... a gente se reúne novamente.

Eu o encarei, sem poder acreditar.

— Você não estava só dizendo aquilo pra Constance. A gente realmente estava numa reunião.

— E daí?

— Isso não é algo que você pode planejar, Thomas. Você não pode me dizer como vai acabar, e não vamos *nos reunir novamente* para falar dos progressos. Não é assim que funciona.

— É assim que a gente funciona.

— Isso é ridículo. Você é ridículo.

— Talvez, mas somos iguais, Liis. Foi por isso que não deu certo com outras pessoas. Não vou deixar você fugir e você não vai aguentar as minhas merdas. Podemos pensar se é eficiente ou não ficarmos juntos até nos aposentarmos ou podemos simplesmente aceitar agora. O fato é que nós planejamos, organizamos e controlamos as coisas.

Engoli em seco.

Thomas apontou para a parede.

— Antes de você, eu era um solitário viciado em trabalho, e, apesar de ter alguém, você também era. Mas você e eu podemos dar certo. Faz todo sentido ficarmos juntos. Quando você mandar o senhor Ninja ali catar coquinho, me avisa e eu te levo pra jantar. Depois vou te beijar de novo, e não vai ser porque estou perturbado.

Engoli em seco. Tentei impedir que minha voz falhasse ao dizer:

— Ótimo. É meio desconcertante ser beijada quando você está perturbado por causa de outra mulher.

— Não vai acontecer de novo.

— Certifique-se de que não aconteça.

— Sim, senhora. — Ele abriu a porta, saiu e a fechou.

Desabei na cadeira, respirando fundo para me acalmar. *Que merda foi essa que acabou de acontecer?*

12

— *Oi — Jackson disse, sentado no sofá de dois lugares da pequena* área de espera no corredor. Ele se levantou, se assomando sobre mim. — Você está linda. A Califórnia te fez bem.

Inclinei a cabeça para o lado, oferecendo-lhe um sorriso em agradecimento.

— Faz só algumas semanas.

Ele baixou o olhar.

— Eu sei.

— Como estão seus pais?

— Meu pai acabou de sair de um resfriado. Minha mãe jurou que, se eu trouxesse flores, você ia mudar de ideia.

Contraí o canto da boca para o lado.

— Vamos dar uma volta.

Jackson me seguiu até o elevador. Apertei o botão do primeiro andar e descemos em silêncio.

Quando as portas se abriram, o saguão estava borbulhando de atividade. Logo pela manhã, os agentes estavam chegando ou saindo para fazer interrogatórios, ir ao tribunal ou cumprir as centenas de outras tarefas que se encaixavam no espectro de nossas funções. Os visitantes estavam sendo verificados, e um pequeno grupo de alunos do ensino médio estava começando um tour.

Caminhamos juntos até os fundos do prédio, e eu empurrei as portas duplas que levavam ao pátio. Aninhada entre os dois edifícios, havia uma linda área de descanso, com móveis rústicos, pedras de rio, canteiros de festuca verde e um monumento em homenagem a agentes mortos. Eu sempre quis passar alguns minutos ali para organizar os pensamentos ou simplesmente ficar sentada em silêncio, mas, entre os almoços com Val e o tempo na academia com Thomas, eu não tivera tempo livre.

Jackson se sentou em um dos sofás de vime. Fiquei em pé diante dele, inquieta. Não falamos durante quase um minuto, depois eu finalmente suspirei.

— Por que você não telefonou antes? — perguntei.

— Você teria me dito para não vir. — Sua voz estava lamentavelmente triste.

— Mas você veio mesmo assim — falei, estreitando os olhos por causa do sol forte da manhã.

Quando Jackson se inclinou para frente e segurou a testa, fiquei feliz por estarmos sozinhos.

Dei um passo para trás, temendo, por um segundo, que ele pudesse chorar.

— Não estou lidando bem com isso, Liisee. Não consigo dormir nem comer. Tive um surto no trabalho.

O apelido que ele tinha me dado me causou um calafrio. Não era culpa dele. Eu nunca tinha dito que odiava o apelido. Vê-lo tão vulnerável, quando geralmente ele estava no controle das emoções, me deixou desconfortável, e minha culpa aumentou umas dez vezes.

Jackson não era um cara ruim. Mas não estar mais apaixonada por ele tornara tudo que ele fazia grotesco, e, quanto mais eu tentava me sentir diferente, menos o suportava.

— Jackson, estou no trabalho. Você não pode fazer isso aqui.

Ele levantou o olhar para mim.

— Desculpa. Eu só queria te convidar para almoçar.

Suspirei e sentei ao lado dele.

— Odeio o fato de você estar sofrendo. Queria me sentir diferente, mas eu... simplesmente não sinto. Tentei durante um ano, como prometi.

— Mas talvez se eu...

— Não foi nada que você fez. Nem nada que você não fez. Nós dois simplesmente não damos certo.

— Você dá certo pra mim.

Coloquei a mão em suas costas.

— Sinto muito. Muito mesmo. Mas o que tivemos acabou.

— Você não sente a menor falta de mim? — ele perguntou.

Seu corpo era tão maior que o meu que me protegia do sol.

Eu me lembrava dele no treinamento. As outras alunas o achavam tão doce e atraente. E ele era mesmo. Depois de todo o esforço delas para pegar Jackson Schultz, eu consegui fisgá-lo sem nenhum trabalho. Ele se sentia atraído por confiança e genialidade, ele disse. E eu tinha as duas coisas.

Aqui estava Jackson, me implorando para desejá-lo, quando poderia ter várias mulheres a seus pés, mulheres que o amariam e curtiriam seus péssimos hábitos, assim como as características pelas quais eu havia me apaixonado.

Depois de hesitar um pouco, decidi que a verdade não era agradável, mas era necessária. Simplesmente balancei a cabeça.

— Que merda. — Ele deu uma risada sem humor. — Você se mudou pra cá por causa de alguém? Não é da minha conta, sei disso, mas preciso saber mesmo assim.

— Claro que não.

Ele assentiu, satisfeito.

— Bom, meu voo é só na quarta-feira. Acho que há lugares piores para ficar preso.

— Você pode mudar o voo? — Antes de perguntar, eu já sabia que ele não faria isso.

Jackson não só era terrível em se desapegar como era totalmente inútil em coisas do tipo trocar uma passagem de avião, fazer reservas ou marcar consultas. Eu tinha certeza de que a mãe dele cuidara dos detalhes da viagem para cá.

— O bar do *Top Gun* é aqui. Você vai gostar de lá — falei.

— É — ele deu uma risadinha. — Parece bem legal.

— Eu te levo até a saída. Eu sinto muito... muito mesmo, Jackson.

— É. Eu também.

Eu o conduzi pelo gramado e de volta ao prédio principal. Ele não disse nem uma palavra enquanto atravessávamos o saguão e chegávamos à entrada.

— Eu só... preciso dizer uma vez... antes de ir embora. Eu te amo.

Beijei seu rosto.

— Obrigada. Não mereço isso, mas obrigada.

Ele forçou um sorriso.

— Sei que você consegue lidar com aquele idiota lá em cima, mas, se der errado, você sempre pode voltar pra casa.

Abafei o riso.

— Ele não é um problema.

— Adeus, Liis. — Jackson beijou minha testa e virou, saindo porta afora.

Respirei fundo e, de repente, me senti exausta.

Eu me arrastei até o elevador, então me encostei na parede dos fundos até o sinal indicar que eu estava no meu andar. Saí para o corredor, forçando um pé na frente do outro.

— Liis? — Marks chamou quando passei pela sua sala. — Entra aqui.

Eu parei e virei, surpresa pela gratidão que senti em relação ao convite. Desabei na cadeira dele.

— O que foi?

Ele ergueu uma sobrancelha, cessando momentaneamente os toques contínuos no teclado.

— Eu te falei. Você é encrenca.

— O que faz você dizer isso? — perguntei.

— Todo mundo já notou que ele está diferente. Ele praticamente fica feliz quando você está por perto.

— Não entendi por que isso me torna uma encrenca.

— Seu ex vai ficar com você por uns dias?

— Claro que não.

— Por que não?

Eu me empertiguei.

— Você tem o hábito de fazer perguntas que não são da porra da sua conta?

— Vou adivinhar. Você se transferiu para cá pra fugir dele. Você disse ao Tommy que não estava emocionalmente disponível e agora ele está te perseguindo porque você o rejeitou. Só que isso não é um jogo pra você. Você não está mesmo disponível.

Revirei os olhos e me recostei na cadeira.

— Que tal a gente não fingir que ele não tem os próprios problemas?

— Exatamente. Então por que vocês dois não facilitam para o departamento e param com isso?

— Você tem seus próprios problemas. Concentre-se neles em vez de se concentrar nos meus. — Eu me levantei.

— Eu vi o que aconteceu com ele... quando a Camille foi embora pela última vez. Foi ainda pior depois do acidente de carro com o Trent e a Cami. Ela escolheu o Trent, mas o Tommy nunca deixou de amá-la. Não estou tentando ser um babaca, Liis, mas ele é meu amigo. Posso estar me metendo na sua vida, mas o Tommy mudou quando perdeu a Cami, e não foi pra melhor. Só agora ele está dando sinais do homem que costumava ser antes de ela partir o coração dele.

— Tommy? — perguntei, sem me impressionar.

Marks inclinou o pescoço para mim.

— Foi só isso que você escutou, de tudo que eu te falei? Não se trata de um concurso de marcação de território, Liis. Não estou tentando tirá-lo de você. Estou tentando protegê-lo de você.

Por mais amargo que aquilo fosse, tentei engolir a vergonha. Meu sofrimento ficou claro, porque a raiva nos olhos de Marks desapareceu.

— Eu compreendo que você está comprometida com o trabalho e que tem foco — ele disse. — Mas, se não conseguir encontrar um jeito de amar o trabalho e ele ao mesmo tempo... não fode com ele enquanto está tentando descobrir se tem coração.

A vergonha foi rapidamente substituída pela raiva.

— Vai à merda, Marks — falei antes de sair da sala dele.

Passei zunindo pela porta de segurança e marchei até meu escritório.

— Lindy — o agente Sawyer começou.

— Agora não — falei antes de bater com força a porta da minha sala para reforçar.

Mais uma vez, eu estava na minha cadeira, de costas para a parede de vidro. As persianas estavam fechadas desde que Thomas estivera ali mais cedo, mas eu ainda precisava sentir o encosto alto entre mim e a sala do esquadrão.

Depois de uma batidinha à porta, ela se abriu. Pela falta de cumprimento e pelo ruído de alguém sentando na poltrona, eu sabia que só podia ser a Val.

— Fuzzy hoje?

— Hoje não. Eu definitivamente preciso passar a hora de almoço na academia de ginástica.

— Tá bom.

Virei de repente.

— Só isso? Sem interrogatório?

— Não preciso. Observei você a manhã toda. Primeiro você se esconde aqui e o Maddox entra apressado atrás. Depois seu ex aparece e o Maddox volta a gritar com todo mundo, como era antes. — Ela agitou as sobrancelhas. — Ele está mal.

Desviei o olhar.

— Acabei de partir o coração do Jackson. De novo. Que merda eu estava pensando? Eu sabia que tinha acontecido alguma coisa com o Thomas. Que inferno, você me contou no primeiro dia que ele tinha sido magoado. O Marks tem razão.

Val se enrijeceu.

— O que foi que o Marks disse?

— Que eu devo ficar longe do Thomas. Que eu não consegui me comprometer com o Jackson e provavelmente não vou conseguir me comprometer com mais ninguém.

Ela fez uma careta.

— Você está mentindo. Ele não é um babaca tão descarado.

— Ele é, quando se trata de mim. E, para esclarecer, sim, eu estava parafraseando.

— Então são seus medos falando. Mas, se você gosta do Maddox, Liis, não deixe um relacionamento fracassado comandar o próximo. Só porque você não ama o Jackson, não significa que não possa amar o Maddox.

— Ele ainda a ama — falei, sem tentar disfarçar o tom magoado em minha voz.

— A Camille? Foi ela quem foi embora, Liis. Ele provavelmente vai amá-la pra sempre.

Uma náusea me invadiu, e eu encurvei os ombros, sentindo uma dor física se aprofundar até os ossos.

A gente não se conhece há tanto tempo. Por que tenho sentimentos tão fortes por ele?

Mas eu não podia fazer essa pergunta. Ela me deixava vulnerável demais, me fazia sentir fraca demais.

Fiz a única pergunta que podia:

— Você acha que ele consegue amar duas pessoas?

— Você consegue amar uma? — ela retrucou.

Balancei a cabeça, levando os dedos aos lábios.

Val não tinha nenhuma simpatia nos olhos.

— Você meio que está se forçando a isso. Ficar ou não com ele. Mas o Marks está certo. Não fode com os sentimentos do Maddox. Eu sei que você já disse que não está emocionalmente disponível, mas está se comportando diferente.

— Porque eu gosto dele. Acho que eu mais do que gosto dele. Mas não quero gostar.

— Então seja direta com ele e não dê sinais confusos.

— É difícil não fazer isso quando essa é a única coisa que acontece aqui — falei, apontando para o espaço entre minha mente e o coração.

Ela balançou a cabeça.

— Eu entendo, mas você vai ter que tomar uma decisão e mantê-la, senão vai parecer uma filha da puta.

Suspirei.

— Não tenho tempo pra isso. Tenho trabalho a fazer.

— Então ajeita suas merdas e vai trabalhar. — Val se levantou e saiu da minha sala sem mais uma palavra.

Fiquei sentada, as mãos entrelaçadas, enquanto as encarava. Val estava certa. Marks estava certo. Jackson estava certo. Não só eu não estava em posição de fazer experiências com a minha fobia de compromisso, como, além disso, Thomas definitivamente não era o cara com quem eu devia tentar.

Eu me levantei e fui até a mesa de Constance. Sem saber se eu estava sem fôlego ou apenas nervosa, pedi para ver o agente especial Maddox.

— Ele está na sala — Constance disse sem mexer no fone de ouvido. — Pode entrar direto.

— Obrigada — falei, passando por ela.

— Ei — Thomas cumprimentou, se levantando e sorrindo no instante em que reconheceu quem estava invadindo seu espaço.

— Não posso... fazer isso. O encontro. Desculpa.

A guarda do Thomas imediatamente se fechou, e eu me odiei por isso.

— Você mudou de ideia em relação ao Jackson? — ele perguntou.

— Não! Não... Eu... não sei se me sinto diferente em relação a compromisso de quando saí de Chicago, e acho que não é justo experimentar com você.

Os ombros de Thomas relaxaram.

— Só isso? Esse é o seu discurso?

— Hein?

— A menos que consiga me olhar nos olhos e dizer que não gostou quando te beijei hoje de manhã, não vou acreditar.

— Eu... Você... — Essa não era a resposta que eu esperava. — Seu coração foi partido. Eu acabei de partir o coração de alguém.

Thomas deu de ombros.

— Ele não era certo pra você.

Ele contornou a mesa e veio na minha direção. Dei vários passos curtos para trás, até minha bunda encostar na enorme mesa de reunião.

Thomas se aproximou, ficando a poucos centímetros do meu rosto. Recuei.

— Temos uma missão na próxima semana, senhor. É melhor nos concentrarmos na estratégia.

Ele fechou os olhos e inspirou pelo nariz.

— Por favor, para de me chamar de senhor.

— Por que agora isso te incomoda tanto?

— Não me incomoda. — Ele balançou a cabeça, analisando meu rosto com tanto desejo que eu não conseguia me mexer. — Nossa missão é posar como um casal.

Eu sentia seu hálito de menta quente no rosto. A necessidade de virar e sentir sua boca na minha era tão urgente que meu peito doeu.

— Desde quando você voltou a me chamar de senhor?

Levantei o olhar para ele.

— Desde agora. A atração é óbvia, mas...

— Isso é um eufemismo. Você tem ideia de como é difícil te ver passando pelo escritório de saia, sabendo que você não usa calcinha?

Expirei com força.

— Tem alguma coisa entre nós. Eu sei. Transamos menos de vinte minutos depois de nos conhecermos, pelo amor de Deus. Mas estou tentando te fazer um favor. Está me ouvindo? Quero que isso fique muito claro. Eu gosto de você... muito. Admito. Mas sou péssima em relacionamentos. Mais importante, não quero que você se machuque de novo. E... nenhum dos seus amigos quer isso.

Thomas forçou um sorriso.

— Você andou falando com o Marks, não é?

— Também estou tentando poupar a gente do drama na sala do esquadrão, que nós dois sabemos que vai acontecer aqui, se não dermos certo.

— Você está dizendo que eu sou dramático?

— Temperamental — esclareci. — E não posso ir adiante. Fomos condenados desde o início.

— Você ficou quantos anos com o Jackson depois de saber que não queria se casar com ele?

— Anos demais — falei, envergonhada.

Thomas me observou por um instante, me analisando. Eu odiava essa sensação. Eu preferia o poder e o controle do outro lado.

— Você está com medo — ele disse. Suas palavras eram delicadas, compreensivas.

— Você não está? — perguntei, olhando para cima, direto em seus belos olhos castanho-esverdeados.

Ele se inclinou e beijou o canto de minha boca, se detendo ali por um tempo, saboreando.

— Do que você tem medo? — sussurrou, segurando meus ombros.

— Você quer a verdade?

Ele assentiu, os olhos fechados, o nariz rastreando meu maxilar.

— Em alguns dias, você vai ver a Camille e vai sofrer. Eu não vou gostar disso, e o pessoal do escritório também não.

— Você acha que eu vou sofrer e voltar a ser um babaca irritadinho?

— Acho.

— Você está errada. Não vou mentir, não vai ser divertido. Não vou curtir. Mas... não sei. As coisas não parecem tão desesperadoras quanto antes. — Ele entrelaçou os dedos aos meus e os apertou de leve. Parecia tão aliviado, tão feliz por estar dizendo aquelas coisas em voz alta. Ele não parecia nem um pouco nervoso ou receoso. — E você tem razão. A gente precisa se concentrar e terminar essa missão para garantir que o Trav fique longe de encrenca. Até lá, talvez você possa desistir dessa ideia ridícula de que não consegue ter sucesso na carreira e em um relacionamento ao mesmo tempo, e, quando nós dois tivermos uma consciência clara disso, você pode decidir se vamos ou não ter aquele encontro.

Franzi a testa.

Ele deu uma risadinha, levando o polegar até o meu queixo.

— O que foi agora?

— Não sei. Alguma coisa está errada. Você está aceitando isso fácil demais.

— Fale com a Val. Pergunte a ela se estou mentindo.

— Não é assim que ela funciona.

— É sim. Pergunte a ela. — Abri a boca para falar, mas ele cerrou meus lábios com o polegar. — Pergunte a ela.

Eu me afastei.

— Ótimo. Tenha um bom dia, senhor.

— Não me chame de senhor. Quero que perca esse hábito antes da cerimônia.

— Agente Maddox — falei, antes de sair apressada de seu escritório.

— Também não gosto disso — ele gritou atrás de mim.

Um sorriso largo se espalhou pelo meu rosto. Olhei para Constance ao passar, e ela estava sorrindo também.

13

Val levou a taça de vinho aos lábios. Suas pernas estavam esticadas no meu sofá; ela usava calça de pijama cinza-chumbo e camiseta azul-clara que dizia: "BEM, O PATRIARCADO NÃO VAI SE FODER SOZINHO".

— Já faz mais de três semanas — ela disse, os pensamentos tão profundos quanto possível flutuando no vinho. Ela segurava a rolha como uma arma entre os dedos, depois cruzou as pernas como uma dama.

— Aonde você quer chegar? — perguntei.

— Ele simplesmente está tão... Não quero dizer que ele está apaixonado. É um pouco prematuro pra isso. Mas ele está tão... apaixonado.

— Você é ridícula.

— E você? — ela perguntou.

— Eu gosto dele — falei, depois de pensar um pouco. — Muito. — Não havia motivos para mentir para Val.

— Como é isso? Gostar de verdade de Thomas Maddox? Eu o odeio há tanto tempo que não consigo nem imaginar. Pra mim, ele não é humano de verdade.

— Talvez seja disso que eu gosto.

— Mentira.

— Quer dizer, ele tem um lado humano, e eu gosto de ser a única que ele permite que veja isso. É meio que o nosso segredo... algo que ele guarda só pra mim.

Ela remexeu o vinho na taça e depois a colocou de volta na boca, dando o último gole.

— Ah, toma cuidado. Isso soa perigoso, como se você estivesse nisso pra ganhar, raio de sol.

— Você está certa. Retiro o que eu disse.

— Bom, com essa observação deprimente, o vinho acabou, então vou indo nessa.

— Me sinto usada.

— Mas você curtiu. — Ela piscou. — A gente se vê amanhã.

— Quer que eu te leve em casa?

— Moro no próximo quarteirão — ela disse, com o olhar bêbado de desaprovação nem um pouco intimidador.

— Como é? — perguntei. — Morar no prédio do Sawyer?

— Eu costumava gostar. — Ela pegou a garrafa vazia e a levou até o balcão da cozinha. — Mas não durou muito. Agora eu simplesmente o ignoro.

— Por que todo mundo o detesta tanto?

— Você vai descobrir — ela respondeu.

Franzi a testa.

— Por que isso tem que ser um segredo? Por que você não pode simplesmente me contar?

— Confie em mim quando digo que alguém te dizer que ele é um canalha não ajuda. Você precisa sentir na pele.

Dei de ombros.

— E o Marks? Ele também mora lá, né?

— Ele mora no centro da cidade.

— Não sei o que pensar em relação a ele — falei, me levantando. — Acho que ele me odeia.

— O Marks e o Maddox têm um caso de amor. É nojento. — Para alguém que tinha acabado de beber uma garrafa e meia, ela andava com um equilíbrio impressionante.

Eu ri.

— Vou pra cama.

— Tá bom. Boa noite, xis com L. — Ela saiu sozinha, e eu ouvi o barulho do elevador.

Já com roupas-de-beber-vinho-em-casa, me joguei no colchão, a cara em cima do edredom amarelo e cinza.

Meus ouvidos captaram um barulho de batida à porta rompendo o silêncio. No início, pensei que era alguém em outro apartamento, mas então ficou mais alto.

— Val — chamei, irritada por ter de levantar. Atravessei a cozinha e a sala de estar para abrir a porta. — Você devia ter ficado... — Minha voz sumiu quando reconheci Jackson parado na porta, parecendo bêbado e desesperado.

— Liis.

— Meu Deus, Jackson. O que você está fazendo aqui?

— Fui ao bar do *Top Gun*, como você disse. Fiquei bêbado. Tem umas mulheres muito, *muito* — ele estreitou os olhos — gostosas nessa cidade. — Seu rosto desabou. — Isso me fez sentir ainda mais saudade de você — ele lamentou, passando por mim e entrando na sala de estar.

Meu corpo todo ficou tenso. Ele não fazia parte da minha nova vida, e fiquei quase furiosa ao vê-lo de pé em meu novo apartamento livre-de-Jackson.

— Você não pode ficar aqui — comecei.

— Não quero fazer essas coisas sem você — ele enrolou as palavras. — Quero conhecer San Diego com você. Talvez se... se eu me transferisse pra cá também...

— Jackson, você está bêbado. Você mal me escuta quando está sóbrio. Vou chamar um táxi.

Fui até meu celular, mas ele o alcançou antes de mim e o jogou do outro lado da sala. O aparelho escorregou pelo chão e bateu no rodapé.

— Qual é o seu problema? — gritei antes de cobrir rapidamente a boca.

Corri para recuperar o aparelho celular. Ele estava caído com a tela para cima, perto do rodapé em que bateu. Eu o inspecionei para ver se não estava danificado. Por um milagre, não estava trincado nem lascado.

— Desculpa! — Jackson gritou de volta, se inclinando para frente e levantando as mãos. — Não chama um táxi, Liisee.

Ele se balançava de um lado para o outro intermitentemente, para manter o equilíbrio. Eu não me lembrava de tê-lo visto tão bêbado.

— Vou dormir aqui com você.

— Não — falei, o tom firme. — Você não vai ficar aqui.

— Liis. — Ele seguiu na minha direção, os olhos redondos vidrados e quase fechados. Nem estava olhando para mim, mas além de mim, oscilando para frente e para trás. Segurou meus ombros e se aproximou, os lábios franzidos e os olhos fechados.

Eu me abaixei, e nós dois caímos no chão.

— Que droga, Jackson! — Eu me levantei e o observei lutando para se recompor.

Levantando as mãos e oscilando para sentar, ele parecia uma tartaruga de barriga para cima. Eu gemi.

Ele ficou de joelhos e começou a chorar.

— Ah, não. Ah, por favor. Por favor, para — falei, estendendo as mãos.

Eu o ajudei a ficar de pé e comecei a digitar o número do táxi. Jackson arrancou o celular da minha mão e, mais uma vez, o aparelho caiu no chão.

Soltei seu braço, deixando-o cair, com força.

— Chega! Eu tentei ser legal. Sai daqui!

— Você não pode simplesmente me expulsar da sua vida, Liis! Eu te amo! — Ele se levantou lentamente.

Cobri os olhos.

— Você vai sentir tanta vergonha amanhã.

— Não vou, não! — Ele agarrou meus ombros e me sacudiu. — O que eu preciso fazer pra você me ouvir? Não posso te deixar ir embora! Você é o amor da minha vida!

— Você não está me dando escolha — falei, agarrando seus dedos e os dobrando para trás.

Ele gritou, mais de choque que de dor. Esse movimento poderia ter funcionado com qualquer outro bêbado idiota, mas não com um cara da SWAT. Mesmo bêbado, Jackson se livrou rapidamente de mim e me agarrou de novo.

Então a porta se abriu com tudo, a maçaneta batendo na parede. Em um minuto eu estava sendo agarrada pelo Jackson, e, no minuto seguinte, Jackson estava sendo agarrado por alguém.

— O que você pensa que está fazendo, porra? — Thomas perguntou com um olhar assassino, prendendo as costas do Jackson contra a parede com os dois punhos cerrados.

Meu ex-noivo empurrou Thomas e tentou lhe dar um soco, mas Thomas se abaixou e o empurrou de volta contra a parede, segurando-o ali com o antebraço na garganta dele.

— Não. Se. Mexe. Porra — Thomas falou, a voz baixa e ameaçadora.

— Jackson, faça o que ele está mandando — avisei.

— O que você está fazendo aqui? — Jackson quis saber. Ele olhou para mim. — Ele mora aqui? Vocês moram juntos?

Revirei os olhos.

— Meu Deus.

Thomas olhou para mim por sobre o ombro.

— Vou levá-lo pra fora e colocá-lo num táxi. Em que hotel ele está?

— Não tenho ideia. Jackson?

Seus olhos estavam fechados, e ele estava respirando fundo, os joelhos arqueados.

— Jackson? — falei alto, cutucando seu ombro. — Onde você está hospedado? — Como ele não respondeu, meus ombros desabaram. — Não podemos colocá-lo desmaiado num táxi.

— Ele não vai ficar aqui — Thomas disse, ainda com uma pontada de raiva na voz.

— Não vejo outra opção.

Ele se inclinou, deixando Jackson desabar sobre seu ombro, e o levou até o sofá. Mais cuidadoso do que eu pensei que seria, ajudou Jackson a se deitar e jogou uma coberta sobre ele.

— Vem comigo — disse, pegando a minha mão.

— O quê? — perguntei, resistindo de leve enquanto ele me arrastava porta afora.

— Você vai ficar comigo. Tenho uma reunião importante pela manhã e não vou conseguir dormir se ficar preocupado que ele acorde e vá até a sua cama.

Puxei a mão.

— Eu odiaria se você não estiver no seu melhor na reunião.

Thomas suspirou.

— Dá um tempo. Está tarde.

Ergui uma sobrancelha.

Ele desviou o olhar, irritado, e então me olhou de novo.

— Eu admito. Não quero que ele encoste a porra do dedo em você. — Ele estava com raiva dessa ideia, mas então o sentimento pareceu se desfazer. Deu um passo em minha direção, segurando delicadamente meus quadris. — Você ainda não consegue enxergar minhas mentiras?

— Não podemos simplesmente... sei lá... dizer o que pensamos ou sentimos?

— Achei que eu estava fazendo isso — Thomas disse. — Sua vez.

Mexi nas minhas unhas.

— Você estava certo. Estou assustada. Estou com medo de não conseguir fazer isso, mesmo querendo. E também não tenho certeza se você consegue.

Ele pressionou os lábios em uma linha rígida, se divertindo.

— Pegue a sua chave.

Dei alguns passos até o celular e me abaixei para pegá-lo, depois fui até o balcão e peguei as chaves com uma das mãos e a bolsa com a outra. Enquanto calçava a sandália, não pude evitar dar mais uma olhada para Jackson. Seus membros estavam espalhados em todas as direções, a boca aberta, e ele estava roncando.

— Ele vai ficar bem — Thomas comentou, estendendo a mão para mim.

Eu me juntei a ele no corredor, trancando a porta atrás de nós. Passamos pelo elevador e, em silêncio, subimos a escada. Quando chegamos à porta dele, Thomas abriu e me fez sinal para entrar.

Ele acendeu a luz, revelando um espaço tão imaculado que mal parecia habitado. Três revistas estavam arrumadas sobre a mesa de centro, e um sofá parecendo novo ficava encostado na parede.

Tudo estava em seu devido lugar: plantas, revistas e até fotografias. Havia tudo que caracteriza uma casa, mas, sob os enfeites, ela era perfeita demais, até estéril. Era como se Thomas tentasse se convencer de que tinha uma vida fora do FBI.

Fui até um aparador perto da TV de tela plana do outro lado da sala. Três porta-retratos de prata exibiam fotos em preto e branco. Uma delas devia ser dos pais. A outra era de Thomas com os irmãos, e eu me surpreendi com a semelhança entre os quatro mais novos. Depois, tinha uma de Thomas com uma mulher.

A beleza dela era singular, parecendo selvagem e natural. O cabelo curto repicado e a blusa justa decotada me surpreenderam. Ela não fazia o tipo que eu acharia ser de Thomas de jeito nenhum. O delineador grosso e os olhos esfumados eram mais proeminentes em tons de cinza. Thomas a abraçava como se ela fosse preciosa, e eu senti um nó se formar na garganta.

— Essa é a Camille? — perguntei.

— Sim — ele respondeu, a voz com um quê de vergonha. — Desculpa. Eu raramente fico em casa. Esqueci que estava aí.

Meu peito doeu. A foto naquele porta-retratos era a única resposta que eu precisava. Apesar do meu esforço em contrário, eu estava me apaixonando pelo Thomas, mas ele ainda amava Camille. Mesmo em um mundo perfeito, onde duas pessoas obcecadas pelo trabalho pudessem fazer um relacionamento dar certo, nós dois tínhamos o obstáculo adicional do amor não correspondido. No momento, isso era problema de Thomas, mas, se eu me permitisse ter sentimentos mais profundos, o problema seria meu.

Sempre acreditei firmemente que não é possível amar duas pessoas ao mesmo tempo. *Se o Thomas ainda ama a Camille, o que isso significa para mim?*

Uma sirene agressiva disparou em minha cabeça, tão alta que eu mal conseguia pensar. Os sentimentos por Thomas, pelo agente Maddox, meu chefe, precisavam parar agora mesmo. Olhei para seu sofá enquanto me preocupava com a possibilidade de um dia estar implorando para ele me amar, aparecendo bêbada e emotiva na porta dele antes de desmaiar em seu sofá, como Jackson estava desmaiado no meu.

— Se você não se importar, ajeito as coisas no chão. O sofá não me parece muito confortável.

Ele deu uma risadinha.

— O Taylor disse a mesma coisa. Você pode dormir na cama.

— Pelo nosso histórico, acho que essa é uma ideia especialmente ruim — falei, citando uma frase dele.

— O que planeja fazer quando estivermos em St. Thomas? — ele perguntou.

— Vai ser a sua vez de dormir no chão. — Tentei afastar a dor da minha voz.

Thomas seguiu até seu quarto e voltou com um travesseiro e um saco de dormir enrolado.

Olhei para o que ele estava carregando.

— Você tem isso pro caso de alguém dormir aqui?

— Para acampar — ele respondeu. — Você nunca acampou?

— Não desde que inventaram a água encanada.

— A cama é toda sua — ele disse, ignorando minha alfinetada. — Troquei os lençóis ainda hoje.

— Obrigada — falei, passando por ele. — Desculpa por termos acordado você.

— Eu não estava dormindo. Tenho que admitir que foi uma surpresa ouvir um homem gritando na sua sala.

— Sinto muito.

Thomas acenou, me dispensando, e foi até o interruptor para apagar a luz.

— Para de pedir desculpas por ele. Eu saí porta afora antes de ter tempo de pensar.

— Obrigada. — Coloquei a mão na maçaneta. — Vá dormir. Não quero que você fique bravo comigo se não conseguir se concentrar durante a reunião.

— Só existe um motivo para eu não conseguir me concentrar durante a reunião, e não é sono.

— Esclareça.

— Vamos passar a maior parte do fim de semana juntos, e eu tenho que convencer meu irmão a fazer uma coisa que ele não vai querer fazer. O domingo vai ser importante, Liis, e, neste momento, você é a maior distração da minha vida.

Meu rosto corou, e eu fiquei feliz por estar escuro ali.

— Vou tentar não ser.

— Acho que você não pode evitar ser uma distração, assim como eu não posso evitar pensar em você.

— Agora eu entendo por que você disse que sermos amigos seria uma ideia ruim.

Thomas fez que sim com a cabeça.

— Eu falei isso três semanas atrás, Liis. A situação mudou.

— Não muito.

— Somos mais que amigos agora, e você sabe disso.

Olhei para a foto de Thomas e Camille e apontei para ela.

— É ela que me apavora, e ela não vai desaparecer.

Thomas foi até o porta-retratos e o virou.

— É só uma foto.

As palavras que eu queria dizer ficaram presas na garganta.

Ele deu um passo na minha direção.

Eu me afastei da porta, estendendo a mão.

— Temos um trabalho a fazer. Vamos nos concentrar nisso.

Ele não conseguiu esconder a decepção.

— Boa noite.

14

Thomas jogou uma pilha grossa de papel na minha mesa, o músculo de seu maxilar pulsando. Ele andava de um lado para o outro, respirando pelo nariz.

— O que é isso?

— Leia — ele rosnou.

Assim que abri a pasta, Val entrou apressada na sala, se detendo abruptamente entre Thomas e a porta.

— Acabei de ouvir a notícia.

Franzi a testa e passei os olhos pelas palavras.

— Escritório do Inspetor Geral? — perguntei, erguendo o olhar.

— Merda — Val disse. — *Merda.*

O relatório tinha o seguinte título: "Uma análise do tratamento e da vigilância do FBI sobre o agente Aristotle Grove".

Ergui os olhos para Thomas.

— O que foi que você fez?

Val fechou a porta e se aproximou da minha mesa.

— O Grove está lá embaixo. Ele vai ser preso hoje?

— Possivelmente — Thomas respondeu, ainda espumando.

— Achei que você tinha cuidado disso — falei, fechando a pasta e empurrando-a para frente.

— Cuidado disso? — ele perguntou, as sobrancelhas se erguendo.

Eu me inclinei para frente, mantendo a voz baixa.

— Eu falei que o Grove estava te dando informações erradas. Você demorou para agir.

— Eu estava juntando provas contra ele. Esse foi um dos meus motivos para trazer você pra cá. A Val também estava cuidando disso.

Olhei para minha amiga, que encarava a pasta como se ela estivesse em chamas.

Ela estava mordendo o lábio.

— Não preciso falar japonês pra saber que ele estava metido na merda — ela falou. — Espera um pouco... você é a especialista em idiomas que ele trouxe para esse caso?

Eu assenti.

Thomas apontou para ela.

— Isso é confidencial, Taber.

Val fez que sim com a cabeça, mas parecia desconfortável por não ter farejado isso.

Sawyer apareceu apressado por ali, ajeitando a gravata assim que a porta se fechou.

— Vim assim que soube. O que eu posso fazer? — ele perguntou.

Val deu de ombros.

— O que você faz melhor.

Sawyer pareceu decepcionado.

— Sério? De novo? Ele é meu alvo menos favorito. Você sabe que, se levássemos uma luz negra para o quarto do Grove, cada centímetro ia brilhar.

Val cobriu a boca, enojada.

Eu fiquei de pé, pressionando os punhos sobre a mesa.

— Alguém poderia me explicar que merda é essa que vocês estão falando?

— Temos que ser extremamente cuidadosos com o nosso modo de agir — Thomas disse. — O Travis pode ficar muito encrencado se tudo não for perfeito.

Val desabou na poltrona, exausta.

— Quando o Maddox foi transferido para a sede em Washington, antes de ser promovido a ASAC, ele conseguiu uma pista sobre um dos capangas do Benny com um agente da Unidade de Empreendimentos Criminosos Asiáticos da sede.

Olhei para ele, em dúvida.

— Você conseguiu uma pista sobre um dos chefes da máfia italiana de Vegas com a Unidade de Crimes Asiáticos em Washington?

Thomas deu de ombros.

— Eu poderia chamar de sorte, mas trabalhei no caso dia e noite desde que ele caiu na minha mesa. Não existe uma única impressão digital que eu não tenha verificado nem um histórico que eu não tenha acessado.

Val suspirou, impaciente.

— Você pode chamar isso de azar. O capanga era um garoto. O nome dele era David Kenji. O Travis deu uma surra nele até deixá-lo inconsciente uma noite em Vegas, para proteger a Abby.

— Isso não está na ficha do Travis — falei, olhando para Thomas.

Ele desviou o olhar, deixando Val continuar.

Ela assentiu.

— Foi propositalmente deixado de fora, para o Grove não desconfiar. Ele não pode saber nada sobre o Travis. Se ele transmitir o plano para qualquer membro da Yakuza, o Travis não será mais um agente infiltrado para o FBI.

— Por que o Grove passaria informações a respeito do recrutamento do Travis para um membro da Yakuza? — perguntei.

Val se sentou mais na beirada da poltrona.

— O David é filho da irmã de Yoshio Tarou.

— Tarou, o segundo no comando do Goto-Gumi no Japão? — perguntei, sem acreditar.

Goto-Gumi era um dos mais antigos integrantes da gangue original da Yakuza japonesa. Tarou era um chefe importante, na liderança do Goto-Gumi desde a década de 70. Ele não apenas intimidava os inimigos, mas era criativo em suas execuções, deixando os corpos mutilados expostos para todo mundo ver.

Val assentiu.

— A irmã de Tarou morou com ele até morrer, quando David tinha catorze anos.

Foi a minha vez de assentir.

— Tudo bem, então vocês estão me dizendo que o Travis também é alvo da Yakuza?

Thomas balançou a cabeça.

Franzi a testa.

— Não estou ouvindo ninguém dizer por que tem um maldito relatório do inspetor geral na minha mesa.

— O Tarou é encrenca, Liis — Thomas comentou. — O Grove tem lhe passado informações pelos membros da Yakuza que interrogou aqui e, mais recentemente, tem falado com Tarou diretamente. É por isso que não tivemos rastros de suas atividades criminosas apesar de todos os interrogatórios. Eles estão sempre um passo à frente.

— Então deixamos o IG prender o Grove. Quem se importa? — perguntei.

O rosto de Thomas desabou.

— A coisa fica ainda pior. O David morreu há alguns meses. Levou uma surra até ficar inconsciente em uma luta, e ninguém o viu desde então.

— O Tarou acha que foi o Travis? — perguntei.

— Não esqueça — Sawyer se intrometeu — que a briga do David com o Travis foi há mais de um ano, e, pelo que eles sabem, o Travis não foi a Vegas desde então.

— As lutas eram realizadas pela máfia — Val disse. — Benny colocou David contra alguém que queria sangue. O tio Tarou culpou Benny e mandou vários capangas para os Estados Unidos exigindo uma explicação. O lutador que matou David foi encontrado espalhado por todo o deserto. Bom, nem todas as partes dele foram encontradas. Temos motivos para acreditar que os homens enviados por Tarou fazem parte desse ninho da Yakuza que temos interrogado.

Franzi a testa, ainda confusa.

— Por que o sobrinho de Tarou estava fazendo um serviço de capanga de baixo nível para o Benny?

— Por causa da mãe — Val disse simplesmente, como se eu devesse saber. — Quando a mãe dele morreu, David culpou Tarou. Houve uma briga. O garoto fugiu para os Estados Unidos. Foi atraído pelo que já conhecia e acabou chegando ao Benny.

— Isso é um desastre — falei.

Val ergueu o olhar para Thomas e depois para mim.

— Estávamos esperando para entregar o Grove porque sabíamos que ele estava jogando nos dois lados, mas, agora que interrompemos a conexão com o Benny, não sabemos que informações sobre o caso o Grove passou.

— Merda — falei. — Quanto ele sabe?

Thomas deu um passo na minha direção.

— Como eu disse, já suspeito dele há algum tempo. O Sawyer andou rastreando suas atividades.

— Que tipo de atividades? — perguntei.

Sawyer cruzou os braços.

— Atividades diárias: o que ele come, onde dorme. Sei o que lhe causa indigestão, que tipo de sabonete ele usa e quais sites pornôs ele acessa para se masturbar.

— Obrigada por isso — falei.

Ele deu uma risadinha.

— Vigilância, chefe. Sou muito bom em vigilância.

— Como o mestre — Val disse.

Sawyer sorriu para ela.

— Obrigado.

Ela revirou os olhos.

— Vai se foder.

Ele continuou:

— O Maddox manteve o Grove no escuro sobre a maior parte do caso Vegas, mas, quando os casos começaram a se entrelaçar, o Grove ficou interessado... e o Tarou também. O Benny está acalmando as coisas como Tarou, e, no caso desses caras, o dinheiro pode transformar inimigos em amigos. As lutas geram muito dinheiro. O Benny quer um campeão, e o Travis é uma garantia.

Val se recostou na poltrona.

— Podemos controlar o que o Grove descobre no FBI, mas, se o Benny ou o Tarou mencionarem Travis Maddox para o Grove, acaba tudo. Ele vai fazer a ligação.

Suspirei.

— O acordo do Travis, até o acesso da Abby...

Thomas fez que sim com a cabeça.

— O caso. Todo ele. Vamos precisar entregar o que temos e fechá-lo sem o Travis ou a Abby.

— E o Travis não vai mais ser um agente infiltrado do FBI. Ele vai para a prisão.

O peso de minhas palavras pareceu atingir Thomas, e ele usou a estante como apoio.

Olhei para o documento entre mim e Val.

— O inspetor geral simplesmente acabou com o nosso plano.

Sawyer balançou a cabeça.

— O Grove ainda não sabe. Precisamos telefonar, atrasar sua prisão e arrastar o caso só mais um pouco.

— Você devia ter nos contado que seu contato era a Liis — Val reclamou. — A gente podia ter evitado isso.

Thomas olhou furioso para ela, mas ela não cedeu.

— Como? — ele perguntou. — Contar para vocês que a Liis estava de olho no Grove ia impedir que o escritório do IG escrevesse esse relatório? Você tá de brincadeira, porra?

— Saber que poderíamos usar a Liis para verificar as transcrições do Grove teria sido útil — Sawyer disse.

— Eu *estava* pedindo à Liis para verificá-los, Sawyer. — Thomas pareceu irritado. — Você acha que ela fica ouvindo Taylor Swift quando está com os fones de ouvido?

Balancei a cabeça.

— Por que o segredo?

Thomas ergueu as mãos e então as deixou cair na lateral do corpo.

— É aula de espionagem básica, crianças. Quanto menos pessoas sabem, menos risco você corre. Eu não queria que o Grove soubesse que eu tinha outra tradutora de japonês na unidade. Ele precisava ficar de olho em todos os interrogatórios para o Tarou, e outro agente que falasse japonês poderia atrapalhar. Ela podia acabar virando alvo só para manter o Grove encarregado dos interrogatórios da Yakuza.

— Ah — Val disse. — Você precisava protegê-la.

Sawyer revirou os olhos.

— Isso é um absurdo. Ele nem a conhecia para querer protegê-la. — Levou um instante, mas, quando ele percebeu a vergonha em meus olhos, sua boca abriu. Seu dedo indicador se agitou entre mim e Thomas. — Vocês dois estavam...

Balancei a cabeça.

— Isso foi antes. Ele não sabia que eu estava aqui para trabalhar no FBI.

— Mencionar a área de atuação vem logo depois da troca de nomes — Sawyer gargalhou. — Você passou a noite com a nova contratada, Maddox? Não me surpreende ter acabado com ela na primeira reunião. Você não gosta de surpresas. Isso tudo está começando a fazer sentido.

— Não temos tempo pra isso — Thomas desdenhou.

Sawyer parou de rir.

— Foi por isso que você deu a promoção pra ela?

O sorrisinho nos lábios de Val desapareceu.

— Ah, merda.

Thomas disparou para cima de Sawyer, e Val e eu ficamos entre os dois, quicando como bolas de pinball enquanto os separávamos.

— Tá bom! Desculpa! — Sawyer disse.

— Por favor, um pouco de decoro, porra! — gritei. — Somos adultos! No trabalho!

Thomas deu um passo para trás, e Sawyer ajeitou a gravata e sentou.

— Vê se cresce! — soltei para Thomas.

Ele levou os dedos à boca enquanto se acalmava.

— Desculpa — disse entredentes. — Vou ligar para o Polanski. Precisamos enterrar esse relatório e interceptar o mandado de prisão do Grove. Pelo menos por enquanto.

Val ajeitou as roupas.

— Você liga para o SAC. Eu ligo para o escritório do IG.

— Vou atrás do Grove. Ver se ele suspeita de alguma coisa — Sawyer disse.

A expressão de Thomas ficou séria.

— Temos que manter isso sob estrito controle.

— Entendido — Sawyer e Val disseram.

Eles deixaram Thomas e a mim sozinhos na minha sala, e a gente se encarou.

— Você deixou seus principais agentes de fora pra me proteger? — perguntei.

— O Marks sabia.

Inclinei a cabeça.

— O Marks nem está nesse caso.

Ele deu de ombros.

— Confio nele.

— Você também pode confiar na Val.

— A Val fala demais.

— A gente pode confiar nela mesmo assim.

Thomas rangeu os dentes.

— Eu não devia precisar me explicar. É perigoso, Liis. Essas pessoas com quem estamos lidando, se conseguirem seu nome...

— Essa é a coisa mais idiota que eu já ouvi — soltei.

Ele piscou, surpreso com a minha reação.

— Consigo acertar um alvo a oitenta metros de distância com uma pistola calibre vinte e dois, derrubar um agressor com o dobro do meu tamanho e enfrento a sua arrogância pelo menos duas vezes por dia. Consigo lidar com o Benny, a Yakuza e o Grove. Não sou a Camille. Assim como você, sou uma agente do FBI, e você tem que me respeitar pelo que sou. Entendeu?

Thomas engoliu em seco, pensando com cuidado na resposta.

— Não acho que você seja fraca, Liis.

— Então *por quê?*

— Alguma coisa aconteceu comigo quando conheci você.

— Tivemos uma ótima noite de sexo. Você sente atração por mim. Isso não significa que deve descartar seus melhores agentes. Esse é mais um motivo pelo qual é uma péssima ideia explorarmos o que quer que seja isso aqui — falei, gesticulando entre nós.

— Não, é mais do que isso. Desde o começo... eu sabia.

— Sabia o quê? — soltei.

— Que eu teria de ser cuidadoso. Eu já perdi alguém que amava, e isso me fez mudar. Eu já abri mão de alguém que amava, e isso me destruiu. Eu sei que, quando você for embora, Liis, qualquer que seja o motivo... isso vai acabar comigo.

Fechei a boca e gaguejei as seguintes palavras:

— O que faz você pensar que vou a algum lugar?

— Não é isso que você faz? Foge? Não é esse o seu objetivo na vida? Seguir em frente?

— Isso não é justo.

— Não estou falando só de promoções, Liis. Estamos mexendo não com um, mas com dois círculos mortais da máfia. Eles não sabem que estamos atrás do Grove. Se o Grove descobrir que você fala o idioma e pode entregá-lo, eles vão te ver como um problema. Você sabe como são essas pessoas. Elas são muito boas em apagar problemas.

— Mas o Grove não sabe, e a Val e o Sawyer não teriam contado para ele.

— Eu não ia arriscar — ele disse, sentando na poltrona que Val ocupara há pouco.

— Então agora temos dois problemas. Ele vai perceber quando seu irmão começar a trabalhar para o FBI. Se quer que a coisa com o Travis dê certo, a gente precisa se livrar do Grove.

— E não podemos nos livrar do Grove sem que o Tarou saiba que estamos atrás dele e do Benny. O caso vai implodir.

Fiquei ali parada, totalmente perdida.

— O que vamos fazer?

— Vamos dar um tempo. O momento deve ser perfeito.

— Então não temos que operar um milagre, mas dois.

— Você precisa ter cuidado, Liis.

— Não começa. Vamos ter foco.

— Que merda! Estou mais focado do que estive há muito tempo. Quando entrei na sala do esquadrão e te vi sentada ali... Eu admito, tá bom? Saber que eu te trouxe para expor o Grove me encheu de pânico, e ainda enche. Não tem nada a ver com você precisar de proteção ou ser uma agente do sexo feminino, mas com o fato de que, a qualquer momento, você pode ter um alvo nas costas, e a porra da culpa vai ser minha! — ele gritou a última parte, as veias do pescoço pulsando.

— Faz parte do nosso trabalho, Thomas. É isso que a gente faz.

Ele pegou a pasta e a jogou do outro lado da sala. Os papéis explodiram em todas as direções antes de caírem no chão.

— Você não está ouvindo o que estou dizendo! — Ele se inclinou, as palmas estiradas na minha mesa. — Essas pessoas vão te matar, Liis. Não vão pensar duas vezes.

Obriguei meus ombros a relaxarem.

— Vamos partir para Eakins no sábado e participar de uma cerimônia nas ilhas Virgens no domingo, e precisamos convencer seu irmão a mentir para a esposa pelo resto da vida antes de irmos embora na segunda-feira, porque nosso chefe quer uma resposta. Vamos nos concentrar nisso primeiro.

O rosto de Thomas desabou, derrotado.

— Só... fica longe do agente Grove. Você não é boa em mentir.

— Mas você acredita que posso convencer sua família de que somos um casal durante todo o fim de semana.

— Sei como é ter você nos meus braços — ele disse. — Confio nisso.

Ele fechou a porta ao sair, e, depois de alguns segundos, finalmente soltei a respiração que eu não tinha me dado conta de que estava prendendo.

15

— *Me deixa carregar isso — Thomas disse, deslizando a bolsa de via*gem de couro do meu ombro e passando para o dele.

— Não, pode deixar comigo.

— Liis, namoradas gostam dessas coisas. Você precisa se concentrar. Pare de agir como uma agente e comece a interpretar o papel.

Eu assenti, cedendo de um jeito infeliz. Tínhamos acabado de chegar ao Aeroporto Internacional de San Diego. Fiquei feliz por passarmos rapidamente pela fila da classe executiva. No último sábado do recesso de primavera, o aeroporto estava especialmente lotado. Contornar o tráfego humano no trajeto até nosso portão de embarque estava deixando Thomas, já tenso, ainda mais aflito.

— Não estou nada ansioso para fazer isso de novo amanhã de manhã e outra vez na segunda — ele resmungou.

Notar mulheres dando uma segunda e uma terceira olhada para Thomas tornou difícil para mim não encará-lo. Ele estava usando camiseta cinza justa com um casaco esportivo azul-marinho e calça jeans, e o cinto de couro marrom combinava com as botas esportivas. Quando me aproximei o suficiente, senti sua colônia e me peguei respirando mais fundo.

Ele escondeu os olhos atrás dos óculos aviador e manteve um sorriso forçado, apesar de estar sufocado pelas bagagens e pelo fato de que ia ver a família — e Camille — em breve.

Ficamos sentados no terminal, e Thomas pousou nossas malas ao seu redor. Ele só trouxera uma bagagem de mão. O restante era minha mala de rodinhas média, uma mala de mão de rodinhas e uma sacola de viagem de couro.

— O que você está levando aqui? — ele perguntou, baixando lentamente a sacola de couro no chão.

— Meu notebook, cartões de crédito, chaves, petiscos, fone de ouvido, carteira, um suéter, chiclete...

— Você trouxe casaco?

— Ficaremos em Illinois durante uma noite, e depois vamos para as ilhas Virgens. Consigo aguentar esse tempo com um suéter, a menos que a festa de despedida de solteiro seja ao ar livre.

— Não tenho certeza se você vai à despedida de solteiro.

— O Trent vai pedir a Camille em casamento na despedida de solteiro, certo?

— Parece que sim — ele disse, a voz subitamente baixa.

— Se ela pode ir, eu também posso.

— Ela é bartender.

— Eu sou agente do FBI. Ganhei.

Thomas me encarou.

— Eu quis dizer que ela pode estar trabalhando na festa.

— Eu também.

— Duvido que haja outras mulheres lá.

— Não me importo com isso — falei. — Olha, não vou deixar você passar por isso sozinho. Eu nem amo o Jackson e não consigo nem imaginar como me sentiria constrangida se estivesse presente quando ele pedisse alguém em casamento.

— Como foi a manhã seguinte? Você não me contou.

— Ele tinha ido embora. Eu telefonei para a mãe dele, e ela disse que ele tinha chegado bem em casa. Não nos falamos mais.

Thomas deu uma risada.

— Apareceu na sua casa implorando. Que frouxo.

— Foco, Thomas. Não vai dar tempo de você me deixar no hotel. Temos que ir direto pra lá, e eu não vou ficar esperando no carro. Diga para os seus irmãos que nós vamos a todos os lugares juntos. Diz que eu sou uma namorada ciumenta e dominadora. Sinceramente, não me importo. Mas, se você queria só uma decoração, devia ter trazido a Constance.

Thomas sorriu.

— Eu não teria trazido a Constance. Ela está quase noiva do filho do SAC.

— Sério? — perguntei, surpresa.

— Sério.

— Mais um bonde que você perdeu enquanto sofria pela Camille.

Ele fez uma careta.

— A Constance não faz meu tipo.

— Claro, porque ser linda, inteligente e loira é tão nojento — falei sem emoção.

— Nem todos os homens curtem doçura e fidelidade.

— Você não curte? — perguntei, em dúvida.

Ele baixou o olhar para mim, se divertindo.

— Meu tipo parece ser mulheres mal-humoradas e emocionalmente indisponíveis.

Olhei feio para ele.

— Não sou eu quem ama outra pessoa.

— Você é casada com o FBI, Liis. Todo mundo sabe disso.

— Exatamente o que venho tentando te dizer. Relacionamentos são uma perda de tempo para pessoas como nós.

— Você acha que estar em um relacionamento comigo seria perda de tempo?

— Eu sei que seria. Eu nem ficaria em segundo lugar. Ficaria em terceiro.

Ele balançou a cabeça, confuso.

— Terceiro?

— Depois da mulher que você ama.

No início, Thomas pareceu ofendido demais para argumentar, mas depois se aproximou do meu ouvido.

— Às vezes você me faz desejar nunca ter contado sobre a Camille.

— Você não me contou sobre ela, lembra? Foi a Val.

— Você precisa superar isso.

Apontei para o meu próprio peito.

— *Eu* preciso superar isso?

— Ela é uma ex-namorada. Pare de agir como uma pirralha mimada.

Rangi os dentes, temendo o que poderia sair da minha boca a seguir.

— Você sente falta dela. Como é que eu devo me sentir em relação a isso? Você ainda tem uma foto dela na sua sala de estar.

O rosto de Thomas desabou.

— Liis, por favor. Não podemos fazer isso agora.

— Não podemos fazer o quê? Brigar por causa de uma ex-namorada? Porque um casal de verdade jamais faria isso. — Cruzei os braços e me recostei no assento.

Thomas olhou para baixo, soltando uma risada.

— Não posso argumentar contra isso.

Esperamos ali até a funcionária da companhia chamar a classe executiva para o embarque. Thomas carregou nossas malas de mão e minha sacola de viagem, se recusando a me deixar ajudar. Seguimos lentamente pela fila, ouvindo a máquina apitar todas as vezes que a funcionária escaneava um cartão de embarque.

Depois que passamos, Thomas me seguiu pela passarela de embarque, e então paramos de novo, perto da porta do avião.

Notei as mulheres encarando — dessa vez, comissárias de bordo —, olhando para Thomas atrás de mim. Ele parecia não notar. Talvez, a essa altura da vida, ele já estivesse acostumado com isso. No escritório, era fácil fingir que ele não era bonito, mas, no mundo real, as reações alheias me lembravam de como eu me senti na primeira vez em que o vi.

Sentamos no nosso assento, prendendo o cinto de segurança. Finalmente relaxei, mas Thomas estava nervoso.

Coloquei a mão na dele.

— Desculpa.

— Não é você — ele disse.

Suas palavras me magoaram. Apesar de não ter sido intencional, elas tinham um significado mais profundo. Ele estava prestes a ver a mulher que amava aceitar se casar com outra pessoa. E ele estava certo. A mulher que ele amava não era eu.

— Tenta não pensar nela — falei. — Talvez a gente possa sair antes do pedido. Para tomar um ar fresco.

Ele me olhou como se eu devesse entender melhor.

— Você acha que estou estressado por causa do pedido de casamento do Trenton?

— Bom... — comecei, mas não sabia muito bem como terminar.

— Você precisa saber que a foto já era — ele disse casualmente.

— A foto da Camille? E foi para onde?

— Para uma caixa de lembranças... onde é o lugar dela.

Olhei para ele durante um tempo, uma dor aguda se formando em meu peito.

— Feliz? — ele perguntou.

— Sim — falei, meio envergonhada, meio desconcertada.

Recuar agora me faria parecer gratuitamente teimosa. Ele a afastara. Eu não tinha mais desculpas.

Estendi a mão e entrelacei meus dedos aos dele, e ele levou minha mão à boca. Então fechou os olhos e beijou a minha palma. Um gesto tão simples que era tão íntimo, como ajeitar a roupa de alguém durante um abraço ou um toque de leve na nuca. Quando ele fazia coisas assim, era fácil esquecer que ele pensava em outra pessoa.

Depois que os passageiros tomaram seus devidos lugares e os comissários de bordo nos instruíram sobre como sobreviver a uma possível queda do avião, a aeronave taxiou até o fim da pista e seguiu em frente, a velocidade aumentando e a fuselagem sacudindo, até decolarmos em um movimento suave e silencioso.

Thomas começou a se remexer. Ele virou e depois olhou para frente.

— O que foi? — perguntei.

— Não posso fazer isso — ele sussurrou e me olhou. — Não posso fazer isso com ele.

Mantive a voz baixa.

— Você não está fazendo nada com ele. Você é o mensageiro.

Ele olhou para a ventilação acima da cabeça e levantou a mão, girando o botão até o ar estar soprando com força em seu rosto. Depois se ajeitou no assento outra vez, parecendo desesperado.

— Thomas, pensa bem. Que outra opção ele tem?

Ele rangeu os dentes, como sempre fazia quando estava chateado.

— Você fica dizendo que estou protegendo meu irmão, mas, se eu não tivesse contado ao diretor sobre o Travis e a Abby, ele não teria que escolher.

— É verdade. A prisão seria sua única opção.

Thomas desviou o olhar de mim e olhou pela janela. O sol se refletia no mar de nuvens brancas, fazendo-o estreitar os olhos. Ele fechou a persiana, e meus olhos precisaram de um instante para se ajustar.

— Isso é impossível — falei. — Temos um trabalho a fazer, e, se essa porcaria pessoal ficar flutuando na nossa cabeça, vamos cometer um erro, e a operação toda vai por água abaixo. Mas a natureza disso é pessoal. Essa missão envolve sua família. E estamos aqui, juntos, com as nossas próprias... questões. Se não descobrirmos um jeito, Thomas, estamos fodidos. Mesmo se... *quando* o Travis concordar, se você não estiver na sua melhor forma, o Grove vai farejar tudo.

— Você está certa.

— Espera. O que foi que você disse? — provoquei, levando os dedos ao ouvido.

A comissária de bordo se aproximou.

— Gostariam de uma bebida?

— Vinho branco, por favor — falei.

— Uísque com Coca-Cola — Thomas pediu.

A mulher assentiu e seguiu para a fileira atrás de nós, fazendo a mesma pergunta.

— Eu disse que você está certa — Thomas repetiu, cheio de ressentimento.

— Você está nervoso de ver a Camille hoje à noite?

— Sim — ele respondeu sem hesitar. — Na última vez em que a vi, ela estava no hospital, toda quebrada. — Ele notou a minha surpresa e continuou: — Ela e o Trenton estavam dirigindo perto de Eakins quando foram atingidos por um motorista bêbado.

— Não consigo decidir se a sua família é muito sortuda ou muito inclinada a se acidentar.

— As duas coisas.

A comissária trouxe a nossa bebida, primeiro colocando guardanapos no apoio e, em seguida, os copos. Tomei um gole de vinho enquanto Thomas observava. Ele estava especialmente atento aos meus lábios, e eu me perguntei se ele tinha os mesmos pensamentos ciumentos que eu quando sua boca encostava em algo que não era a minha.

Ele parou de me encarar e olhou para baixo.

— Estou feliz pelo Trent. Ele merece.

— E você não?

Ele deu um sorriso nervoso e voltou os olhos para mim.

— Eu não quero falar da Camille.

— Tá bom. É um voo longo. Quer conversar, cochilar ou ler?

A comissária de bordo voltou com um bloquinho e uma caneta.

— Senhorita... Lindy?

— Sim?

Ela sorriu, dezenas de fios grisalhos se destacando como raios da trança embutida.

— Gostaria de frango grelhado com molho de chili ou salmão grelhado com manteiga de alcaparra e limão?

— Humm... frango, por favor.

— Sr. Maddox?

— Frango também.

Ela anotou no bloquinho.

— Tudo bem com as bebidas?

Nós dois olhamos para nossos copos quase cheios e fizemos que sim com a cabeça.

A atendente sorriu.

— Perfeito.

— Conversar — Thomas disse, se inclinando em minha direção.

— O quê?

Ele abafou uma risada.

— Você perguntou: conversar, cochilar ou ler? Escolhi conversar.

— Ah. — Eu sorri.

— Mas não quero falar da Camille. Quero falar de você.

Franzi o nariz.

— Por quê? Sou sem graça.

— Você já quebrou algum osso? — ele perguntou.

— Não.

— Já chorou por um cara?

— Não.

— Com quantos anos você perdeu a virgindade?

— Você... foi o primeiro.

Os olhos de Thomas quase saltaram das órbitas.

— O quê? Mas você estava noiva...

Dei uma risadinha.

— Só estou brincando. Eu tinha vinte anos. Na faculdade. Nada nem ninguém especial.

— Drogas ilegais?

— Não.

— Já bebeu até desmaiar?

— Não.

Thomas refletiu durante aproximadamente trinta segundos.

— Eu disse — falei, meio envergonhada. — Sou sem graça.

Então ele fez a pergunta seguinte:

— Já transou com seu chefe? — E deu um sorriso forçado.

Eu me encolhi no assento.

— Não de propósito.

Ele jogou a cabeça para trás e riu.

— Não é engraçado. Fiquei horrorizada.

— Eu também, mas não pelo motivo que você pensa.

— Porque você teve medo do que o Tarou ou o Benny fariam comigo se o Grove descobrisse por que eu estava lá?

Thomas franziu a testa.

— Sim. — Ele engoliu em seco e baixou o olhar para os meus lábios. — Aquela noite com você... mudou tudo. Eu ia esperar alguns dias, para não parecer totalmente patético quando batesse à sua porta. Fui trabalhar naquela manhã e imediatamente disse ao Marks que ele ia comigo até o Cutter. Eu esperava te encontrar de novo.

Sorri.

— É mesmo?

— É — ele concordou, desviando o olhar. — Ainda estou preocupado. Vou ter que ficar bem de olho em você.

— Droga — provoquei.

Thomas não pareceu feliz com a minha resposta.

— Não sou eu que fico de olho nas pessoas, lembra?

— Sawyer? — perguntei.

Quando ele confirmou minha suspeita, dei uma risadinha.

— Não é engraçado — ele comentou, sem se divertir.

— É um pouco engraçado. Ninguém me diz por que não gosta dele, só que ele é um canalha ou um babaca. Nem você nem a Val me dizem algo mais específico. Ele me ajudou a desempacotar a mudança. Ficou no meu apartamento a noite toda e não tentou nada comigo. Ele tem aquele ar de botequeiro barato, mas é inofensivo.

— Ele não é inofensivo. Ele é casado.

Fiquei boquiaberta.

— Como é que é?

— Você me ouviu.

— Não, eu entendi que você disse que o agente Sawyer é casado.

— Ele é.

— *O quê?*

Thomas estava mais que irritado, mas não consegui acreditar no que ele estava me dizendo.

Ele se inclinou.

— Com a Val.

— O quê? — Minha voz baixou uma oitava. Agora eu sabia que ele estava brincando comigo.

— É verdade. No início, eles eram como Romeu e Julieta, depois ela descobriu que o Sawyer tem um pequeno problema com compromissos. A Val já mandou os papéis do divórcio pra ele várias vezes. Ele fica arrastando o processo. Eles estão separados há quase dois anos.

Minha boca ainda estava escancarada.

— Mas... eles moram no mesmo prédio.

— Não — ele disse, rindo. — Eles moram no mesmo apartamento.

— Fala sério!

— Quartos diferentes. Eles são colegas de apartamento.

— A Val me faz contar *tudo* pra ela. Isso é tão... Eu estou me sentindo traída. Isso é normal? Eu me sinto assim.

— É — Thomas disse, se ajeitando no assento. — Ela definitivamente vai me matar.

Balancei a cabeça.

— Nunca imaginei uma coisa dessas.

— Eu te pediria para não contar a ela que eu te contei, mas, quando voltarmos, ela vai dar só uma olhada para você e vai saber.

Virei para encará-lo.

— Como é que ela faz isso?

Ele deu de ombros.

— Ela sempre teve um detector de mentiras interno, e o FBI ajudou a aprimorar essa habilidade. Com a dilatação das pupilas, a demora na resposta, olhar para cima e para a esquerda e qualquer alarme interno que ela tenha e seja acionado, ela agora detecta mais que mentiras. Ela detecta omissão, mesmo que você tenha em mente novidades que está escondendo. A Val sabe tudo.

— É desconcertante.

— É por isso que você é a única amiga dela.

Minha boca se contorceu para um lado, e eu inclinei a cabeça para o outro.

— Isso é triste.

— Poucas pessoas conseguem lidar com o dom da Val ou o uso descarado que ela faz dele. É por *isso* que o Sawyer é tão babaca.

— Ele a traiu?

— Sim.

— Sabendo que ela ia descobrir?

— Acredito que sim.

— Então por que ele não se divorcia dela? — perguntei.

— Porque ele não consegue achar ninguém melhor.

— Ah, eu odeio esse cara — soltei.

Thomas apertou um botão, e seu assento começou a reclinar. Um sorriso satisfeito se espalhou por seu rosto.

— Não me surpreende ela nunca ter me deixado ir à casa dela — refleti.

Seu sorriso se ampliou e ele colocou um travesseiro embaixo da cabeça.

— Você já...

— Não. Chega de perguntas sobre mim.

— Por quê?

— Porque literalmente não tenho nada para contar.

— Me conta o que aconteceu com você e o Jackson. Por que não deu certo?

— Porque nosso relacionamento não tinha nada para contar — falei, moldando os lábios com as palavras, como se ele tivesse que ler meus lábios para entender.

— Você está me dizendo que a sua vida inteira era um tédio até você vir para San Diego? — ele perguntou, sem acreditar.

Não respondi.

— Então? — ele disse, se ajeitando até ficar confortável.

— Então o quê?

— Conhecendo você, eu quase poderia acreditar que você não era tão espontânea. Faz sentido. Você saiu do Cutter comigo naquela noite para ter algo para contar. — A arrogância brilhou em seus olhos.

— Não esqueça, Thomas. Você não me conhece tão bem.

— Sei que você rói a unha do polegar quando está nervosa. Sei que enrosca o cabelo no dedo quando está mergulhada em pensamentos profundos. Você bebe manhattans. Gosta do Fuzzy Burgers. Odeia leite. Não se preocupa demais com a limpeza da casa. Você consegue correr mais do que eu durante a nossa hora de almoço e gosta de arte japonesa esquisita. Você é paciente, dá uma segunda chance e não faz julgamentos apressados sobre desconhecidos. Você é profissional e muito inteligente, e ronca.

— Eu não ronco! — Sentei com as costas retas.

Thomas riu.

— Tá bom, não é ronco. Você só... respira.

— *Todo mundo* respira — falei na defensiva.

— Desculpa. Eu acho fofo.

Tentei não sorrir, mas fracassei.

— Morei com o Jackson durante anos, e ele nunca mencionou nada.

— É um barulhinho bem baixo, quase imperceptível — ele disse.

Lancei um olhar irritado para ele.

— Sejamos justos, o Jackson te amava. Ele provavelmente não te contava um monte de coisas.

— Ainda bem que você não me ama, assim eu posso ouvir todas as coisas humilhantes a meu respeito.

— Pelo que todo mundo sabe, eu amo você hoje e amanhã.

Suas palavras me fizeram parar.

— Então interprete o papel e finja que me acha perfeita.

— Não consigo me lembrar de pensar de outro jeito. — Thomas não sorriu.

— Ah, por favor — falei, revirando os olhos. — Meu primeiro FD-três-zero-dois não te lembra nada?

— Você sabe por que fiz aquilo.

— Eu não sou perfeita — resmunguei, mordendo o canto da unha do polegar.

— Não quero que seja.

Ele analisou meu rosto com tanto afeto que me senti a única outra pessoa no avião. Ele se inclinou em minha direção, os olhos fixos nos meus lábios. Quando comecei a me aproximar, a comissária chegou.

— Podem abrir a mesinha, por favor? — ela pediu.

Thomas e eu piscamos e mexemos na trava para liberar as mesas. A dele baixou primeiro, então ele me ajudou com a minha. A comissária nos lançou um olhar do tipo que-casal-fofo e colocou guardanapos nas bandejas antes de posicionar as refeições diante de nós.

— Mais vinho? — ela perguntou.

Olhei para minha taça meio vazia. Eu nem percebi que tinha bebido.

— Sim, por favor.

Ela encheu minha taça e voltou para os outros passageiros.

Thomas e eu comemos em silêncio, mas era evidente o que pensávamos sobre o frango grelhado de micro-ondas com uma colher de molho de chili e legumes mistos sem graça. O pretzel foi a melhor parte da refeição.

O homem sentado no assento do corredor na nossa frente falava com o vizinho sobre sua carreira evangélica em desenvolvimento. O grisalho atrás de nós conversava com a mulher ao lado sobre seu primeiro livro, e, depois de fazer algumas perguntas básicas, ela revelou que também estava pensando em escrever um.

Antes de eu terminar meu cookie de chocolate, o piloto anunciou que em breve daria início à descida, e nosso voo pousaria em Chicago dez minutos antes do previsto. Depois que o anúncio foi feito, ouvimos uma sinfonia de cintos de segurança sendo abertos e corpos se mexendo, e as peregrinações ao banheiro tiveram início.

Thomas fechou os olhos de novo. Tentei não encarar. Desde que nos conhecíamos, eu não tinha feito nada além de negar meus sentimentos por ele enquanto lutava ferozmente pela minha independência. Mas eu só me sentia livre quando ele encostava em mim. Fora dos nossos momentos íntimos, eu ficava presa pensando em suas mãos.

Mesmo que apenas pelas aparências, eu esperava que esse fingimento fosse satisfazer minha curiosidade. Se o fato de Thomas ver Camille mudasse alguma coisa, pelo menos ter as lembranças do fim de semana seria melhor que sofrer pelo nosso falso relacionamento quando voltássemos para casa.

— Liis — Thomas disse, os olhos ainda fechados.

— Sim?

— No instante em que pousarmos, estaremos disfarçados. — Ele olhou para mim. — É importante que qualquer contato do Mick ou do Benny não faça a menor ideia de que somos agentes federais.

— Entendi.

— Você está livre para falar sobre qualquer coisa da sua vida, exceto sobre o trabalho no FBI. Isso vai ser substituído por uma falsa carreira como professora substituta de estudos culturais na Universidade da Califórnia, em San Diego. Temos todos os registros disso.

— Eu trouxe minhas credenciais da universidade.

— Ótimo. — Ele fechou os olhos de novo, se ajeitando no assento. — Você pesquisou sobre a faculdade, imagino.

— Sim, e sobre a sua família e alguns outros que você poderia ter mencionado se estivéssemos em um relacionamento real: Shepley, America, Camille, os gêmeos; seu pai, Jim; o irmão dele, Jack; a esposa do Jack, Deana; e a sua mãe.

Seus lábios se curvaram.

— Diane. Pode falar o nome dela.

— Sim, senhor.

Foi uma coisa natural de dizer, algo praticamente arraigado, e eu não quis dizer nada com isso, mas os olhos de Thomas se abriram de repente, e foi difícil não ver sua decepção.

— Thomas. Apenas Thomas. — Ele virou os ombros para me encarar. — Admito que achei que isso seria mais fácil pra você. Sei que vai ser difícil estar em Chicago novamente, mas tem certeza de que você consegue? É importante.

Mordi o lábio. Pela primeira vez, eu realmente me preocupei em cometer um deslize e não apenas colocar a operação toda em risco, mas também arriscar que o Thomas tivesse problemas com a família por ter mentido. Mas, se eu tivesse revelado minhas preocupações, o FBI mandaria outra agente do sexo feminino para o papel, provavelmente alguém do escritório de Chicago.

Segurei a mão dele, deslizando carinhosamente o polegar por sua pele. Ele olhou para nossas mãos e depois para mim.

— Você confia em mim? — perguntei.

Thomas assentiu, mas eu percebi que ele estava inseguro.

— Quando aterrissarmos, nem você vai conseguir perceber a diferença.

16

— *Ei, idiota! — um dos gêmeos disse, atravessando de braços abertos* a área das esteiras de bagagem. Ele tinha apenas uma penugem na cabeça, e a pele ao redor dos olhos cor de mel enrugava quando ele sorria.

— Taylor! — Thomas colocou nossa bagagem no chão e abraçou o irmão com força.

Eles eram da mesma altura, os dois bem mais altos que eu.

À primeira vista, alguém que passasse por ali poderia confundir os dois com amigos, mas, mesmo por baixo da jaqueta, Taylor também era musculoso. A única diferença era que Thomas tinha músculos mais proeminentes, deixando óbvio que ele era o mais velho. Outras características davam pistas de que eram parentes. O tom de pele de Taylor era só um pouco mais claro, provavelmente por causa da geografia.

Quando Taylor abraçou Thomas, percebi que os dois também tinham mãos grandes e fortes, idênticas. Ficar perto dos cinco ao mesmo tempo seria incrivelmente intimidante.

Thomas deu um tapinha nas costas do irmão, quase com força demais. Eu me senti grata por ele não me cumprimentar desse jeito, mas seu irmão não se intimidou. Eles se separaram, e Taylor bateu no braço do Thomas, com força suficiente para fazer barulho.

— Caramba, Tommy! Você está um trator, porra! — Taylor apertou o bíceps do irmão.

Thomas balançou a cabeça, depois os dois viraram para me encarar com sorrisos parecidos.

— Essa — Thomas disse, radiante — é Liis Lindy.

Havia certa reverência em sua voz quando ele falou, e Thomas me abraçou do mesmo jeito que abraçara Camille na foto. Eu me senti preciosa e tive que fazer força com os dedos dos pés para não me inclinar para frente.

Apenas algumas semanas antes, Thomas tinha dito o meu nome como se fosse um xingamento. Agora, quando sua boca o formou, eu me derreti.

Taylor me deu um abraço de urso, me levantando do chão. Quando me colocou de volta, forçou um sorriso.

— Desculpa ter acordado você naquela noite. Tive uma semana difícil.

— No trabalho? — perguntei.

Seu rosto ficou vermelho, e eu comemorei internamente minha capacidade de fazer um Maddox corar.

Thomas deu um sorriso afetado.

— Ele levou um pé na bunda.

A sensação de vitória desapareceu, e a culpa me levou ao silêncio. Mas não durou muito, porque eu rapidamente me lembrei dos uivos e das pancadas na parede.

— E aí você transou com... — Eu quase cometi um deslize e falei "agente Davies". — Desculpa. Não é da minha conta.

Thomas não conseguiu disfarçar o alívio.

Taylor respirou fundo e soltou tudo:

— Eu só ia falar disso mais tarde, mas eu fiz merda e fiquei realmente bêbado. A Falyn e eu resolvemos as coisas, e ela vai estar em St. Thomas, então eu agradeço se... vocês sabem...

— A Falyn é sua namorada? — perguntei.

Ele pareceu tão profundamente envergonhado. Era difícil julgá-lo.

Dei de ombros.

— Eu nunca te vi. Qualquer coisa que eu relatasse seria especulação, de qualquer maneira. — *Droga, Liis. Pare de falar como uma agente.*

Taylor pegou minha bolsa de viagem e a colocou sobre o ombro.

— Obrigado.

— Posso só... — Estendi a mão para a bagagem.

Ele se inclinou para que eu pudesse mexer na mala. Peguei meu suéter, e Thomas me ajudou a vesti-lo.

Taylor começou a andar, e Thomas estendeu a mão para trás. Eu a segurei e nós seguimos de mãos dadas até a saída.

— Levei meia hora para achar uma vaga no estacionamento principal — Taylor disse. — É recesso de primavera, então acho que todo mundo está viajando.

— Quando foi que você chegou à cidade? O que você está dirigindo? — Thomas perguntou.

De repente, não me senti tão mal. Thomas parecia mais um agente do FBI do que eu.

— Estou aqui desde ontem.

No instante em que Taylor colocou os pés na rua, tirou um maço de cigarros do bolso e colocou um na boca. Ele mexeu no maço outra vez e pegou um isqueiro. Acendeu a ponta e tragou até o papel e o tabaco ficarem laranja.

Ele deu uma baforada.

— Já esteve em Chicago antes, Liis?

— Na verdade, eu sou daqui.

Taylor parou de repente.

— Sério?

— É — falei, minha voz subindo uma oitava, como se fosse uma pergunta.

— Humm. Milhões de pessoas em San Diego, e o Thomas pega uma garota de Illinois.

— Taylor, meu Deus — Thomas repreendeu.

— Desculpa — Taylor disse, virando para me olhar.

Ele tinha a mesma expressão charmosa de Thomas, capaz de fazer uma garota qualquer babar, e eu estava começando a perceber que era apenas um traço dos Maddox.

— A Falyn está na casa do papai? — Thomas perguntou.

Taylor balançou a cabeça.

— Ela tinha que trabalhar. Vai me encontrar em St. Thomas e vamos voltar juntos.

— O Trav te pegou no aeroporto? Ou foi o Trent? — Thomas perguntou.

— Amor, menos — falei, apertando a mão dele.

Taylor riu.

— Estou acostumado. Ele sempre foi assim.

Ele seguiu em frente, mas os olhos de Thomas se suavizaram, e ele levou minha mão à boca para pousar um beijo carinhoso ali.

Taylor assentiu.

— O Shepley me pegou no aeroporto. O Travis está com ele o dia todo, então eu vim pegar vocês com o carro do Trav. Ele não sabe que estamos na cidade. Ele acha que vai encontrar todo mundo amanhã em St. Thomas, como as meninas.

— Todas as meninas estão em St. Thomas? — perguntei.

Thomas me deu uma olhada. Ele sabia exatamente o que eu estava perguntando.

— Nem todas. Só a Abby e as damas de honra. — Chegamos ao estacionamento, e Taylor apontou para frente. — Parei ali perto da cerca.

Depois de andarmos quase cem metros no vento frio, Taylor tirou o chaveiro do bolso e apertou um botão. Um Toyota Camry prateado apitou alguns carros à frente.

— Sou o único que acha esquisito o Travis ter um carro agora? — Thomas disse, encarando o veículo.

Uma corrente dourada estava enrolada no espelho retrovisor, da qual saíam várias menores. Nas pontas havia fichas de pôquer brancas com furos, penduradas. Pareciam personalizadas, as bordas com listras pretas e brancas e um texto em vermelho no meio.

Taylor balançou a cabeça, apertando mais um botão para abrir o porta-malas.

— Você precisa vê-lo dirigindo. Parece uma mulherzinha.

— Ainda bem que vou vender o meu — falei.

Thomas riu e então ajudou Taylor a guardar nossa bagagem. Thomas contornou o carro e abriu a porta do carona para mim, mas balancei a cabeça.

— Tudo bem. Senta na frente com o seu irmão. — Abri a porta de trás. — Eu vou aqui atrás.

Thomas se abaixou para me dar um beijo no rosto, mas percebeu que eu estava boquiaberta olhando para o banco traseiro. Ele também encarou.

— Que porra é essa? — perguntou.

— Ah! É o Totó! Estou cuidando dele — Taylor respondeu com um sorriso orgulhoso que lhe revelou uma covinha profunda em uma bochecha. — Provavelmente a Abby me mataria se soubesse que deixei o bichinho sozinho no carro, mas eu só fiquei longe por dez minutos. Ainda está quentinho dentro do carro.

O cachorro abanou o traseiro todo, usando um suéter listrado azul e dourado, parado numa caminha de lã macia.

— Eu... — comecei, olhando para Thomas. — Eu nunca tive um cachorro.

Taylor riu.

— Você não precisa cuidar dele. Só precisa dividir o assento com ele. Mas preciso prendê-lo. A Abby é meio surtada com esse cachorro.

Ele abriu a porta do outro lado e prendeu Totó no cinto de náilon. O cãozinho devia estar acostumado, porque sentou e ficou parado enquanto Taylor prendia cada grampo.

Thomas puxou a capa do assento até revelar uma parte sem pelos.

— Pronto, amor. — Os cantos de sua boca estavam tremendo, enquanto ele tentava não sorrir.

Mostrei a língua, e ele fechou a porta.

O cinto de segurança clicou quando o prendi, e pude ouvir Taylor rindo.

— Você levou uma chave de boceta, hein?

Thomas segurou a maçaneta.

— Ela está te ouvindo, babaca. Minha porta está aberta.

Taylor abriu a porta do motorista e se abaixou, parecendo envergonhado.

— Desculpa, Liis.

Balancei a cabeça, meio entretida e meio sem acreditar na provocação dos dois. Era como se tivéssemos caído em uma toca de coelho e ido parar em uma sede de fraternidade cheia de bebês alcoolizados.

Eles prenderam o cinto de segurança, e Taylor engatou a marcha ré para sair da vaga. O trajeto até a festa de despedida de solteiro foi cheio de insultos pitorescos e atualizações sobre quem estava comendo quem e quem estava trabalhando onde.

Notei que Trenton e Camille não foram mencionados. Eu me perguntei como isso se desenrolava na família, sabendo que ela tinha namorado Thomas e depois Trenton, e como eles se sentiam em relação a ela, se não gostavam dela porque Thomas não aparecia mais em casa, para evitar qualquer constrangimento para eles ou mais dor para si mesmo. A vergonha me invadiu quando, durante menos de um segundo, desejei que não gostassem nem um pouco dela.

Taylor parou na entrada do Rest Inn e então foi para os fundos do prédio. O dobro de carros estava estacionado lá atrás, em comparação com a frente.

Ele desligou o motor.

— Todo mundo está estacionando aqui, para ele não perceber nada.

— No Cap? A despedida de solteiro que esperamos um ano para fazer para o Travis vai ser no Cap? — Thomas falou, sem se impressionar.

— Foi o Trent que planejou. Ele voltou a estudar e está trabalhando em tempo integral. Além do mais, ele tem um orçamento limitado. Não reclama, porque você não se ofereceu pra ajudar — Taylor disse.

Esperei Thomas partir para o ataque, mas ele aceitou a bronca.

— *Touché*.

— E o, humm... — Apontei para o cachorro, que estava me olhando como se fosse pular na minha garganta a qualquer momento, ou talvez ele só quisesse um tapinha na cabeça. Eu não tinha certeza.

Um carro parou ao nosso lado e uma mulher saltou, deixando o motor ligado e os faróis acesos.

— E aí? — Ela olhou para o Thomas e parou de sorrir. — Oi, T.J.

— Raegan — Thomas cumprimentou.

Eu já detestava o apelido. Taylor não o chamava assim. A mulher era exoticamente bonita, com o cabelo castanho em camadas, as pontas onduladas parando pouco acima da cintura.

Raegan soltou o cinto do Totó e pegou as coisas dele.

— Obrigado, Ray — Taylor disse. — A Abby falou que todo mundo ia para o casamento.

— Sem problemas — ela disse, tentando não olhar para Thomas. — O Kody mal pode esperar. Ele quer tanto um cachorro, mas não sei como as pessoas fazem para o bichinho não se sentir sozinho enquanto vão para o trabalho e para a faculdade. — Ela olhou para o Totó e encostou o nariz no dele, que lambeu seu rosto. Ela deu uma risadinha. — Meu pai se ofereceu para cuidar dele durante o dia, então vamos ver. Talvez esses dias nos ajudem a decidir. Será que é melhor dar uma volta com ele? Não quero que ele suje meu carro.

Taylor balançou a cabeça.

— A gente deu uma volta pouco antes de pegar esses dois. Ele deve estar tranquilo até chegar em casa. A Abby te falou do cinto de segurança?

— Ela me falou, sim... em detalhes. — Raegan coçou a cabeça do cachorro e virou de costas, abrindo a porta de trás do seu carro. Ela deixou o bichinho andar sobre o banco traseiro enquanto arrumava o cinto, depois ele sentou, surpreendentemente bem comportado, enquanto ela o prendia de novo. — Muito bem — Raegan disse. — É isso. Bom te ver, Taylor. — Seu rosto perdeu instantaneamente toda a emoção quando ela olhou para Thomas. — T.J.

Tinha que ser uma ex-namorada. Entre o apelido e o comportamento extremamente frio, ele devia ter magoado muito a garota.

Ela sorriu de novo para mim.

— Sou a Raegan.

— Liis... prazer em te conhecer — falei, totalmente desconcertada pela mudança de cento e oitenta graus.

Ela disparou contornando a frente de seu carro e desapareceu ali dentro. O veículo se afastou, e Taylor, Thomas e eu ficamos em silêncio.

— Então beleza! — Taylor disse. — Vamos para a festa.

— Não entendo isso — Thomas disse. — Ele não é solteiro.

Taylor deu um tapinha no ombro do irmão, de novo com tanta força que eu me encolhi em reação.

— A ideia do fim de semana é comemorar o que perdemos porque o canalha fugiu para casar. E, Tommy... — O sorriso de Taylor desapareceu.

— Eu sei. O Trenton me ligou — Thomas comentou.

Taylor assentiu com um toque de tristeza nos olhos, então puxou a maçaneta da porta antes de atravessar o estacionamento.

Quando abri minha porta, o ar frio foi um choque. Thomas esfregou meus braços, expirando uma nuvem que foi um contraste absoluto em relação à noite ao nosso redor.

— Você vai conseguir — eu disse, já tremendo.

— Você esqueceu como faz frio aqui? Já?

— Cala a boca — falei, andando em direção ao prédio para o qual Taylor tinha ido.

Thomas deu uma corridinha para me alcançar e pegou minha mão.

— O que achou do Taylor?

— Seus pais devem ter orgulho. Vocês têm genes excepcionais.

— Vou encarar isso como um elogio, não como uma cantada no meu irmão. Você é minha durante o fim de semana, lembra?

Dei um sorrisinho, e ele me puxou para junto de si de um jeito brincalhão, mas então me dei conta do quanto de verdade havia por trás desse comentário sutil. Paramos na porta, e eu observei Thomas se preparar psicologicamente para o que havia lá dentro.

Sem saber o que fazer, fiquei na ponta dos pés e beijei seu rosto. Ele virou, me pegando em cheio nos lábios. Esse gesto provocou uma reação em cadeia. As mãos de Thomas foram direto para as minhas bochechas, envolvendo meu rosto com carinho. Quando minha boca abriu e sua língua entrou, apertei seu casaco esportivo.

Então a música ali dentro ficou mais alta de repente, e Thomas me soltou.

— Tommy!

Outro irmão — óbvio, porque ele se parecia muito com Taylor — estava segurando a porta. Ele vestia apenas uma sunga amarela, quase pequena demais para suas partes masculinas, e uma peruca combinando. O acrílico amarelo brilhante horroroso em sua cabeça era uma confusão de cachos e frisados, e ele mexeu na peruca de um jeito paquerador.

— Gostou? — o irmão perguntou. Dando pequenos passos, ele fez uma pirueta, revelando que o pedaço de tecido não era bem uma sunga, mas um fio dental.

Depois de inesperadamente ver seu traseiro branco como a neve, desviei o olhar, envergonhada.

Thomas deu uma olhada de cima a baixo para ele e soltou uma gargalhada.

— Que porra é essa que você está usando, Trenton?

Um meio-sorriso provocou uma covinha na bochecha de Trenton, e ele segurou o ombro do Thomas.

— É tudo parte do plano. Entra! — disse, fazendo pequenos círculos com a mão na própria direção. — Entra!

Trenton segurou a porta aberta enquanto entrávamos.

Versões de peitos em papelão estavam penduradas no teto, e confetes dourados na forma de pênis estavam espalhados por todo o chão e pelas mesas. Havia uma mesa no canto, repleta de garrafas de bebidas alcoólicas e baldes de gelo cheios de várias marcas de cerveja. Não havia garrafas de vinho, mas vi um bolo em forma de enormes peitos cor-de-rosa.

Thomas se abaixou para falar no meu ouvido:

— Eu te falei que não era uma boa ideia você vir até aqui.

— Você acha que estou ofendida? Trabalho numa área predominantemente masculina. Ouço a palavra *peitinhos* pelo menos uma vez ao dia.

Ele cedeu, mas parou para olhar a própria mão pouco depois de dar um tapinha no ombro do irmão. A purpurina que cobria o corpo de Trenton passara para a palma da mão de Thomas, e estava reluzindo sob a luz da bola de espelhos no teto. Ele ficou imediatamente horrorizado.

Peguei um guardanapo em uma mesa e lhe dei.

— Aqui.

— Obrigado — ele respondeu, sorrindo e enojado ao mesmo tempo.

Thomas pegou minha mão. O guardanapo cheio de purpurina foi esmagado entre nossas palmas enquanto ele me puxava pela multidão. A música alta agrediu meus ouvidos, o baixo zunindo em meus ossos. Dezenas de homens estavam em pé por ali, e havia apenas um punhado de mulheres. Instantaneamente me senti enjoada, me perguntando quando encontraria Camille.

A mão de Thomas parecia quente na minha, mesmo com o guardanapo no meio. No entanto, se estava nervoso, não demonstrou. Ele cumprimentou vários caras que deviam ser universitários enquanto atravessávamos o salão. Quando chegamos ao outro lado, Thomas estendeu os braços para abraçar um homem corpulento antes de beijar seu rosto.

— Oi, pai.

— Ora, oi, meu filho — Jim Maddox disse numa voz rouca. — Já era hora de aparecer em casa.

— Liis — Thomas disse. — Esse é meu pai, Jim Maddox.

Ele era um pouco mais baixo que Thomas, mas tinha a mesma doçura nos olhos. Jim me encarou com delicadeza e quase trinta anos de paciência treinada ao criar cinco garotos Maddox. O cabelo grisalho curto e escasso exibia agora várias cores, por causa das luzes da festa.

Os olhos semicerrados se iluminaram com a percepção.

— Essa é a sua garota, Thomas?

Thomas beijou meu rosto.

— Fico dizendo isso a ela, mas ela não acredita.

Jim abriu os braços.

— Bom, vem cá, meu bem! É um prazer conhecer você!

Jim não apertou minha mão. Ele me puxou para um abraço e me apertou com força. Quando me soltou, Thomas passou o braço pelos meus ombros, muito mais feliz por estar em família do que eu esperava.

Ele me puxou para o seu lado.

— A Liis é professora na Universidade da Califórnia, pai. Ela é brilhante.

— Ela aguenta as suas merdas? — Jim perguntou, tentando falar mais alto que a música.

Thomas balançou a cabeça.

— Nem um pouco.

Jim soltou uma gargalhada alta.

— Então ela é pra vida toda!

— É o que eu fico dizendo pra ele, mas ele não acredita — falei, cutucando Thomas com o cotovelo.

O homem riu de novo.

— Professora de quê?

— Estudos culturais — respondi, me sentindo meio desconfortável por gritar com ele.

Jim deu uma risadinha.

— Ela deve ser brilhante mesmo. Não tenho a menor ideia do que isso significa! — Ele levou o punho à boca e tossiu.

— Quer uma água, pai?

Ele fez que sim com a cabeça.

— Obrigado, filho.

Thomas beijou meu rosto e nos deixou sozinhos para pegar a água. Eu não sabia se um dia ia me acostumar com seus lábios na minha pele. Eu esperava que não.

— Há quanto tempo você trabalha na universidade? — Jim perguntou.

— É o meu primeiro semestre — respondi.

Ele assentiu.

— O campus de lá é bom?

— Sim. — Sorri.

— Você gosta de San Diego? — ele quis saber.

— Adoro. Eu morava em Chicago. O clima de San Diego é melhor.

— Você é de Illinois? — Jim perguntou, surpreso.

— Sou — respondi, tentando moldar as palavras com precisão para não ter que gritar tão alto.

— Hum — ele disse com uma risadinha. — Eu bem que queria que o Thomas morasse mais perto. Mas ele nunca pertenceu de verdade a este lugar. Acho que ele é mais feliz lá — prosseguiu, mexendo a cabeça como se concordasse consigo mesmo. — Como foi que vocês se conheceram?

— Eu me mudei para o prédio dele — falei, notando uma mulher que conversava com Thomas perto da mesa de bebidas.

As mãos dele estavam nos bolsos, e ele encarava o chão. Percebi que ele estava impassível de propósito.

Thomas assentiu e ela repetiu o gesto. Então ela jogou os braços ao redor dele. Eu não via o rosto da garota, mas o dele sim, e, enquanto ele a abraçava, dava para sentir sua dor de onde eu estava.

A mesma dor profunda de antes ardeu em meu peito, e meus ombros se contraíram para frente. Cruzei os braços para camuflar o movimento involuntário.

— Então você e o Thomas... é recente? — Jim perguntou.

— Relativamente sim — respondi, ainda encarando Thomas e a mulher pendurada nele.

Trenton não estava mais dançando. Ele também estava observando os dois, quase em paralelo a mim.

— A mulher que está com o Thomas... é a Camille?

Jim hesitou, mas depois fez que sim com a cabeça.

— É, sim.

Após um minuto inteiro, Thomas e Camille ainda estavam abraçados.

Jim pigarreou e falou de novo:

— Bom, eu nunca vi meu filho tão feliz quanto no momento em que ele me apresentou a você. Mesmo que seja algo novo, isso está no presente... diferente de outras coisas... que estão no passado.

Dei um sorrisinho para Jim, e ele me puxou para o lado dele com um apertão.

— Se o Tommy ainda não te falou isso, deveria.

Assenti, tentando processar as dezenas de emoções girando ao mesmo tempo dentro de mim. Eu estava sentindo uma dor bem surpreendente para uma garota que era casada com o trabalho. Se eu não precisava de Thomas, meu coração não sabia disso.

17

Os olhos de Thomas se abriram de repente, e ele olhou diretamente para mim. Soltou Camille e, sem se despedir ou lhe lançar um olhar, passou por ela, pegando uma garrafa de água no caminho de volta para onde Jim e eu estávamos.

— Você a interrogou o suficiente na minha ausência, pai? — Thomas perguntou.

— Não tanto quanto você faria, tenho certeza. — Jim virou para mim. — O Thomas devia ter sido detetive.

Apesar da desconfortável proximidade da verdade, mantive um sorriso.

Thomas também estava com uma expressão estranha, mas suas feições estavam mais leves.

— Está se divertindo, amor?

— Por favor, me diga que aquilo foi uma despedida — falei. Nem tentei impedir que Jim ouvisse. Era um pedido sincero, um pedido que eu podia fazer e, ainda assim, manter nosso disfarce intacto.

Thomas me pegou delicadamente pelo braço e me levou até um canto vazio do salão.

— Eu não sabia que ela ia fazer aquilo. Desculpa.

Senti minha expressão se despedaçar.

— Eu queria que você pudesse ver a cena pelos meus olhos e depois ouvir, com os meus ouvidos, você dizer que ela ficou no passado.

— Ela estava pedindo desculpas, Liis. O que eu podia fazer?

— Não sei... Não parecer desolado?

Ele me encarou, sem palavras.

Revirei os olhos e puxei a mão dele.

— Vem, vamos voltar para a festa.

Ele soltou a minha mão.

— Eu estou, Liis. Eu *estou* desolado. O que aconteceu é triste pra caralho.

— Ótimo! Vamos! — falei, minhas palavras repletas de falsa empolgação e sarcasmo.

Passei por ele empurrando-o com o ombro, mas ele agarrou meu pulso e me puxou para junto de si. Segurou minha mão perto do rosto e então a virou para beijar a palma, fechando os olhos.

— É triste porque acabou — ele falou com a boca encostada na minha mão, a respiração quente em minha pele. Ele olhou dentro dos meus olhos. — É triste porque eu fiz uma escolha que mudou meu relacionamento com meu irmão para sempre. Eu magoei a Camille, o Trenton e a mim mesmo. A pior parte é que eu achava que era justificável, mas agora tenho medo de tudo isso ter sido por nada.

— O que você quer dizer? — perguntei, olhando preocupada para ele.

— Eu amava a Camille... mas não desse jeito, não como você.

Olhei ao redor.

— Para com isso, Thomas. Ninguém está te ouvindo.

— Você está? — ele perguntou. Como eu não respondi, ele soltou a minha mão. — O quê? O que eu posso dizer para te convencer?

— Continue dizendo como você está triste por perder a Camille. Tenho certeza que uma hora isso vai funcionar.

— Você só me ouviu dizer que é triste. Ignorou a parte de que essa história acabou.

— Não acabou — falei, rindo uma vez. — Nunca vai acabar. Você mesmo disse isso. Você sempre vai amá-la.

Ele apontou para o outro lado do salão.

— O que você viu ali? Foi uma despedida. Ela vai se casar com o meu irmão.

— Também vi você sofrendo pelas duas coisas.

— Sim! É doloroso! O que você quer, Liis?

— Quero que você não a ame mais!

O som havia parado por um instante, era o intervalo entre duas músicas, e todo mundo virou na direção de onde Thomas e eu estávamos. Camille e Trenton estavam conversando com outro casal, e ela parecia tão humilhada quanto eu. Ela ajeitou o cabelo atrás da orelha, e Trenton a guiou até a mesa do bolo.

— Ai, meu Deus — sussurrei, cobrindo os olhos.

Thomas deu uma olhada para trás e puxou a minha mão, balançando a cabeça.

— Tudo bem. Não se preocupa com eles.

— Eu não sou de agir assim. Essa não sou eu.

Ele soltou um suspiro aliviado.

— Eu entendo. Parece que temos esse efeito um sobre o outro.

Eu não só *não* era eu mesma perto de Thomas, como ele também me fazia sentir coisas que eu não conseguia controlar. A raiva fervia dentro de mim. Se ele me conhecesse, entenderia que sentimentos instáveis não eram algo que eu aceitava bem.

Com Jackson, eu conseguia controlar meus sentimentos. Nunca teria me passado pela cabeça gritar com ele em uma festa. Ele ficaria chocado ao me ver surtar.

Quando se tratava do Thomas, eu era uma bagunça. Minha cabeça me puxava em uma direção, e Thomas e meu coração em outra. Resultados imprevisíveis me apavoravam. Era hora de pôr um freio nas minhas emoções. Nada era mais assustador do que ser manipulada pelo meu próprio coração.

Quando as pessoas viraram para outro lado, forcei um sorriso, erguendo o queixo para encontrar os olhos de Thomas.

As sobrancelhas dele se aproximaram.

— O que é isso? Qual é a do sorriso repentino?

Passei por ele.

— Eu te falei que você não ia conseguir notar a diferença.

Thomas me seguiu de volta para o agito. Ele parou atrás de mim e passou os braços pela minha cintura, apoiando o queixo em meu pescoço.

Como eu não reagi, ele encostou os lábios na minha orelha.

— Os limites estão começando a perder a definição, Liis. Aquilo tudo foi só pelas aparências?

— Estou trabalhando. Você não? — Um nó se formou em minha garganta. Era a melhor mentira que eu já tinha contado.

— Uau — ele disse antes de me soltar e se afastar.

Thomas se posicionou entre Jim e outro homem. Eu não tinha certeza, mas devia ser o tio dele. Era quase idêntico a Jim. O gene dos Maddox era claramente dominante, como sua família... e seus homens.

Alguém diminuiu a música e apagou as luzes. Estava totalmente escuro, e eu estava ali sozinha.

A porta se abriu, e, depois de alguns segundos de silêncio, um homem disse:

— Humm...

As luzes se acenderam para revelar Travis e aquele que devia ser Shepley parados na porta, estreitando os olhos para ajustá-los à luz. Taylor e seu irmão gêmeo jogaram confetes em formato de pênis no rosto de Travis, e todo mundo gritou.

— Felicidades, babaca!

— Seu maricas!

— Muito bem, Cachorro Louco!

Analisei Travis enquanto ele cumprimentava todo mundo. Vários tapinhas no ombro, abraços másculos e esfregadas brutas na cabeça começaram enquanto batiam palmas e assobiavam.

Ainda com pouca roupa e cheio de brilho, Trenton apareceu e travou, requebrou e rebolou ao som da música. Thomas e Jim balançaram a cabeça com a visão.

Camille estava parada diante da multidão que cercava Trenton, estimulando-o e rindo descontroladamente. Uma raiva irracional me invadiu. Dez minutos antes, ela estava engalfinhada com Thomas, lamentando a separação dos dois. Eu não gostava dela. Não conseguia entender por que não um, mas dois Maddox gostavam.

Quando a música parou, Trenton foi até Camille e a ergueu nos braços, girando-a no ar. Ele a colocou no chão novamente, ela entrelaçou os braços no pescoço dele e o beijou.

Outra música soou pelos alto-falantes, e as poucas mulheres presentes puxaram seus pares para a modesta pista de dança. Alguns dos homens se juntaram a elas, a maioria só para fazer bagunça.

Thomas continuou entre o pai e o tio, me olhando apenas de vez em quando. Ele estava com raiva de mim e tinha todo o direito de estar. Eu estava me chicoteando. Não conseguia imaginar como ele devia estar se sentindo.

Ali estava eu, olhando furiosa para Camille toda vez que ela chamava atenção para si, e eu mesma não havia tratado Thomas muito melhor. Ele não estava apenas interpretando um papel. Ele tinha mostrado interesse em mim antes de sairmos para a missão. No mínimo, eu era pior do que Camille. Pelo menos ela não bagunçava o coração dele, ciente de que já estava lidando com pedaços quebrados.

O mais responsável a fazer era manter tudo no nível profissional. Um dia, eu teria de escolher entre Thomas e o FBI, e escolheria o trabalho. Mas, toda vez que ficávamos sozinhos, toda vez que ele me tocava, e pelo que eu senti quando o vi com Camille, eu sabia que meus sentimentos tinham se tornado complexos demais para ignorar.

Val tinha me dito para ser direta com Thomas, mas ele não aceitava. Meu rosto corou. Eu era uma mulher forte e inteligente. Eu havia identificado o problema, determinado a solução, tomado uma decisão e comunicado essa decisão.

Suspirei. Mas então eu gritei com ele na frente de quase todos os seus amigos e familiares. Ele me olhou como se eu fosse louca.

Será que eu sou?

Ele me disse que a foto não estava mais lá, mas tirar uma fotografia de vista não muda os sentimentos. Jim dissera que Camille estava no passado de Thomas, e era verdade. Mas eu não conseguia me conformar com o fato de ele sentir falta dela ou ainda amá-la.

O que eu precisava mesmo era que Thomas encerrasse essa história, e essa solução dependia dele. Não era um pedido irracional, mas podia ser impossível. Não cabia a mim. Cabia ao Thomas.

Pela primeira vez na minha vida adulta, eu tinha me deixado envolver em uma situação que não conseguia controlar ou lidar, e meu estômago estava embrulhado.

Olhei de relance para Thomas e, mais uma vez, o peguei olhando para mim. Finalmente fui até ele, e seus ombros relaxaram.

Deslizei as mãos pelos seus braços e o abracei, pressionando o queixo em seu peito.

— Thomas...

Ele pousou os lábios no meu cabelo.

— Sim?

Alguém diminuiu o volume da música, e Trenton foi até Camille. Ele segurou as duas mãos dela, puxando-a para o centro do salão. Então apoiou um dos joelhos no chão e levantou uma caixinha.

Thomas se afastou de mim e enfiou as mãos nos bolsos, se agitando durante um ou dois segundos. Depois se inclinou e sussurrou no meu ouvido:

— Desculpa. — Ele deu alguns passos para trás e andou em silêncio, encostando na parede dos fundos e se arrastando por entre a multidão até chegar à saída.

Depois de uma última olhada para Camille enquanto ela cobria a boca e assentia, Thomas empurrou a porta de vidro apenas o suficiente para passar.

Jim olhou para baixo e então para mim.

— Deve ser difícil para qualquer homem.

Todo mundo comemorou, e Trenton se levantou para abraçar a noiva. A multidão se fechou ao redor dos dois.

— Difícil para você também, imagino — Jim falou novamente, me dando um tapinha carinhoso no ombro.

Engoli em seco e olhei através da porta de vidro.

— Vemos você em casa, Jim. Foi muito bom te conhecer. — Abracei o pai de Thomas e disparei para o estacionamento.

Meu suéter mal conseguia conter o frio do início de primavera no Meio-Oeste. Envolvi o tecido de tricô com ainda mais força ao redor do corpo e cruzei os braços, andando pela calçada até os fundos do hotel.

— Thomas? — chamei.

Um bêbado surgiu de trás de um carro detonado mais velho que eu. Ele limpou o vômito da boca e veio cambaleando em minha direção.

— Quem é você? — perguntou, as palavras emboladas umas nas outras.

Parei e estendi a mão.

— Estou tentando chegar até o meu carro. Por favor, se afaste.

— Tá hospedada aqui, docinho?

Ergui uma sobrancelha. O hálito de cerveja e a camisa manchada não eram nada atraentes, mas ele claramente não pensava assim.

— Sou Joe — ele disse antes de arrotar. E sorriu, os olhos quase fechados.

— Prazer em te conhecer, Joe. Estou vendo que você bebeu muito, então, por favor, não encoste em mim. Só quero chegar até o meu carro.

— Qual que é o seu? — ele perguntou, virando para o estacionamento.

— Aquele. — Apontei para uma direção qualquer, ciente de que não importava.

— Quer dançar? — ele perguntou, se balançando ao ritmo da música que devia tocar na cabeça dele.

— Não, obrigada.

Dei um passo para o lado, mas ele pegou meu suéter nos dedos.

— Onde cê tá indo tão depressa?

Suspirei.

— Não quero te machucar. Por favor, me solta.

Ele me puxou uma vez, e eu agarrei seus dedos e os torci para trás. Ele gritou de dor e caiu de joelhos.

— Tá bom, tá bom! — implorou.

Soltei sua mão.

— Na próxima vez que uma mulher disser para você não encostar nela, vê se escuta. Se é que você vai conseguir lembrar alguma coisa de hoje à noite. — Cutuquei sua têmpora e empurrei sua cabeça. — Lembre-se disso.

— Sim, senhora — ele disse, o hálito saindo em filetes brancos. Em vez de tentar se levantar, ele se sentiu melhor no chão.

Eu suspirei.

— Você não pode dormir aqui, Joe. Está frio. Levanta e entra.

Ele ergueu os olhos tristes para mim.

— Não lembro qual é meu quarto.

— Que merda. Joe! Você não está incomodando essa moça bonita, né? — disse Trenton, tirando o casaco. Ele o colocou sobre os ombros do amigo e o ajudou a se levantar, segurando a maior parte do peso do outro.

— Ela tentou quebrar a porra da minha mão! — Joe disse.

— Você provavelmente mereceu, seu tarado bêbado — Trenton respondeu e olhou para mim. — Você está bem?

Fiz que sim com a cabeça.

Os joelhos de Joe cederam, e Trenton resmungou quando jogou o grandalhão sobre o ombro.

— Você é a Liis, certo?

Assenti mais uma vez. Eu estava extremamente desconfortável de falar com Trenton, apesar de não saber por quê.

— Meu pai disse que o Thomas veio aqui pra fora. Ele está bem?

— O que você está fazendo aqui fora? — Thomas repreendeu. Ele não estava falando comigo, mas com o irmão.

— Vim ver se você estava bem — Trenton respondeu, mudando o peso do corpo de lado.

— Que porra é essa aqui fora? — Taylor perguntou, encarando Joe no ombro de Trenton. Ele tragou o cigarro e soltou, a fumaça grossa espiralando no ar.

— Ela tentou quebrar a porra da minha mão! — Joe repetiu.

Taylor deu uma risadinha.

— Então não coloca as mãos nela, idiota!

Thomas olhou para mim.

— O que aconteceu?

Dei de ombros.

— Ele encostou em mim.

Taylor se curvou para frente, o corpo todo estremecendo com a gargalhada barulhenta.

Tyler apareceu atrás dos irmãos, acendendo o próprio cigarro.

— Parece que a festa de verdade é aqui!

Taylor sorriu.

— A Liis também derrubou você na primeira vez em que encostou nela?

Thomas franziu a testa.

— Cala a porra da boca, Taylor. Estamos prontos para ir embora.

As sobrancelhas de Tyler dispararam para cima, e ele deu uma risada.

— A beldade asiática do Tommy sabe caratê! — Ele golpeou o ar algumas vezes e depois deu um chute para frente.

Thomas deu um passo em direção a ele, mas eu pousei a mão em seu peito.

Tyler deu um passo para trás e levantou as mãos, as palmas expostas.

— É brincadeira, Tommy. Caralho!

Os quatro irmãos mais novos de Thomas eram muito parecidos, mas a semelhança entre os gêmeos era desconcertante. Eles tinham até tatuagens iguais. Um ao lado do outro, eu não conseguia identificar quem era quem, até Thomas dizer o nome deles.

— Bom, o Joe aqui é um canalha — Trenton disse.

— Me solta! — Joe resmungou.

Trenton deu um pulinho, ajeitando o cara no ombro.

— Vou levá-lo ao saguão antes que ele morra congelado.

— Precisa de ajuda? — Thomas perguntou. — Como está o braço?

— Meio duro — Trenton respondeu. E piscou. — Eu mal percebo, quando estou bêbado.

— Te vejo amanhã — Thomas se despediu.

— Te amo, irmão — Trenton falou, virando para seguir para a entrada.

As sobrancelhas de Thomas se juntaram, e ele olhou para baixo.

Toquei no braço dele.

— Estamos prontos — falei ao Taylor.

— Tá bom — ele disse. — Sem problemas. O Travis já foi. Ele virou um belo de um frouxo.

Voltamos para o carro, e Taylor dirigiu pela cidade, virando em várias ruas, até entrar em uma travessa estreita de cascalho. Os faróis iluminaram uma casa branca modesta com varanda vermelha e porta de tela suja.

Thomas abriu minha porta, mas não segurou minha mão. Ele pegou toda a bagagem da mão de Taylor e seguiu até a casa, olhando para trás apenas para se certificar de que eu o estava seguindo.

— O papai e o Trent limparam os quartos de todo mundo para a ocasião. Você pode dormir no seu antigo quarto.

— Ótimo — Thomas disse.

A porta de tela rangeu quando Taylor a abriu, e ele virou a maçaneta da porta principal, entrando em seguida.

— Seu pai não tranca a porta quando sai? — perguntei enquanto seguíamos Taylor para dentro de casa.

Thomas balançou a cabeça.

— Aqui não é Chicago.

Eu o segui para dentro. Os móveis eram tão desgastados quanto o carpete, e o ar carregava um toque de mofo, bacon e fumaça velha.

— Boa noite — Taylor disse. — Meu voo é cedo. O de vocês também?

Thomas assentiu.

Taylor o abraçou.

— A gente se vê de manhã, então. Eu vou sair umas cinco horas. O Trav disse que eu podia pegar o carro dele, já que ele vai de carona com o Shep. — Ele seguiu pelo corredor e então virou: — Ei, Tommy?

— Sim? — Thomas respondeu.

— É legal ver você duas vezes no mesmo ano.

Ele desapareceu no corredor, e Thomas olhou para baixo, suspirando.

— Tenho certeza que ele não queria fazer você se sentir...

— Eu sei — Thomas disse. E olhou para o teto. — A gente fica lá em cima.

Assenti, o seguindo escada acima. Os degraus rangiam sob nossos pés, soltando uma música agridoce pelo retorno de Thomas. Fotos desbotadas estavam penduradas nas paredes, todas com o mesmo menino de cabelo platinado que eu vira no apartamento de Thomas. Logo em seguida, vi uma foto de seus pais e ofeguei. Parecia Travis sentado com uma versão feminina de Thomas. Ele tinha os olhos da mãe. Tinha todos os seus traços, menos o maxilar e o cabelo comprido. Ela era estonteante, tão jovem e cheia de vida. Era difícil imaginá-la ficando tão doente.

Thomas entrou por uma porta e colocou nossa bagagem em um canto do quarto. A cama de casal com estrutura de metal estava encostada no canto mais distante, e, ainda assim, o armário de madeira mal cabia no ambiente. Troféus dos anos de ensino médio de Thomas repousavam em prateleiras nas paredes, e fotos de seus times de beisebol e futebol americano estavam penduradas ao lado deles.

— Thomas, a gente precisa conversar — comecei.

— Vou tomar banho. Quer ir primeiro?

Balancei a cabeça.

O zíper da mala dele fez um barulho agudo quando ele a abriu. Ele pegou a escova e a pasta de dentes, o aparelho e o creme de barbear, uma cueca boxer cinza mescla e um shorts de basquete azul-marinho.

Sem uma única palavra, ele desapareceu no banheiro e tentou fechar a porta, mas estava empenada. Ele suspirou e colocou as coisas na pia, depois deu alguns solavancos na porta até ela se ajeitar no trilho.

— Precisa de ajuda? — perguntei.

— Não — ele respondeu antes de deslizar a porta completamente para fechá-la.

Sentei na cama soltando um suspiro, sem saber como consertar a bagunça que eu tinha feito. Por um lado, era bem simples. Nós trabalhávamos juntos. Estávamos em uma missão. A preocupação com sentimentos parecia idiota.

Por outro, os sentimentos estavam ali. Os dois dias seguintes seriam difíceis para Thomas. Eu praticamente pisoteara seu coração porque estava com raiva de outra mulher, que, coincidentemente, tinha feito o mesmo.

Eu me levantei e tirei o suéter, encarando a porta quebrada. Sob a fresta inferior, uma luz brilhava no quarto escuro, e os canos gemeram quando o chuveiro cuspiu e então jorrou água em um fluxo contínuo. A porta do boxe no banheiro foi aberta e fechada.

Fechei a porta do quarto e encostei a palma da mão e o ouvido na porta deslizante.

— Thomas?

Ele não respondeu.

Corri a porta deslizante, e um sopro de vapor escapou por ali.

— Thomas? — chamei de novo no espaço de trinta centímetros.

Ele ainda não respondeu.

Deslizei a porta até abri-la por completo e a fechei depois de entrar. O boxe estava embaçado, mostrando apenas a vaga silhueta de Thomas.

A pia estava precisando desesperadamente de uma boa esfregada com removedor de limo, e o linóleo cor de pêssego estava descascando nos cantos.

— Não foi fingimento — falei. — Eu estava com ciúme e com raiva, mas, mais do que isso, estou com medo.

Ele continuou sem responder e esfregou o rosto com sabonete.

— Eu não curtia estar com o Jackson. Quase desde o começo, eu soube que isso aqui era diferente. Eu posso ver e sentir, mas ainda não parece certo entrar de novo em algo, já que há muito tempo eu estava ansiosa pra ficar sozinha.

Nada ainda.

— Mas, se eu entrar nisso, preciso saber que você a superou de verdade. Acho que isso não é algo totalmente irracional. Você acha? — Esperei. — Você está me ouvindo?

Silêncio.

Suspirei e me apoiei no armário com fórmica lascada e puxadores enferrujados. A torneira vazava, e, por conta dos anos, uma mancha preta de goteira se formara pouco acima do anel cromado do ralo.

A ponta do meu polegar estava na boca, e eu mordisquei a pele ao redor da unha, tentando pensar no que dizer. Talvez ele não quisesse escutar nada do que eu tinha a falar.

Eu me levantei e tirei a blusa, depois as botas de cano alto. Tive que me esforçar um pouco para tirar a calça jeans justa, mas as meias saíram sem esforço. Ainda bem que pensei em me depilar naquela manhã. Os longos fios pretos do meu cabelo caíam sobre meus seios, então eu não me sentia tão vulnerável, e dei dois passos na direção da porta do chuveiro.

Puxei uma vez e então outra. Quando a porta se abriu, Thomas estava virado na minha direção, os olhos fechados, com espuma de xampu escorrendo pelo rosto. Ele tirou a espuma e me olhou, depois enxaguou rapidamente o rosto e me encarou outra vez, as sobrancelhas quase alcançando o couro cabeludo.

Fechei a porta depois de entrar.

— Você está me ouvindo?

Thomas ergueu o queixo.

— Vou começar a ouvir quando você fizer a mesma coisa.

— Podemos conversar mais tarde — falei, fechando os olhos e puxando seu rosto para baixo, para meus lábios alcançarem os dele.

Ele agarrou meus punhos e me prendeu.

— Eu sei qual é a nossa dificuldade neste fim de semana, mas já chega de fazer joguinhos com você. Não quero mais fingir. Eu quero você.

— Estou bem na sua frente. — Pressionei o corpo contra o dele, sentindo sua ereção impressionante na minha barriga.

Sua respiração falhou, e ele fechou os olhos, a água escorrendo do cabelo para o rosto antes de pingar do nariz e do queixo.

— Mas você vai ficar? — Ele me olhou.

Franzi o cenho.

— Thomas...

— Você vai ficar? — ele perguntou de novo, enfatizando a última palavra.

— Defina ficar.

Ele deu um passo para trás, e o encanto se perdeu. Ele estendeu a mão e puxou a alavanca para baixo, e uma água gelada começou a cair sobre nós. Thomas espalmou as mãos na parede embaixo do fluxo de água, deixando a cabeça cair, e eu dei um gritinho, arranhando o boxe para escapar.

Empurrei a porta e escorreguei, caindo de joelhos no chão.

Thomas saiu do boxe, tentando me pegar.

— Meu Deus! Você está bem?

— Ãhã — falei, esfregando o cotovelo e depois o joelho.

Ele pegou uma toalha pendurada na porta do boxe e a jogou sobre os meus ombros, depois pegou outra na prateleira e a enrolou na cintura.

Ele balançou a cabeça.

— Machucou?

— Só meu orgulho.

Thomas suspirou e ergueu meu braço para dar uma olhada.

— O joelho? — perguntou, se abaixando.

Estendi o joelho que bateu no chão, e ele o inspecionou.

— Sou especialista em fazer merda — ele disse, esfregando o cabelo molhado.

— E eu não estou dificultando as coisa para você. — Deixei as bochechas se encherem de ar e expirei.

Depois de vários segundos de silêncio desconfortável, eu o deixei sozinho no banheiro para ir pegar minha escova de dentes e voltei. Thomas abriu a tampa da pasta. Estendi a escova e ele apertou o tubo, colocando um filete curto de pasta nas cerdas e repetindo o processo na dele.

Colocamos as escovas sob a água e encaramos o espelho do seu banheiro de ensino médio, cobertos por finas toalhas floridas, enquanto escovávamos os dentes na mesma pia. Aquilo pareceu tão doméstico, mas, ao mesmo tempo, os últimos dez minutos tinham sido tão constrangedores que era difícil curtir.

Eu me abaixei para enxaguar a boca e cuspir, e Thomas fez o mesmo. Ele deu uma risadinha e usou o dedo para tirar uma pequena mancha de pasta do meu queixo, depois envolveu meu rosto com delicadeza. Seu sorriso desapareceu.

— Admiro sua capacidade de esmiuçar cada detalhe, mas por que você tem que dissecar isso? — ele perguntou, infeliz. — Por que a gente não pode apenas tentar?

— Você não superou a Camille, Thomas. Você deixou isso claro hoje à noite. E acabou de me pedir para prometer ficar com você em San Diego. É uma promessa que nós dois sabemos que não quero e não vou manter. É totalmente razoável você querer algo estável depois do que aconteceu, mas não posso prometer que não vou continuar progredindo na carreira.

— E se eu te der garantias? — ele perguntou.

— Tipo o quê? E não me diga que é amor. A gente se conheceu no mês passado.

— Não somos como as outras pessoas, Liis. Passamos todos os dias juntos. Às vezes, o dia todo e depois a noite e até os fins de semana. Se for pelo contato, já tivemos muito tempo.

Refleti sobre isso por um instante.

— *Para* de pensar demais em tudo. Você quer garantias? Isso não é uma suposição pra mim, Liis. Eu amei alguém antes, mas o modo como me sinto em relação a você... é aquele mesmo sentimento, só que mil vezes mais forte.

— Eu também tenho sentimentos por você. Mas isso nem sempre é suficiente. — Mordi o lábio. — Estou preocupada com a possibilidade de, se não der certo, o trabalho ficar horrível. Isso é impossível de aceitar, Thomas, porque eu *amo* meu trabalho.

— Eu também amo o meu, mas estar com você vale o risco.

— Você não sabe.

— Sei que não vai ser um tédio. Sei que nunca vou impedir que você tenha uma promoção, mesmo que ela leve você para outro lugar. Talvez eu fique cansado de San Diego. Eu gosto de Washington.

— Você iria para Washington — falei sem emoção.

— Falta muito tempo para isso.

— É por isso que não posso prometer que vou ficar.

— Não quero que você prometa que vai ficar em San Diego. Só quero que prometa que vai ficar *comigo*.

Engoli em seco.

— Ah. Então... provavelmente eu... posso fazer isso — falei, meus olhos passeando pelo ambiente minúsculo.

— Chega de fingir, Liis. — Thomas deu um passo mais para perto e puxou delicadamente minha toalha. Ela caiu no chão, e ele puxou a dele. — Fala — pediu, a voz baixa e controlada. Ele envolveu meu rosto com as mãos e se inclinou, mas parou a um centímetro dos meus lábios.

— Tá bom — sussurrei.

— Tá bom o quê?

Ele pressionou a boca na minha. Seus dedos se entrelaçaram em meus cabelos enquanto ele me puxava para si. Ele deu um passo, me guiando para trás, até minhas costas baterem na parede. Ofeguei, e sua língua deslizou pelos meus lábios entreabertos, roçando delicadamente na minha, como se ele estivesse procurando a resposta. Ele se afastou, me deixando sem fôlego e com vontade de mais.

— Tá bom — sussurrei, sem me envergonhar da minha voz de súplica. — Podemos parar de fingir.

Ele me ergueu, e eu entrelacei as pernas em seu quadril. Ele me segurou na altura certa para eu sentir a ponta de sua ereção na pele macia e rosada entre minhas coxas.

Afundei os dedos em seus ombros, me preparando para a mesma sensação devastadora que ele provocou em meu corpo na noite em que nos conhecemos. Se ele me abaixasse mais um centímetro, seria capaz de satisfazer todas as fantasias que tive nas últimas três semanas.

Mas ele não se moveu. Estava esperando alguma coisa.

Encostei a boca em sua orelha, mordendo o lábio em expectativa pelo que eu estava prestes a dizer e a que isso levaria.

— Podemos parar de fingir, senhor.

Thomas relaxou e, em um movimento lento e controlado, desceu meu corpo. Gemi no instante em que ele me penetrou, deixando o sussurro escapar de meus lábios até sua extensão me preencher totalmente. Pressionei o rosto no dele com força, enquanto minhas unhas se enterravam na carne de seus ombros largos. Com pouco esforço, ele me ergueu e me puxou de novo para baixo, gemendo em reação.

— Caralho — ele disse simplesmente, com os olhos fechados.

Cada estocada se tornou mais ritmada, provocando lampejos da dor mais maravilhosa e devastadora em cada nervo de meu corpo. Ele se esforçou para não fazer barulho, mas seus gemidos abafados se tornavam mais altos a cada minuto.

— A gente tem que... droga — ele sussurrou.

— Não para — implorei.

— Você é gostosa demais — ele murmurou, me colocando de pé no chão.

Antes que eu pudesse protestar, ele me virou e me empurrou contra a parede. Meus seios e minhas palmas se achataram na pintura, e eu abri um sorrisinho.

Thomas colocou a mão no meu rosto, e eu virei apenas o suficiente para beijar seus dedos. Em seguida abri a boca, deixando que ele enfiasse um dedo ali. Recuei, chupando de leve, e ele suspirou.

Ele correu delicadamente o polegar pela linha do meu maxilar, pelo pescoço e pelo ombro. Então deslizou a palma da mão pela minha coluna, pelas curvas da minha bunda, e se instalou entre minhas coxas. Ele fez uma leve pressão em uma das minhas pernas, afastando uma da outra. Eu as separei voluntariamente e coloquei as palmas na parede, me preparando, enquanto ele puxava meus quadris para trás.

Com a mão, ele lentamente se guiou para dentro de mim. E não tirou mais. Em vez disso, mexeu os quadris em um sutil movimento circular, saboreando a sensação quente de meu corpo.

Então ele agarrou meu quadril e estendeu uma das mãos, tocando as partes mais sensíveis de minha pele. Ele mexeu o dedo do meio em pequenos círculos, depois afastou os quadris. Ele gemia enquanto se balançava de encontro a mim.

Eu me inclinei, pressionando a bunda contra ele, permitindo que Thomas se afundasse em mim quanto quisesse.

A cada estocada, seus dedos grossos pressionavam minhas coxas, me guiando aos limites do prazer. Mordi o lábio, me proibindo de gritar, e, assim que uma fina camada de suor se formou em minha pele, nós nos entregamos ao mesmo tempo.

18

Estendi a mão por cima do peito nu de Thomas para silenciar o barulho irritante que vinha de seu celular. O movimento deixou evidente a dor e o inchaço entre minhas pernas por causa das horas de sexo na noite anterior, e eu apoiei a cabeça em sua barriga de tanquinho, sorrindo com as lembranças que surgiam em minha mente.

Thomas se espreguiçou, as pernas compridas demais para a cama. Os lençóis farfalharam quando ele se mexeu, e, cercada pelas quinquilharias e troféus de sua infância, corri os dedos por sua pele macia.

Com olhos sonolentos, ele me mirou e sorriu. Então me puxou até ficarmos cara a cara, depois passou os dois braços pelos meus ombros, enterrando o rosto em meu pescoço.

Beijei o topo de sua cabeça e gemi, completamente satisfeita. Ninguém nunca tinha me feito sentir tão bem por estar errada.

— Bom dia, baby — Thomas disse, a voz soando tensa e rouca. Ele esfregou os pés nos meus enquanto tirava cuidadosamente meu cabelo do meu rosto. — Eu não devia fazer suposições, mas, para uma mulher casada com a carreira...

— Sim — falei. — O controle de natalidade está em dia e vale por cinco anos.

Ele beijou meu rosto.

— Só confirmando. Posso ter me empolgado demais ontem à noite.

— Não estou reclamando — falei, com um sorriso cansado. — O voo sai em quatro horas.

Ele se espreguiçou uma vez mais, ainda mantendo um braço ao redor de meu pescoço, depois me puxou para si e beijou minha têmpora.

— Se este fim de semana não fosse tão importante, eu faria você ficar na cama comigo o dia todo.

— A gente pode fazer isso quando voltarmos para San Diego.

Ele me apertou.

— Isso significa que você finalmente está disponível?

Eu o abracei de volta.

— Não — falei, sorrindo com a reação dele. — Estou com alguém.

Thomas pressionou a cabeça no travesseiro para me olhar nos olhos.

— Ontem à noite eu me dei conta, quando estava falando com a Camille... que nossos relacionamentos anteriores não deram certo, mas não foi por causa do trabalho. Foi porque não nos dedicamos o suficiente.

Eu o observei, fingindo estar desconfiada.

— Você está se dedicando a mim?

— Vou me reservar o direito de permanecer calado, mas só para não assustar você com a resposta.

Balancei a cabeça e sorri.

Ele tocou meu cabelo.

— Eu gosto dessa sua aparência.

Revirei os olhos.

— Cala a boca.

— Estou falando muito sério. Nunca te vi tão linda, e isso é alguma coisa. Na primeira vez em que vi você... quer dizer, no instante em que olhei para você do meu banquinho e vi seu rosto, entrei em pânico, me perguntando como é que eu ia chamar sua atenção e depois me preocupando em como mantê-la.

— Você conseguiu minha atenção no trabalho no dia seguinte.

Thomas pareceu envergonhado.

— Não me surpreendo com muita frequência. Provavelmente fui mais babaca que o normal, tentando impedir que todo mundo soubesse, e depois, quando percebi que tinha colocado você em perigo...

Levei o dedo aos lábios dele, e então me dei conta de que podia beijá-los, se quisesse. Aproveitei a oportunidade imediatamente. Eles eram tão macios e quentes, e eu tive dificuldade para me afastar, mas, quando tentei, Thomas colocou a mão em meu rosto, me mantendo ali enquanto acariciava minha língua com a dele.

Meu Deus, ele era perfeito. Eu me repreendi em silêncio por esperar tanto tempo para me permitir curti-lo.

Quando ele finalmente me soltou, só se afastou alguns centímetros, roçando os lábios nos meus.

— Sempre fui uma pessoa matinal, mas não tenho a menor ideia de como sair da cama com você nela.

— Tommy! — Jim gritou do andar de baixo. — Traz sua bunda aqui pra baixo e prepare o omelete da sua mãe!

Ele piscou.

— Acabei de descobrir como.

Vesti uma regata larguinha e uma saia comprida. Thomas colocou uma camiseta branca de gola V e uma bermuda cargo cáqui.

Ele esfregou as mãos.

— Está frio pra cacete — disse, deslizando os braços no casaco esportivo. — Mas não quero suar demais quando saltarmos do avião em Charlotte Amalie.

— Pensei a mesma coisa — falei, vestindo o suéter.

— Pode ser que eu tenha um... — Ele abriu o armário e tirou alguma coisa do cabide antes de jogar para mim.

Segurei o moletom cinza com letras em azul-marinho que diziam: "EASTERN WILDCATS". Era tamanho médio masculino.

— Quando foi que você usou isso? Quando estava aprendendo a andar?

— No primeiro ano da faculdade. Pode ficar com ele.

Tirei o suéter e vesti o moletom, me sentindo extremamente boba por ter ficado toda alegrinha com isso.

Guardamos as poucas coisas que havíamos tirado das malas, e Thomas levou nossa bagagem para o andar de baixo enquanto eu escovava o cabelo para tirar os nós causados pelo sexo. Arrumei a cama e recolhi a roupa de banho suja, mas, antes de sair, dei uma última olhada demorada no quarto. Este era o lugar de início do que estava por vir, o que quer que isso fosse.

Desci a escada sorrindo para Thomas, que estava em frente ao fogão, com o pai segurando o sal e a pimenta.

Jim deu de ombros.

— Ninguém além do Tommy consegue fazer omeletes como a Diane, então aproveito sempre que posso.

— Preciso experimentar um dia — falei, sorrindo ainda mais quando Thomas virou e piscou para mim. — Onde é a lavanderia?

Jim colocou os temperos sobre o balcão e veio na minha direção com os braços abertos.

— Deixa comigo.

Eu me senti esquisita dando aquelas toalhas para Jim, sobretudo porque eram a última coisa que Thomas e eu tínhamos vestido antes de ter o melhor sexo da minha vida, mas eu não queria discutir nem explicar.

Fui até Thomas e envolvi sua cintura.

— Se eu soubesse que você sabia cozinhar, teria passado mais tempo no andar de cima.

— Todos nós sabemos cozinhar. Minha mãe me ensinou. Eu ensinei aos meninos.

A manteiga na frigideira estalou, atingindo minha mão. Eu a puxei e a sacudi.

— Ai!

Thomas soltou a espátula no balcão e inspecionou minha mão.

— Tudo bem? — perguntou.

Fiz que sim com a cabeça.

Ele levou meus dedos aos lábios, beijando carinhosamente cada um. Eu o observei, admirada com a diferença entre o homem aqui e o homem no escritório. Ninguém acreditaria se o visse em pé na cozinha do pai, cozinhando e beijando o machucado na minha mão.

— Você também é um dos meninos — falei quando ele virou para verificar o progresso do omelete.

— Tento dizer isso a ele há anos — Jim comentou, voltando do corredor. — Você devia vê-lo vestindo o Trenton para o primeiro dia do jardim de infância. Ele fez questão de se preocupar como a mãe deles teria feito.

— Dei um banho nele na noite anterior, e ele acordou sujo. — Thomas franziu a testa. — Tive que limpar o rosto dele quatro vezes antes de ele entrar no ônibus.

— Você sempre cuidou deles. Não pense que eu não percebi — Jim disse, com uma pontada de arrependimento na voz.

— Eu sei que percebeu, pai — Thomas comentou, claramente desconfortável com a conversa.

Jim cruzou os braços sobre a barriga saliente, apontou uma vez para o filho e depois levou o dedo à boca.

— Você se lembra do primeiro dia do Trav? Vocês todos deram uma surra no Johnny Bankonich por fazer o Shepley chorar.

Thomas soltou uma risada.

— Eu lembro. Muitas crianças conseguiram o primeiro olho roxo com um dos irmãos Maddox.

Jim exibia um sorriso orgulhoso.

— Porque vocês protegiam uns aos outros.

— Isso é verdade — Thomas disse, virando o omelete na frigideira.

— Juntos, não existia nada que vocês não conseguissem resolver — o homem continuou. — Você batia em um dos seus irmãos, depois batia nas pessoas que riam de você batendo no seu irmão. Não tem nada que vocês possam fazer para mudar o quanto significam uns para os outros. Lembre-se sempre disso, filho.

Thomas olhou para o pai durante um longo tempo e então pigarreou.

— Obrigado, pai.

— Você tem uma garota bonita aí, e acho que ela é mais esperta que você. Não esqueça isso também.

Thomas colocou o omelete do pai no prato e entregou a ele.

Jim deu um tapinha no ombro dele e levou o prato para a sala de jantar.

— Quer um? — Thomas perguntou.

— Acho que vou só tomar um café no aeroporto — falei.

Ele forçou um sorriso.

— Tem certeza? Faço um omelete de arrasar. Você não gosta de ovos?

— Gosto. Mas é cedo demais para comer.

— Ótimo. Isso significa que posso preparar um desses para você um dia. A Camille detestava ovos... — Ele deixou a voz sumir, se arrependendo instantaneamente das palavras. — Não sei por que eu falei isso, porra.

— Porque está pensando nela?

— Isso simplesmente apareceu na minha cabeça. — Ele olhou ao redor. — Estar aqui provoca umas coisas estranhas em mim. Eu me sinto como se fosse duas pessoas. Você se sente diferente quando está na casa dos seus pais?

Balancei a cabeça.

— Sou a mesma em todos os lugares.

Thomas pensou na minha resposta e assentiu, olhando para baixo.

— É melhor a gente ir. Vou dar uma olhada no Taylor.

Ele beijou meu rosto e virou à esquerda no corredor. Segui lentamente até a sala de jantar, puxando uma cadeira ao lado da de Jim. As paredes eram decoradas com fichas de pôquer e imagens de cachorros e de pessoas jogando pôquer.

Jim estava curtindo o omelete em silêncio, com uma expressão sentimental no rosto.

— É estranho como uma comida pode lembrar minha esposa. Ela era uma excelente cozinheira. Excelente. Quando o Thomas faz um desses omeletes, é quase como se ela ainda estivesse aqui.

— Você deve sentir falta dela, especialmente em momentos como hoje. A que horas sai seu voo?

— Mais tarde, querida. Vou pegar uma carona com o Trent e a Cami. O Tyler também. Estamos no mesmo voo.

Cami. Eu me perguntei por que Thomas não a chamava assim.

— Que bom que todos temos carona para o aeroporto.

Thomas e Taylor apareceram perto da porta da frente.

— Vamos, baby? — Thomas chamou.

Eu me levantei.

— A gente se vê à noite, Jim.

Ele piscou para mim, e eu me apressei até a porta. Thomas a mantinha aberta para Taylor e para mim, e nós saímos rumo ao carro de Travis.

Faltavam duas horas para o amanhecer, e toda a cidade de Eakins parecia ainda dormir. Os únicos ruídos eram de nossos sapatos amassando o orvalho congelado no gramado.

Coloquei as mãos no bolso da frente do moletom e estremeci.

— Desculpa — Taylor disse, apertando o controle remoto para destrancar as portas e, mais uma vez, abrir o porta-malas do carro.

Thomas abriu a porta de trás para mim e levou a bagagem para o porta-malas.

— Eu devia ter aquecido o carro — Taylor comentou, em pé ao lado de sua porta aberta.

— É, teria sido legal — Thomas disse, guardando nossas bagagens e em seguida as de Taylor.

— Não consegui dormir ontem à noite. Estou apavorado com a possibilidade de a Falyn não aparecer.

Taylor sentou atrás do volante e esperou Thomas entrar.

Ele deu partida, mas esperou para ligar os faróis depois que deixou a entrada de carros, para não iluminarem a casa do pai. Sorri com o delicado gesto inconsciente.

As luzes do painel fizeram o rosto de Thomas e de Taylor brilhar em um tom fraco de verde.

— Ela vai aparecer — Thomas disse.

— Acho que vou contar pra ela da garota do bar — Taylor comentou. — Tô remoendo isso.

— É uma péssima ideia — Thomas retrucou.

— Você acha que ele não devia contar pra ela? — perguntei.

— Não se quiser ficar com ela.

— Não foi traição — Taylor disse. — Ela me deu um pé na bunda.

Thomas olhou para ele, impaciente.

— Ela não se importa com o fato de que foi ela que terminou com você. Você devia ter ficado em casa, pensando em maneiras de reconquistá-la.

Taylor balançou a cabeça.

— Eu fiquei, mas aí comecei a achar que estava ficando louco e comprei uma passagem de avião pra San Diego.

Thomas balançou a cabeça.

— Quando é que vocês, babacas, vão aprender que não podem sair por aí transando com alguém no instante em que são rejeitados? Isso não vai fazer você se sentir melhor. Nada vai, só o tempo.

— Foi isso que fez você se sentir melhor? — Taylor perguntou.

Prendi a respiração.

Thomas inclinou o pescoço e olhou para mim.

— Talvez não seja a melhor hora para isso, Taylor.

— Desculpa. Eu só... Eu preciso saber, caso ela não apareça. Não posso me sentir assim de novo, cara. Parece a morte. Liis, você sabe como superar alguém?

— Eu, hum... nunca tive meu coração partido.

— Sério? — Taylor perguntou, olhando para mim pelo espelho retrovisor.

Fiz que sim com a cabeça.

— Não namorei muito na escola, mas é algo evitável. Dá para analisar comportamentos e observar sinais que dão a dica do fim de qualquer relacionamento. Não é tão difícil calcular o risco.

— Uau — Taylor comentou, olhando para o irmão. — Você vai se dar mal com essa aí.

— A Liis ainda tem que descobrir que não é matemática — Thomas disse com um sorriso. — O amor não tem a ver com previsões nem marcadores comportamentais. Simplesmente acontece, e a gente não tem controle.

Franzi o cenho. Nas últimas três semanas, tive um vislumbre do que Thomas acabara de descrever, e estava ficando óbvio que seria algo com que eu teria que me acostumar.

— Quer dizer que você só namorou caras que não te fizeram sentir demais — Taylor comentou.

— Definitivamente ninguém a quem eu... me dedicasse.

— Você está se dedicando agora? — Taylor perguntou.

Mesmo do banco traseiro, dava para ver o sorrisinho no rosto de Thomas.

— Você vai deixar seu irmão mais novo fazer o trabalho sujo? — perguntei.

— Responda à pergunta — Thomas disse.

— Estou dedicada.

Os dois trocaram olhares.

Depois Thomas virou para mim.

— Se vai te fazer sentir melhor, eu já calculei. Não vou partir seu coração.

— Ah — Taylor disse —, preliminares intelectuais. Não sei de que merda vocês estão falando, mas estou me sentindo meio desconfortável agora.

Thomas deu um tapa na nuca do irmão.

— Ei! Nada de atacar o motorista na viagem! — Taylor disse, esfregando a cabeça.

O avião deixou a pista de decolagem logo depois do amanhecer. Voar é algo fantástico. De manhã, dava para ver a respiração no ar, e, só de estar do lado de fora, nossa pele doía. À tarde, estávamos tirando camadas de roupa e passando filtro solar para proteger o rosto do sol forte do Caribe.

Thomas abriu a porta deslizante de vidro e saiu para a varanda do nosso quarto no segundo andar do Ritz-Carlton, onde Travis e Abby iam se casar — de novo.

Eu o segui, apoiando as mãos no peitoril e olhando a paisagem abaixo. O terreno era muito bem cuidado, e havia muitas cores e sons. Os pássaros chamavam uns aos outros, mas eu não os via. O ar úmido e quente dificultava um pouco a respiração, mas eu adorava aquilo.

— É lindo — falei. — Olhe por entre as árvores. Dá pra ver o mar. Eu moraria aqui, se o FBI tivesse um escritório na região.

— Podemos nos aposentar aqui — Thomas disse.

Eu o encarei.

Ele se encolheu.

— Fui sincero demais?

— Foi essa a intenção?

Ele deu de ombros.

— Só estava pensando em voz alta. — Ele se inclinou para me dar um beijo no rosto e voltou para o quarto. — Vou entrar rapidinho no banho. O casamento é daqui a uma hora e meia.

Virei para absorver o cenário mais uma vez, inspirando o pesado ar salgado. Eu tinha acabado de concordar em tentar ter um relacionamento com ele, e ele estava falando sobre o resto da nossa vida.

Segui Thomas até o quarto, mas ele já estava no chuveiro. Bati à porta e a abri.

— Não fala — Thomas disse, esfregando o cabelo.

— Não fala o quê?

— O que está prestes a falar. Você está analisando demais.

Franzi o cenho.

— Isso é parte de quem sou. É por isso que sou boa no trabalho.

— E eu aceito isso. Só não vou aceitar que você use essa característica para me afastar. Eu sei o que você está fazendo.

Raiva, humilhação e derrota me atingiram ao mesmo tempo.

— E eu aceito que você tem o dom de ver as pessoas como elas realmente são, mas não quando aponta na minha direção e evita usar esse talento.

Ele não respondeu.

— Thomas?

— Já falamos disso.

— O que o Taylor disse hoje de manhã, sobre como superar alguém...

— Não, Liis.

— Você nem sabe o que vou perguntar.

— Sei, sim. Você quer saber se estou te usando para superar a Camille. A resposta é não.

— Então como a superou? Você não tinha superado antes.

Ele ficou em silêncio por um instante, deixando a água escorrer pelo couro cabeludo e o rosto.

— Você não pode simplesmente deixar de amar alguém. Não sei como explicar, se você nunca amou ninguém.

— Quem disse que eu nunca amei ninguém?

— Você... quando disse que nunca teve o coração partido.

— Muitas pessoas no mundo amaram alguém e não tiveram o coração partido.

— Mas você não é uma delas.

Eu me encolhi.

— Você a superou?

Ele hesitou.

— É difícil explicar.

— É uma pergunta de sim ou não.

Ele enxaguou o rosto e abriu a porta.

— Baby, pela décima vez... não quero ficar com ela. Eu quero você.

— Você ainda estaria com ela se o Trent não tivesse aparecido?

Ele soltou um suspiro frustrado.

— Provavelmente. Não sei. Depende se ela teria mudado ou não para a Califórnia, como conversamos.

— Vocês conversaram sobre morar juntos?

Ele suspirou.

— Sim. Evidentemente, a gente precisa conversar mais sobre isso até estar com tudo esclarecido e você se sentir melhor em relação a certas coisas, mas, neste momento, temos que nos arrumar para a cerimônia. Está bem?

— Tá. Mas... Thomas?

— Sim?

— Eu nunca vou me sentir bem em relação a sentimentos não resolvidos.

Ele me encarou, os olhos tristes.

— Não faça isso. Desculpa por ter falado em nos aposentarmos aqui. É cedo demais. Eu te assustei. Já entendi.

— Não é isso que estou fazendo. Essa conversa nunca acaba.

— Estou sabendo.

Olhei furiosa para ele.

— Liis... — Ele pressionou os lábios, se impedindo de falar. Depois de alguns instantes, continuou: — A gente vai dar um jeito. Acredita em mim.

Fiz que sim com a cabeça, e ele me deu um sorrisinho antes de fechar a porta do chuveiro.

— Thomas? — chamei.

Ele abriu a porta de novo, a irritação anuviando seu rosto.

— Eu só... não quero te magoar.

Seus olhos se suavizaram. Ele pareceu ferido.

— Você não quer se magoar.

— E alguém quer?

— A gente tem que pesar as alegrias e os riscos.

Fiz que sim com a cabeça e o deixei terminar o banho. A folhagem e o mar eram visíveis até mesmo do meio do quarto, e tentei esquecer minhas preocupações atuais, nosso futuro e tudo que estava no meio.

Caí na cama, quicando duas vezes. Era desconcertante estar com alguém com um escudo tão forte contra a mentira. Thomas me acusara de inventar desculpas para fugir dele antes mesmo de eu perceber o que estava fazendo.

Ouvi uma batida à porta. Olhei ao redor, sem saber se tínhamos dito a alguém qual era o nosso quarto. Eu me arrastei até a porta e usei o olho mágico. Meu sangue gelou e ferveu ao mesmo tempo.

Ai. Meu. Deus.

19

Eu não sabia o que fazer, então deslizei a corrente e abri a porta com um sorriso.

— Oi.

Camille hesitou. O vestido de festa tomara que caia azul-marinho tinha um leve brilho. Quando ela se mexia um pouquinho, o tecido captava a luz, enfatizando todos os seus movimentos. Imaginei que ela precisara escolher uma roupa simples para evitar o conflito com as cores em seus braços.

— Os... humm... os caras estão se arrumando no quarto do Shepley e da America. Eles também vão tirar fotos.

— Tá bom — falei, empurrando lentamente a porta para fechá-la. — Eu aviso o Thomas.

Camille colocou a mão na porta, me impedindo de fechá-la. Lancei-lhe um olhar, e ela imediatamente puxou a mão de volta, segurando-a de um jeito protetor. Com os braços e até o nó dos dedos tatuados, o fato de ela trabalhar em um bar dava a impressão de que um olhar de raiva não teria efeito sobre ela. Camille era uma cabeça mais alta que eu, por isso não fazia sentido ela agir como se estivesse intimidada.

— Merda, desculpa — ela disse. — Eu só...

Ela sabe alguma coisa.

— Você veio aqui para vê-lo? — perguntei.

— Não! Quer dizer, sim, mas não desse jeito. — Ela balançou a cabeça, e as pontas dos fios curtos tremeram, como se também estivessem nervosas. — Ele está aqui?

— Está no banho.

— Ah. — Ela mordeu o lábio e olhou para todos os lados, menos para mim.

— Quer voltar depois?

— Eu... estou no outro prédio, no lado oposto do terreno.

Eu a observei por um instante, sem acreditar. Com má vontade, fiz o último convite que gostaria de fazer.

— Quer entrar?

Ela sorriu, parecendo envergonhada.

— Se não for um problema. Não quero incomodar.

Abri bem a porta e ela entrou. Então sentou exatamente no mesmo lugar da cama onde eu tinha estado, e o fogo do inferno queimou em meu peito. Eu odiava o fato de ela conseguir me irritar sem nem tentar.

O chuveiro foi desligado, e, quase que imediatamente, a porta do banheiro se abriu. Um bafo de vapor se apressou antes de Thomas, coberto apenas pela toalha branca que segurava displicentemente na cintura.

— Baby, você viu meu... — Ele avistou primeiro a Camille, e então seus olhos me procuraram. — Aparelho de barbear?

Fiz que sim com a cabeça. O choque e o desconforto em seu rosto quando viu Camille me deram uma pontada de satisfação, assim como o fato de ela ouvi-lo me chamar de um jeito carinhoso. No mesmo instante, me senti boba por ser tão imatura.

— Você colocou no bolso interno da mala hoje de manhã. — Dei alguns passos até a bagagem dele e vasculhei.

— Pode pegar uma camiseta e um shorts também? — ele pediu.

Ele fechou a porta do banheiro, e, assim que localizei os itens, me juntei a Thomas ali.

Ele pegou a camiseta, o shorts e o aparelho de barbear e se inclinou.

— O que ela está fazendo aqui? — sussurrou.

Dei de ombros.

Ele olhou para a parede na direção em que Camille estava sentada.

— Ela não falou nada?

— Ela disse que os rapazes estavam se arrumando no quarto do Shepley e que depois tem uma sessão de fotos.

— Tá... mas por que ela ainda está aqui? — A expressão de repulsa em seu rosto me deu ainda mais confirmação.

— Ela não disse. Ela só queria entrar.

Thomas assentiu e se inclinou para beijar meu rosto.

— Diga a ela que saio em um minuto.

Girei nos calcanhares e peguei a maçaneta, mas Thomas me virou de volta, agarrou meu rosto e atacou meus lábios com os dele.

Quando me soltou, eu estava sem fôlego e desorientada.

— O que foi isso? — perguntei.

Ele bufou.

— Eu não sei o que ela vai dizer. Só não quero que você fique chateada.

— Por que vocês não conversam lá fora? — ofereci.

Ele balançou a cabeça.

— Ela sabia que estávamos no mesmo quarto. Se ela quer falar comigo, pode falar na sua frente.

— Só... para de se remexer. Você parece apavorado.

Ele soltou a toalha e vestiu a camiseta.

Voltei para o quarto.

— Ele vai sair em um minuto.

Camille fez que sim com a cabeça.

Sentei na cadeira no canto e estendi a mão para o material de leitura mais próximo.

— Este quarto é legal — ela disse.

Olhei ao redor.

— É, sim.

— Eles avisaram que o smoking foi entregue? O dele deve estar no armário.

— Eu aviso, pode deixar.

Quando Thomas saiu do banheiro, Camille se levantou imediatamente.

— Oi — ele disse.

Ela sorriu.

— Oi. Os, humm... os caras tão no quarto do Shep.

— Ouvi dizer — Thomas disse simplesmente.

— E seu smoking está no armário.

— Obrigado.

— Eu, hum... queria saber se podemos conversar rapidinho — ela falou.

— Sobre o quê? — ele perguntou.

— Sobre ontem à noite... e outras coisas. — Ela parecia tão apavorada quanto ele aparentara no banheiro.

— Já falamos sobre isso ontem à noite. Você tem mais alguma coisa pra dizer? — Thomas perguntou.

— Podemos... — Ela apontou para o corredor.

— Acho que é mais respeitoso com a Liis se não fizermos isso.

Camille olhou de relance para mim, suspirou e depois fez que sim com a cabeça, remexendo no esmalte preto metálico.

— Você parece muito feliz — ela disse, olhando para baixo. — Seus irmãos querem você em casa, T.J. — Como Thomas não respondeu, ela ergueu os olhos para ele. — Não quero que as coisas fiquem esquisitas. Não quero que você fique longe. Então, eu queria que... já que você parece tão feliz agora... que pensasse em voltar para casa com mais frequência. Abby, Liis, Falyn e eu precisamos ser uma linha de frente unida. — Ela deu uma risadinha nervosa. — Vocês, Maddox, são difíceis de lidar, e eu só... quero ter um bom relacionamento.

— Tudo bem — Thomas disse.

O rosto de Camille ficou muito vermelho, e eu me amaldiçoei em silêncio pela empatia que estava sentindo.

— Você está diferente, T.J. Todo mundo percebeu.

Thomas começou a falar, mas ela o interrompeu:

— Não, estou contente. Estamos todos contentes. Você é o homem que deve ser, e eu acho que não conseguiria isso se estivesse comigo.

— Aonde você quer chegar, Camille? — ele perguntou.

Ela se encolheu.

— Eu sei que a Liis não trabalha na universidade. — Ela levantou a mão para mim quando minha boca se abriu de repente. — Tudo bem. Não vai ser o primeiro segredo que vou guardar. — Ela foi até a porta e girou a maçaneta. — Só estou muito feliz, mesmo, por vocês dois. Você é exatamente a pessoa que ele precisava. Eu só... Eu ouvi a discussão de vocês na festa ontem e achei que seria melhor se pelo menos a gente conversasse. Precisamos deixar isso para trás, T.J., como família, e a Liis é uma parte importante nisso.

Thomas ficou ao meu lado e sorriu.

— Obrigado por ter vindo até aqui. Vamos fazer um esforço maior para visitar... quando nosso trabalho permitir.

Lancei um olhar para ele.

— Tá bom. A gente se vê na cerimônia — ela disse antes de sair e fechar a porta.

— Ela vai falar? — perguntei, em pânico.

— Não. Eu confio nela.

Sentei e cobri o rosto, sentindo as lágrimas queimarem meus olhos.

— O que foi? — Thomas perguntou, se ajoelhando na minha frente e encostando em meus joelhos. — Fala comigo. Liis? — Ele fez uma pausa quando viu meus ombros estremecendo. — Você está... chorando? Mas você não chora. Por que está chorando? — ele pronunciou as palavras pausadamente, perturbado por me ver daquele jeito.

Olhei para ele com os olhos úmidos.

— Sou uma péssima agente secreta. Se não consigo interpretar o papel de sua namorada quando *sou* sua namorada, sou oficialmente um fracasso.

Ele deu uma risadinha e levou a mão ao meu rosto.

— Meu Deus, Liis. Achei que você ia dizer uma coisa totalmente diferente. Nunca senti tanto medo na vida.

Funguei.

— O que você achou que eu ia dizer?

Ele balançou a cabeça.

— Não importa. O único motivo para Camille saber que você é uma agente é porque ela sabe que eu sou.

— O Anthony sabia.

— O Anthony serve agentes todas as noites. O pessoal da cidade chama aquela região de Ninho da Águia, por causa da concentração de agentes federais. — Ele usou os polegares para secar minhas lágrimas, depois levou os lábios aos meus. — Você não é um fracasso. Eu nunca ficaria tão de quatro por um fracasso.

Pisquei.

— Você está de quatro por mim?

— Totalmente no chão. De cara.

Dei uma risadinha baixa, e o verde em seus olhos brilhou.

Ele tocou meu lábio inferior com o polegar.

— Eu não queria ter que ir. Eu adoraria ficar deitado numa rede na praia com você.

Camille estava certa. Ele estava diferente, até mesmo do homem que conheci no bar. A escuridão em seus olhos desaparecera por completo.

— Depois da recepção?

Thomas assentiu e me deu um beijo de despedida, os lábios se demorando em minha boca.

— Marcado — ele sussurrou. — Não vou te ver até o casamento, mas meu pai vai guardar um lugar pra você na fileira da frente. Você vai sentar com a Camille, a Falyn e a Ellie.

— Ellie?

— Ellison Edson. É amiga do Tyler. Ele a persegue desde sempre.

— Desde sempre? Eu devia ter feito você me perseguir um pouco mais. Acho que facilitei demais as coisas para você.

Os olhos de Thomas ficaram travessos.

— Agentes federais não perseguem. Eles caçam.

Eu sorri.

— É melhor você ir.

Ele se levantou em um pulo e andou pelo quarto. Depois de colocar as meias dentro de um par de sapatos sociais pretos lustrosos, pegou o smoking na embalagem de plástico pendurada no armário e colocou o cabide sobre o ombro.

— Te vejo daqui a pouco.

— Thomas?

Ele parou com a mão na porta, virando a cabeça para o lado, enquanto me esperava falar.

— Você sente como se estivéssemos progredindo a uns cem quilômetros por hora?

Ele deu de ombros, e as coisas em suas mãos se ergueram com os ombros.

— Não me importo. Estou tentando não pensar muito nisso. Você faz isso por nós dois.

— Minha cabeça está me dizendo que devíamos pisar no freio. Mas eu realmente não quero fazer isso.

— Ótimo — ele disse. — Acho que eu não ia concordar com isso. — E sorriu. — Fiz muitas coisas erradas, Liis. Estar com você não é uma delas.

— Te vejo em uma hora — falei.

Ele girou a maçaneta e fechou a porta ao sair. Eu escorreguei na cadeira, respirando fundo e me recusando a analisar demais a situação, dessa vez. Nós estávamos felizes, e ele estava certo. Não importava o motivo.

Travis puxou Abby para seus braços e a inclinou um pouco para trás enquanto a beijava. Todos aplaudimos, e Thomas encontrou meu olhar e piscou.

O véu da Abby flutuava com a brisa do Caribe, e eu levantei o celular para tirar uma foto. Camille, ao meu lado, e Falyn, do outro, fizeram o mesmo.

Quando Travis finalmente soltou Abby, os irmãos Maddox e Shepley comemoraram. America estava parada ao lado da noiva, segurando o buquê com uma das mãos e secando os olhos com a outra. Ela apontou e riu para a mãe, que também estava secando os olhos.

— Apresento a todos vocês o sr. e a sra. Travis Maddox — o pastor disse, a voz deformada pelo vento, pelas ondas e pela comemoração.

Travis ajudou Abby a descer os degraus do gazebo, e os dois caminharam pelo corredor formado pelos assentos antes de desaparecer entre uma parede de árvores e arbustos.

— O sr. e a sra. Maddox pedem que todos se juntem a eles no restaurante Sails para o jantar e a recepção. Eles agradecem a presença de vocês neste dia tão especial.

Ele fez um sinal de positivo com a cabeça, e todo mundo se levantou, pegando suas coisas.

Com um sorriso amplo, Thomas se juntou a mim, parecendo aliviado com o fim da cerimônia.

— Digam xis! — Falyn pediu, levantando o celular.

Thomas me envolveu nos braços e beijou meu rosto. Eu sorri.

Falyn também sorriu, nos mostrando a foto no aparelho.

— Perfeita.

Thomas me apertou.

— Ela é mesmo.

— Ah, que fofo — Falyn comentou.

Taylor deu um tapinha no ombro dela, e ela virou para abraçá-lo.

Uma tensão palpável tomou o espaço ao redor quando Trenton puxou Camille para si e a beijou.

Jim bateu palmas e esfregou as mãos.

— Peguem suas garotas, meninos. Estou morto de fome. Vamos comer.

Thomas e eu seguimos de mãos dadas, logo atrás de Jim com Trenton e Camille. Taylor e Falyn e Tyler e Ellison não estavam muito atrás de nós.

— O Taylor parece aliviado — sussurrei.

Thomas assentiu.

— Achei que ele fosse desmaiar quando ela mandou uma mensagem avisando que o avião tinha pousado. Acho que até então ele não acreditava que ela vinha.

Andamos até o restaurante ao ar livre. Uma grande lona branca protegia as mesas do brilho do pôr do sol. Thomas me conduziu até a mesa em que Shepley e America estavam sentados com as pessoas que, pela pesquisa que fiz antes da viagem, reconheci como Jack e Deana. Nós mal havíamos sentado quando o garçom se aproximou, perguntando o que queríamos beber.

— Estou tão feliz em te ver, querido — Deana disse. Seus longos cílios piscaram uma vez sobre os olhos castanho-esverdeados.

— É bom vê-la também, tia Deana — Thomas falou. — Já conheceu a Liis?

Ela balançou a cabeça e estendeu a mão.

— Não tivemos oportunidade de nos conhecer antes da cerimônia. Seu vestido é absolutamente maravilhoso. Esse tom de violeta é tão vivo. Você está praticamente brilhando. Ficou perfeito com a sua pele e o seu cabelo.

— Obrigada — falei, apertando a mão dela.

Ela e Jack viraram para pedir suas bebidas.

Eu me aproximei do ouvido de Thomas.

— Ela é muito parecida com a sua mãe. Se eu não tivesse lido sobre ela antes, teria ficado muito confusa. Você e o Shepley podiam ser irmãos.

— As pessoas sempre se surpreendem — ele disse. — Aliás, ela está certa. Você está maravilhosa. Não tive a oportunidade de comentar, mas, quando você apareceu, precisei me forçar a permanecer no gazebo.

— É só um vestido longo roxo.

— Não é o vestido.

— Ah — falei, meus lábios se curvando.

Abby e Travis entraram, e a mestre de cerimônias anunciou a chegada deles pelo alto-falante. Uma balada de rock começou a tocar, e Travis puxou Abby para dançar.

— Eles são tão fofos — disse Deana, o lábio inferior estremecendo. — Queria que a Diane estivesse aqui para ver isso.

— Todos nós queríamos, baby — Jack comentou, passando o braço pelos ombros da esposa e a puxando para si.

Olhei para o Jim. Ele estava sentado conversando com Trenton e Camille. Quando viu Travis e Abby dançando, ficou com o mesmo sorriso emotivo no rosto. Eu sabia que ele também estava pensando em Diane.

O sol desapareceu aos poucos no mar, enquanto os não-tão-recém-casados dançavam sua música. Quando terminaram, todos aplaudimos, e o primeiro prato foi servido.

Comemos e rimos enquanto os irmãos provocavam uns aos outros e contavam histórias nas mesas.

Depois da sobremesa, Shepley ficou de pé e bateu na taça com o garfo.

— Tive um ano para escrever este discurso, mas fiz isso ontem à noite.

Risos ecoaram pelo espaço.

— Como padrinho e melhor amigo do noivo, é meu dever homenagear e envergonhar o Travis. Começando com uma história da nossa infância, uma vez coloquei meu burrito de feijão no banco, e o Travis escolheu esse exato momento para ver se conseguia pular por cima do encosto e sentar ao meu lado.

America gargalhou.

— O Travis não é só meu primo. Ele também é meu melhor amigo e irmão. Estou convencido de que, sem sua orientação enquanto crescíamos, eu seria metade do homem que sou hoje... com metade dos inimigos.

Os irmãos cobriram a boca e gargalharam.

— Este momento devia ser usado para falar sobre como ele conheceu a Abby, e eu posso falar sobre isso porque estava presente na ocasião. Apesar de nem sempre eu ter sido o maior entusiasta dos dois, o Travis não precisava disso. Desde o início, ele sabia que pertencia à Abby, e ela, a ele. O casamento reforçou o que eu sempre pensei e no que me baseio: perseguir, assediar e provocar sofrimento em uma mulher compensa em algum momento.

— Ah, meu Deus, Shepley Maddox! — Deana reclamou.

— Não vou usar este momento para nada disso. Em vez disso, vou simplesmente erguer minha taça para o sr. e a sra. Maddox. Desde o começo e em todos os altos e baixos ao longo do último ano, enquanto todo mundo dizia que eles eram malucos e que não iam dar certo, eles se amaram. Essa sempre foi a constante, e eu sei que sempre será. Um brinde à noiva e ao noivo.

— Saúde! Saúde! — Jim gritou, levantando sua taça.

Erguemos nossas taças enquanto gritávamos a mesma coisa e então aplaudimos quando Travis e Abby se beijaram. Ele olhou nos olhos dela com muito carinho. Era um carinho conhecido — o mesmo com que Thomas olhava para mim.

Apoiei o queixo na palma da mão, observando o céu ficar marcado por tons de rosa e roxo. As luzes penduradas nas bordas da lona branca balançavam com a brisa suave.

Depois que America fez seu discurso, a música começou a tocar. No início, ninguém dançou, mas, depois da terceira rodada de drinques, quase todo mundo estava na pista de dança. Os irmãos, incluindo Thomas, estavam provocando Travis com passos de dança que o imitavam, e eu ria tanto que lágrimas escorriam pelo meu rosto.

Abby atravessou o salão e sentou ao meu lado, observando os meninos.

— Uau — ela disse. — Acho que eles estão tentando assustar a pobre Cami.

— Acho que não é possível — falei, secando o rosto.

Abby me observou até eu olhar para ela.

— Ouvi dizer que em breve ela vai ser minha cunhada.

— Sim. O pedido foi bem divertido.

Ela virou a cabeça um pouco para o lado e soltou um muxoxo.

— O Trent sempre é divertido. Então você estava lá?

— Estava. — Eu queria que Thomas nunca tivesse me avisado sobre como ela é inteligente. Seus olhos calculistas me davam vontade de afundar na cadeira.

— O tempo todo? — ela perguntou.

— A maior parte. O Travis foi o primeiro a ir embora.

— Tinha strippers?

Suspirei aliviada.

— Só o Trenton.

— Meu Deus — ela disse, balançando a cabeça.

Depois de alguns segundos de silêncio desconfortável, eu falei:

— Foi uma linda cerimônia. Parabéns.

— Obrigada. Você é a Liis, certo?

Fiz que sim com a cabeça.

— Liis Lindy. É um prazer finalmente te conhecer. Já ouvi falar muito de você. Fenômeno do pôquer? Impressionante! — falei sem uma gota de arrogância.

— O que mais o Thomas te contou? — ela perguntou.

— Ele me contou do incêndio.

Abby olhou para baixo e depois para o marido.

— Hoje faz um ano. — Sua mente vagou para algum lugar desagradável, depois ela voltou à realidade. — A gente não estava lá, graças a Deus. Estávamos em Vegas. Obviamente. Casando.

— O Elvis estava lá?

Abby riu.

— Estava! Estava, sim. Casamos na Capela Graceland. Foi perfeito.

— Você tem família lá, né?

Seus ombros relaxaram. Ela era bem controlada. Eu me perguntei se Val seria capaz de decifrá-la.

— Meu pai. A gente não se fala.

— Então acho que ele não foi ao casamento.

— Não. A gente não contou para ninguém.

— Sério? Achei que o Trent e a Cami sabiam. Mas isso não pode estar certo, porque ele estava na luta naquela noite, não é? Meu Deus, isso é assustador. Temos sorte de estar olhando para ele fazendo papel de bobo agora.

Abby fez que sim com a cabeça.

— A gente não estava lá. As pessoas dizem — ela deu uma risadinha — que a gente foi a Vegas para casar para o Travis ter um álibi. Que ridículo.

— Eu sei — falei, tentando parecer desinteressada. — Seria loucura. E você obviamente o ama.

— Amo — ela disse com convicção. — Dizem que casei com ele por outro motivo que não amor. Mesmo que fosse verdade, e não é, isso é tão... bom, é idiota pra caralho. Se eu tivesse fugido pra casar com ele para o Trav ter um álibi, teria sido por amor, certo? Não seria esse o objetivo? Não seria um ato extremo de amor por alguém? Ir contra suas regras porque você ama demais essa pessoa?

Quanto mais ela falava, mais raiva sentia.

— Com certeza — falei.

— Se eu o salvei, foi porque o amava. Não existe nenhum outro motivo para fazer isso por alguém, existe?

— Não que eu saiba — respondi.

— Mas eu não estava salvando o Travis do incêndio. A gente nem estava lá. É isso que me deixa mais puta.

— Não, eu entendo perfeitamente. Não deixe nada estragar sua noite. Se eles não querem ver ninguém feliz, deixa pra lá. Você determina o resultado. A história não é deles.

Ela me ofereceu um sorriso, se remexendo na cadeira de um jeito nervoso.

— Obrigada. Estou contente que você tenha vindo. É bom ver o Thomas feliz de novo. É bom ver o Thomas, ponto. — Ela sorriu e suspirou, satisfeita. — Me promete que vocês vão casar aqui, para eu ter uma desculpa pra voltar.

— Como é que é?

— Você e o Thomas ainda estão no início, certo? E ele trouxe você para um casamento. Isso é algo tão não Maddox pra fazer se ele não estiver de quatro, o que eu aposto que está. — Ela virou para observar a pista de dança, satisfeita. — E eu nunca perco uma aposta.

— Ele não queria ser o único desacompanhado.

— Mentira. Vocês dois são sólidos como uma rocha. Você está bem apaixonada. Dá pra ver — ela disse com um sorriso travesso. Ela estava tentando me deixar envergonhada, e se divertindo absurdamente com isso.

— Essa é a sua versão de um ritual de iniciação? — perguntei.

Ela riu e se aproximou, encostando o ombro nu no meu.

— Me pegou.

— O que vocês estão fazendo, suas vacas? — America disse, se aproximando de nós. — É uma festa, porra! Vamos dançar!

Ela pegou a mão de Abby e depois a minha. Nós nos juntamos à galera na pista de dança. Thomas agarrou minha mão, me girou, me puxou até minhas costas encostarem nele e passou o braço pela minha cintura.

Dançamos até meus pés doerem, então percebi Abby e America abraçando os pais de America e se despedindo. Em seguida, Jack e Deana partiram, e nós todos abraçamos Jim antes de ele ir para o quarto.

Travis e Abby estavam ansiosos para ficar sozinhos, então agradeceram a presença de todos, e ele a carregou para a escuridão da noite.

Nós nos despedimos, e Thomas me puxou pelo caminho sinuoso com iluminação fraca até chegarmos à praia.

— Rede — ele disse, apontando para uma forma escura a uns vinte metros da água.

Tirei os sapatos, e Thomas fez o mesmo antes de seguirmos pela areia branca. Ele sentou sobre as cordas entrelaçadas, e eu me juntei a ele. A rede balançou enquanto nos esforçávamos para nos acomodar sem cair.

— Isso devia ser mais fácil pra nós — Thomas provocou.

— Você provavelmente devia...

A rede deu um tranco. Nós nos seguramos um no outro e paralisamos, com os olhos arregalados. Depois caímos na gargalhada.

Assim que nos ajeitamos, uma gota de chuva atingiu meu rosto.

Mais gotas caíram, e Thomas secou o olho.

— Só pode ser brincadeira.

A chuva começou a desabar em grandes gotas quentes, batendo na areia e na água.

— Não vou me mexer — ele disse, me apertando nos braços fortes.

— Então eu também não — falei, aninhando o rosto no peito dele. — Por que a babá do Totó e a Camille te chamam de T.J.?

— Era o jeito como elas falavam de mim sem deixar as pessoas saberem que era eu.

— Thomas James — falei. — Espertas. A outra garota também é sua ex?

Ele deu uma risadinha.

— Não. Ela era colega de quarto da Camille.

— Ah.

Thomas ancorou o pé na areia e empurrou, fazendo a rede balançar um pouco.

— Isso aqui é incrível. Eu definitivamente poderia me aposentar aqui. É tão... Nem consigo descrever — eu disse.

Ele beijou minha têmpora.

— Parece muito com amor.

As nuvens carregadas tinham escondido a lua, deixando o céu muito escuro. A música abafada que ainda tocava no Sails parecia estar a um quilômetro de distância, e os hóspedes estavam correndo para escapar da chuva. Podíamos estar em uma ilha afastada, longe de todo mundo, deitados juntos na nossa pequena e tranquila parte da praia.

— De cara no chão?

— Obliterado — ele respondeu.

Eu o apertei, e ele respirou fundo pelo nariz.

— Odeio dizer isso, mas a gente devia entrar. Temos que acordar cedo.

Olhei para ele.

— Vai dar tudo certo, sabe. O Travis vai ficar bem. A gente vai se livrar do Grove. Vai funcionar direitinho.

— Só quero pensar em você hoje à noite. Amanhã vai ser difícil.

— Vou fazer meu melhor para prender sua atenção. — Saltei da rede e fiquei de pé. Então o ajudei a se levantar e puxei sua boca para encontrar a minha, sugando seu lábio inferior quando me afastei.

Ele gemeu.

— Não tenho a menor dúvida. Você é uma distração e tanto.

Meu coração afundou.

— O que foi? — ele perguntou, vendo o sofrimento em meus olhos.

— Por que você simplesmente não admite? Fala em voz alta. Você está me usando para esquecê-la. Isso não é um encerramento. É protelar.

Seu rosto desabou.

— Não foi isso que eu quis dizer.

— Isso não é amor, Thomas. Você disse com perfeição. Eu sou um escudo.

Acima de nós, um movimento chamou minha atenção, e Thomas também olhou para cima. Trenton estava girando Camille na varanda do Sails, e em seguida ele a puxou para seus braços. Ela soltou um gritinho de prazer, os dois riram e desapareceram da nossa visão.

Thomas baixou o olhar e esfregou a nuca. Suas sobrancelhas se aproximaram.

— Ficar com ela foi um erro. O Trenton a ama desde que eles eram crianças, mas eu não achava que ele era sério o suficiente em relação a ela. Eu estava errado.

— Então por que simplesmente não consegue se libertar?

— Estou tentando.

— Me usar pra fazer isso não conta.

Ele soltou uma risada.

— Minhas maneiras de explicar isso a você estão se esgotando.

— Então para. Preciso de uma resposta diferente, e você não tem.

— Você age como se amar alguém pudesse ser desligado com um interruptor de luz. Já tivemos essa conversa várias vezes. Eu quero *você*. Estou com *você*.

— Enquanto está sentindo saudade dela, desejando estar com ela. E você quer que eu mude tudo em que confio por isso?

Ele balançou a cabeça, sem acreditar.

— Essa situação é impossível. Achei que éramos perfeitos porque somos parecidos, mas talvez sejamos iguais demais. Talvez você seja minha vingança, e não minha redenção.

— Sua vingança? Você me fez passar o fim de semana todo acreditando que estava se apaixonando por mim!

— Eu estou! Já me apaixonei! Meu Deus, Camille, como é que eu posso enfiar isso na sua cabeça?

Congelei, e, quando Thomas percebeu seu erro, também congelou.

— Merda. Sinto muito mesmo — ele disse, estendendo a mão para mim.

Balancei a cabeça, e meus olhos arderam.

— Sou tão... burra.

Ele deixou as mãos caírem nas coxas.

— Não, não é. É por isso que você está se segurando. Desde a primeira noite, você sabia que era melhor manter distância. Você está certa. Não posso te amar do jeito que você precisa. Não amo nem a mim mesmo. — Sua voz falhou na última frase.

Meus lábios viraram uma linha dura.

— Não posso te redimir, Thomas. Você vai ter que resolver sozinho o que fez com o Trent.

Thomas assentiu e virou na direção da calçada. Fiquei para trás, observando o mar escuro rolar na areia, com o céu chorando sobre os meus ombros.

20

— *Você parece nervoso — falei. — Ele vai sentir seu cheiro a um qui*lômetro de distância se você não se preparar.

Thomas me olhou de relance, mas, em vez de me direcionar o olhar de raiva que eu esperava, lançou mão de um controle fantástico, simplesmente desviando o olhar.

Uma batida à porta nos fez voltar ao assunto em questão, e eu fui atender.

— Bom dia, Liis — Travis disse, um brilho eufórico no rosto.

— Entra, Travis. — Dei um passo para o lado, deixando-o passar, enquanto tentava impedir que a culpa pesada que eu sentia arrancasse meu sorriso digno de Oscar. — Como passou a noite? Não preciso dos detalhes, só estou sendo educada.

Travis deu uma risadinha e depois percebeu os lençóis dobrados, a coberta e o travesseiro no sofá.

— Ah — ele disse, esfregando a nuca. — Melhor que a sua, irmão. Será que, hum... devo voltar depois? A recepção me deixou um bilhete, dizendo que você precisava de mim aqui às seis.

— É — Thomas disse, enfiando as mãos nos bolsos. — Senta, Trav.

Travis foi até o sofá e sentou, nos mirando com olhos preocupados.

— O que está acontecendo?

Sentei na beirada da cama, mantendo os ombros relaxados e tentando não parecer ameaçadora em geral.

— Travis, precisamos conversar sobre seu envolvimento no incêndio de 19 de março.

Ele franziu as sobrancelhas, depois deu uma risada sem humor.

— Como é que é?

Continuei:

— O FBI andou investigando o caso, e o Thomas conseguiu arrumar um acordo pra você.

Travis entrelaçou as mãos.

— O FBI? Mas ele é um executivo de propaganda. — E apontou para o irmão. — Diz pra ela, Tommy. — Quando Thomas não respondeu, os olhos de Travis se estreitaram. — O que está acontecendo aqui?

Thomas baixou o olhar e depois encarou o irmão.

— Eu não trabalho com propaganda, Trav. Sou agente especial do FBI.

Travis o fitou durante dez segundos e então caiu na gargalhada.

— Ai, meu Deus, cara! Você estava começando a me assustar. Não faz isso comigo! Sobre o que é que você precisa conversar comigo? — A risada desapareceu quando Thomas não sorriu. — Tommy, para com isso.

Thomas mudou o peso do corpo de lado.

— Estou trabalhando com meu chefe há um ano, Travis, tentando negociar um acordo pra você. Eles sabem que você estava na Eakins. O plano da Abby não funcionou.

Travis balançou a cabeça.

— Que plano?

— Do casamento em Vegas ser um álibi para te livrar da prisão — Thomas disse, tentando manter a expressão relaxada.

— A Abby casou comigo pra me livrar da prisão?

Os olhos de Thomas desabaram, mas ele assentiu.

— Ela não quer que você saiba.

Travis se levantou num pulo, agarrou a camisa de Thomas e o jogou contra a parede do outro lado do quarto. Eu me levantei, mas Thomas ergueu a mão, me avisando para ficar longe.

— Qual é, Travis, você não é burro. Não estou dizendo nada que você não saiba — resmungou.

— Retira o que disse — Travis fervia. — Retira o que você falou da minha esposa.

— Ela tinha dezenove anos, Travis. Ela não queria se casar, até você correr o risco de ser preso por organizar a luta.

Travis tentou dar um soco no irmão, mas este se abaixou. Eles brigaram e Thomas conseguiu a vantagem, prendendo o irmão mais novo na parede com o antebraço.

— Para com isso, merda! Ela te ama! Ela te ama tanto que fez uma coisa que não queria fazer nos próximos anos só para salvar a sua pele, seu idiota!

Travis estava respirando com dificuldade e levantou as mãos, se rendendo.

Thomas o soltou, dando um passo para trás, e Travis deu um soco, atingindo-o no maxilar com força. Thomas agarrou o próprio joelho com uma das mãos e apertou o maxilar com a outra, tentando se acalmar.

Travis apontou para ele.

— Essa é por mentir para o papai.

Thomas se empertigou e levantou o dedo indicador.

— Chega. Não me faz te dar uma surra. Já estou mal o suficiente.

Travis olhou para mim, me analisando.

— Você é mesmo do FBI?

Fiz que sim com a cabeça, olhando preocupada para ele.

— Não me faz te dar uma surra também.

Ele deu uma risada.

— Eu teria que deixar. Não bato em garotas.

— Eu bato em garotos — falei, ainda com a guarda levantada.

Thomas esfregou o rosto e ergueu as sobrancelhas.

— Você bateu com mais força do que costumava.

— E nem foi com toda a minha força, babaca — Travis debochou.

Thomas mexeu o maxilar de um lado para o outro.

— A Abby ganha pontos pela criatividade, Trav, mas os registros mostram que você comprou as passagens com seu cartão de crédito bem depois do início do incêndio.

Travis simplesmente assentiu.

— Estou ouvindo.

— Também estou trabalhando em um caso que envolve uma quadrilha de lavagem de dinheiro e tráfico de drogas em Vegas. Chefiada por um cara chamado Benny Carlisi.

— O Benny? — Travis perguntou, claramente confuso. — Tommy, você está falando sério, porra? Você é do maldito FBI.

— Foco, Travis. Não temos muito tempo, e isso é importante — Thomas soltou. — Você está muito encrencado. Meu chefe está esperando uma resposta hoje. Entendeu?

— Que tipo de encrenca? — Travis se recostou no sofá.

— Você vai ser indiciado pelos mesmos crimes de homicídio que o Adam. Vai passar um tempo na cadeia.

— Quanto tempo? — ele perguntou. Parecia um garotinho assustado quando olhou para o irmão com os olhos castanhos arregalados.

— O Adam pegou dez anos — Thomas disse, tentando manter a expressão rígida. — Não vejo sua sentença sendo muito diferente disso. A mídia está de olho. Querem retaliação.

Travis baixou o olhar e levou as mãos à cabeça.

— Não posso ficar tanto tempo longe da Abby.

Suas palavras atingiram meu coração. Ele não se importava de ir para a cadeia, só não queria ficar longe da esposa.

— Você não precisa ir para a cadeia, Travis — falei. — Seu irmão passou muito tempo se esforçando muito pra garantir que isso não aconteça. Mas antes você tem que concordar com uma coisa.

Travis olhou para Thomas e depois para mim.

— Tipo o quê?

Thomas voltou as mãos para os bolsos.

— Eles querem te recrutar, Trav.

— A máfia? — ele perguntou e balançou a cabeça. — Não posso lutar para o Benny. A Abby me largaria.

— Não a máfia — Thomas continuou. — O FBI.

Travis deu uma risada.

— O que eles querem comigo? Sou um universitário... um personal trainer de meio expediente, porra.

— Eles querem usar seu contato com o Mick e o Benny para obter informações sobre o funcionamento interno das operações ilegais dos dois — falei.

— Eles querem que você trabalhe como agente secreto — Thomas esclareceu.

Travis se levantou e começou a andar de um lado para o outro.

— Ele vai querer que eu lute pra ele, Tommy. Não posso fazer isso. Vou perder minha esposa.

— Então você vai ter que mentir — falei casualmente.

Travis olhou para mim e depois para o irmão, cruzando os braços.

— Vão se foder, vocês dois. Não vou fazer isso.

— O quê? — Thomas disse.

— Não vou mentir para a Beija-Flor.

Thomas estreitou os olhos.

— Você não tem escolha. Você pode mentir para a Abby e ficar com ela, ou ir para a cadeia e perdê-la.

— Não vou mentir. Posso contar pra ela? Ela cresceu perto de homens como o Benny. Ela não vai abrir o bico.

Thomas balançou a cabeça.

— Você vai colocá-la em perigo.

— Ela vai ficar em perigo se eu foder esses caras! Você acha que eles vão me dar um tiro na cabeça e acabar com a história? Gente como eles mata a família toda. Teremos sorte se pararem na Abby. Eles provavelmente vão continuar até o papai e o Trent, o Taylor e o Tyler também! Que merda você fez, Tommy?

— Me ajuda a pegar esses caras, Travis — Thomas pediu.

— Você vendeu a gente. Em troca de quê? De uma maldita promoção? — Travis balançou a cabeça.

Eu me encolhi internamente. Eu sabia que Thomas estava morrendo por dentro.

— O papai falou que a gente não podia trabalhar na polícia. A mamãe não queria!

Thomas suspirou.

— Diz o cara que está estudando direito penal. Você está perdendo tempo, Travis. A Abby vai acordar daqui a pouco.

— Você fodeu a gente! Seu filho da puta! — Travis gritou, dando socos no ar.

— Acabou? — Thomas perguntou, a voz calma.

— Não vou mentir para a Abby. Se eu tiver que mentir para ela, não tem acordo.

— Então você não vai aceitar o acordo? — Thomas perguntou.

Travis entrelaçou as mãos no topo da cabeça, parecendo confuso.

— Não posso mentir para minha esposa. — Seus braços penderam na lateral do corpo, e seus olhos ficaram vidrados. — Por favor, não me obrigue a fazer isso, Tommy. — Seu lábio inferior tremia. — Você é meu irmão.

Thomas o encarou, sem palavras.

Mudei o peso do corpo de lado, mantendo um olhar confiante.

— Então você não devia ter se envolvido numa atividade ilegal que provocou a morte de cento e trinta e dois universitários.

O rosto de Travis desabou, e sua cabeça pendeu para frente. Depois de um minuto, ele esfregou a nuca e olhou para mim.

— Vou pensar — disse, indo em direção à porta.

— Travis — Thomas chamou, dando um passo.

— Eu disse que vou pensar.

Toquei o braço de Thomas e tomei um susto quando a porta bateu com força.

Ele agarrou os joelhos, ofegando em busca de ar, e caiu no chão. Sentei ao lado dele, abraçando-o com força, enquanto ele soluçava em silêncio.

Assenti para o Anthony outra vez, insistindo para ele servir mais um drinque ao Thomas. Ele não tinha falado uma única palavra depois que o Travis concordou em ser recrutado nem quando fomos de carro do hotel até o aeroporto. Ele não disse nada durante o voo, e apenas gesticulou para dividirmos um táxi na corrida curta até o nosso prédio.

Eu não havia perguntado, mas falei para ele que íamos ao Cutter. Era fácil convencê-lo quando ele se recusava a protestar.

— Meu Deus — Val sussurrou enquanto tirava a bolsa do ombro. Ela sentou. — Ele está horrível.

Marks sentou do outro lado de Thomas, deixando o amigo ficar bêbado em paz. Ele colocou alguns amendoins na boca e encarou a televisão.

— Ele vai ficar bem — falei. — Como está o Sawyer?

Val fez uma careta.

— Como eu vou saber?

— Sério? — perguntei sem emoção. — Você realmente vai tentar mentir pra mim?

Ela encarou a nuca de Thomas.

— O Maddox te contou? — sibilou.

— Sim, e ele teve um fim de semana de merda, então você não pode ficar com raiva dele. Eu, no entanto, posso ficar muito puta com você por ter me escondido uma coisa tão importante, depois de insistir para saber tudo sobre mim.

Val fez biquinho.

— Desculpa. Eu não queria que você soubesse. Não quero que ninguém saiba. Eu queria que nunca tivesse acontecido.

— Se você não morasse com ele, seria mais fácil esquecer — falei.

— Ele não quer assinar os papéis do divórcio, e, se eu me mudar, perco o apartamento.

— E daí?

— Eu morava lá primeiro!

— Vem morar comigo — falei.

— Sério? — ela perguntou, os olhos se suavizando. — Você faria isso por mim?

— Sim. Que pesadelo. E, além do mais, seria bom dividir as contas. Eu poderia comprar um carro e, até lá, vou de carona com você para o trabalho.

— Gostei da ideia — Val disse, inclinando a cabeça para o lado. — Gostei mesmo, mas não quero perder o apartamento. É meu, e é ele quem vai mudar, não eu.

— Por que você não quer mais ir de carona comigo para o trabalho? — Thomas enrolou as palavras.

Era a primeira vez em horas que ele falava alguma coisa, e o som de sua voz me surpreendeu, como se ele tivesse acabado de aparecer.

— Eu quero — falei. — Eu só quis dizer que, se a Val mudasse para lá, seria um bom negócio.

As mangas de sua camisa estavam enroladas quase até os cotovelos, e a gravata estava frouxa, pendendo de qualquer jeito no pescoço. Ele havia bebido tanto que seus olhos estavam meio fechados.

— O que tem de errado em pegar carona comigo?

— Você vai morar com a Liis? — Marks perguntou, se inclinando para trás para encarar Val.

— Não — ela respondeu.

— Por que não? — ele indagou. — Ela ofereceu e você disse não? Por que disse não?

— Porque o apartamento é meu, e não vou deixá-lo para o Charlie!

Marks abriu a boca para falar.

Antes que ele pudesse dizer alguma coisa, Thomas se aproximou de mim.

— Você é boa demais para pegar carona comigo, agora?

Revirei os olhos.

— Não. — Olhei para Val. — Quem é Charlie?

— Sawyer — ela desdenhou.

— Ah, acho que é, sim — Thomas disse. — Acho que você é boa demais para muitas coisas.

— Tá bom então — interrompi, a voz cheia de sarcasmo. Eu costumava fazer isso com a minha mãe, e ela ficava completamente maluca. Ela me xingava em japonês, algo que não fazia nunca, a menos que fosse em resposta a essa expressão. Aos olhos dela, nada era mais desrespeitoso que isso. — Encha a cara, Thomas, pra gente poder te levar pra casa, e o Marks te colocar na cama.

— Pra você, é agente Maddox.

— Ótimo. É assim que vou te chamar quando você não estiver babando de tão bêbado.

— Você esqueceu que foi você quem me trouxe pra cá — ele disse antes de tomar um gole.

Val e Marks trocaram olhares.

— Quer mais um? — perguntei ao Thomas.

Ele pareceu ofendido.

— Não. Está na hora de irmos pra casa.

Ergui uma sobrancelha.

— Você quer dizer que está na hora de *você* ir pra casa.

— Então tudo que você falou no fim de semana era mentira? — ele perguntou.

— Não, eu me lembro de ter sido bem sincera.

Ele franziu o nariz.

— Você foi para casa comigo na última vez em que bebemos juntos aqui.

Marks se encolheu.

— Ei, Thomas, talvez a gente devesse...

— Não, *você* foi pra casa *comigo* — falei, me esforçando muito para não ficar na defensiva.

— E o que isso quer dizer? — Thomas perguntou. — Fale a minha língua!

— Estou falando a sua língua. Só não sei falar língua de bêbado — expliquei.

A expressão de repulsa em seu rosto só ficou mais séria.

— Isso não é nem engraçado. — Ele olhou para Marks. — Ela não é nem engraçada. E isso é ruim, porque estou bêbado — ele continuou, apontando para si mesmo. — Estou achando tudo engraçado.

Anthony levantou a mão, com um pano azul pendurado nela.

— Não quero cutucar a onça, mas só tenho um nervo sobrando, e o Maddox está quase vomitando nele. Então vocês todos podem ir embora?

Thomas jogou a cabeça para trás e riu, depois apontou para o barman.

— Isso é engraçado!

Toquei no braço dele.

— O Anthony está certo. Vamos. Vou levar você até o seu apartamento.

— Não! — ele disse, puxando o braço.

Estendi as mãos.

— Quer que eu te leve ou não?

— Estou pedindo para a minha namorada ir pra casa comigo!

A boca da Val se abriu de repente, e os olhos de Marks quicaram entre mim e Thomas.

Balancei levemente a cabeça.

— Thomas, estamos em San Diego de novo. A missão acabou.

— Então é isso? — Ele se levantou, cambaleando.

Marks se levantou com ele, se preparando para segurar Thomas se ele caísse.

Eu também me levantei, fazendo sinal para Anthony fechar a conta. Ele já tinha fechado, então apenas a pegou na lateral da caixa registradora e a colocou no balcão.

Rabisquei meu nome e estendi a mão para pegar o braço do Thomas.

— Tudo bem, vamos embora.

Ele afastou o braço.

— Você está me dando um pé na bunda, lembra?

— Ótimo. O Marks pode levar você? — perguntei.

Thomas apontou para mim.

— Não! — Ele deu uma risadinha, estendeu a mão para o ombro do amigo e os dois saíram na direção da porta.

Soprei o cabelo do rosto.

— Quero saber mais sobre esse fim de semana — Val disse. — Mas dessa vez vou deixar passar.

Nós nos juntamos aos rapazes na calçada e observamos enquanto Marks se esforçava para manter Thomas caminhando em linha reta. Nós quatro pegamos o elevador para o sexto andar, e Val e eu observamos enquanto Marks pescava a chave de Thomas no bolso dele e abria a porta.

— Tudo bem, meu camarada. Dê boa-noite para as meninas.

— Espera. — Thomas agarrou a maçaneta enquanto Marks puxava sua cintura de dentro do apartamento. — Espera!

Marks o soltou e Thomas quase caiu para frente. Estendi a mão para ele e o ajudei a se endireitar.

— Você prometeu ficar comigo — ele disse. A tristeza profunda em seus olhos era insuportável.

Olhei de relance para Val, que estava balançando a cabeça rapidamente, antes de virar de novo para ele.

— Thomas... — comecei. Então olhei para Val e Marks. — Eu cuido dele. Podem ir pra casa.

— Tem certeza? — Marks perguntou.

Eu assenti, e, depois de algumas olhadas por sobre o ombro, Val pegou o elevador com Marks em direção ao térreo.

Thomas me abraçou, me puxando de um modo desesperado.

— Eu durmo no chão. Estou me sentindo um merda. Minha família toda me odeia, e eles estão certos. Eles estão certos.

— Vem — falei, levando-o para dentro. Fechei a porta com um chute, estendi a mão para trás para trancá-la e o ajudei a ir para a cama.

Ele caiu de costas e cobriu os olhos com as mãos.

— O quarto está rodando.

— Coloca o pé no chão. Ajuda.

— Meus pés estão no chão — ele enrolou as palavras.

Eu o puxei para baixo e coloquei seus pés no tapete.

— Agora estão.

Ele começou a rir, depois suas sobrancelhas se aproximaram.

— O que foi que eu fiz? Que merda foi essa que eu fiz, Liis?

— Ei — falei, subindo na cama ao lado dele. — É melhor você dormir. Tudo vai ser diferente amanhã.

Ele virou, enterrando o rosto em meu peito. Estendi a mão para pegar um travesseiro, levantando a cabeça. Thomas inspirou fundo, e eu o abracei com força.

— Eu fodi tudo — ele disse. — Eu fodi tudo de verdade.

— A gente vai dar um jeito.

— Como é que a gente vai dar um jeito, se você se encheu de mim?

— Thomas, para. Amanhã a gente ajeita as coisas. Agora dorme.

Ele assentiu, depois inspirou fundo antes de soltar o ar devagar. Quando sua respiração se acalmou, percebi que ele tinha dormido. Ergui a mão para olhar o relógio e revirei os olhos. Nós dois estaríamos exaustos de manhã.

Eu o abracei de novo, depois me inclinei para beijar seu rosto antes de cair no sono lentamente.

21

Bati com as unhas no computador enquanto escutava, pelo fone de ouvido, a conversa gravada. O japonês estava truncado, a maioria era gíria, mas o agente Grove tinha anotado os números errados de novo. Dessa vez, ele tinha até identificado falsamente um local como um suposto prédio vazio ao lado de um hospital, quando, na verdade, era ao lado de um centro médico a onze quilômetros de distância.

Peguei o receptor do meu ramal e apertei o primeiro botão de números gravados.

— Escritório do agente especial assistente no comando. Constance falando.

— É a agente Lindy para falar com o agente Maddox, por favor.

— Vou passar a ligação — Constance falou.

Sua resposta me pegou desprevenida. Ela costumava pelo menos verificar com ele antes.

— Liis — Thomas atendeu. Sua voz estava suave e com um toque de surpresa.

— Estou ouvindo as gravações da Yakuza. O Grove... — olhei por sobre o ombro e depois para além de minha porta aberta — está ficando descarado, quase negligente. Ele está identificando locais falsos. Sinto que algo está prestes a acontecer.

— Estou trabalhando nisso.

— Temos que afastá-lo antes que ele descubra o recrutamento do Travis. O que estamos esperando?

— Um acidente encenado. É o único jeito do Tarou não saber que estamos atrás dele e do Benny. De outro modo, poderíamos colocar a operação toda em risco.

— Entendi.

— O que você vai fazer no almoço? — ele perguntou.

— Eu, hum... Fuzzy com a Val.

— Tá bom. — Ele deu uma risadinha nervosa. — E no jantar?

Suspirei.

— Estou tentando pôr as coisas em dia. Vou trabalhar até tarde hoje.

— Eu também. Eu levo você para casa e a gente pega alguma coisa pra comer no caminho.

Olhei para a sala do esquadrão através da parede de vidro. Val estava ao telefone, sem a menor ideia de que tínhamos planos para o almoço.

— Eu aviso você — falei. — As chances de terminarmos ao mesmo tempo são poucas.

— Apenas me avise — Thomas falou antes de desligar.

Coloquei o telefone no gancho e afundei de volta na cadeira.

Mais uma vez, os fones cobriram meus ouvidos, e eu apertei o play no teclado.

Era uma manhã como outra qualquer, exceto pelo fato de que eu me sentia cansada e havia acordado sozinha na cama de Thomas. Ele bateu à minha porta quando eu estava me arrumando para o trabalho. Quando abri, ele me deu um bagel com cream cheese e café.

A ida ao trabalho foi esquisita, e meus pensamentos me levaram a pesquisar concessionárias e a temer a possibilidade de ter que voar até Chicago e dirigir meu Camry até San Diego.

Bem quando a gravação estava ficando interessante, minha porta se abriu de repente e se fechou com força. Thomas jogou as laterais do terno para trás e colocou as mãos na cintura, tentando desesperadamente pensar em algo para dizer.

Arranquei os fones de ouvido.

— O que foi? — Minha mente disparou com diferentes cenários terríveis, todos envolvendo a família de Thomas.

— Você está me evitando, e a Constance disse que você estava no telefone com um vendedor de carros quando ela passou por aqui. O que está acontecendo?

— Hum... preciso de um carro?

— Por quê? Eu trago você para o trabalho e a levo pra casa.

— Eu vou a outros lugares além do trabalho, Thomas.

Ele veio até a minha mesa e colocou as mãos espalmadas sobre a madeira macia, me olhando nos olhos.

— Seja direta comigo.

— Você disse que ia me explicar mais sobre a Camille. Que tal agora? — perguntei, cruzando os braços.

Ele olhou para trás.

— O quê? Aqui?

— A porta está fechada.

Thomas sentou em uma poltrona.

— Desculpa ter chamado você de Camille. A gente estava falando nela, as tensões estavam grandes e eu estava ouvindo o Trent e ela rirem. Foi sem querer.

— Você está certo, Jackson. Eu te perdoo.

O rosto de Thomas ficou vermelho.

— Eu me sinto péssimo.

— Deveria mesmo.

— Você não terminou comigo de verdade, Liis, não depois de um erro idiota.

— Acho que nós nunca começamos de verdade, não é?

— Tenho uns sentimentos bem fortes aqui. Acho que você também. Sei que você não gosta de sair da zona de conforto, mas também é assustador pra mim. Eu garanto.

— Não estou mais com medo. Eu arrisquei. Você simplesmente não veio comigo.

A expressão dele mudou. Thomas estava olhando dentro de mim, para as profundezas que eu não conseguia esconder.

— Você está fugindo. Eu te deixo apavorada.

— Para.

Pude ver os músculos de seu maxilar saltarem.

— Não vou te perseguir, Liis. Se você não me quer, vou deixá-la ir embora.

— Ótimo — falei com um sorriso aliviado. — Vai economizar um bom tempo para nós dois.

Ele me implorou com os olhos.

— Eu não disse que queria que você fizesse isso.

— Thomas — falei, me inclinando para frente —, estou ocupada. Por favor, me avise se tiver alguma pergunta sobre meu FD-três-zero-dois. Vou deixar com a Constance até o fim do dia.

Ele me encarou sem acreditar e se levantou, virando para a porta. Girou a maçaneta, mas hesitou, olhando por sobre o ombro.

— Você ainda pode pegar carona comigo para vir e voltar do trabalho até resolver a situação do carro.

— Obrigada — falei. — Mas já tenho um esquema com a Val.

Ele balançou a cabeça e piscou, depois abriu a porta e a fechou assim que saiu. Virou para a direita em vez de à esquerda para voltar à sua sala, e eu percebi que ele estava indo para a academia de ginástica.

Assim que Thomas passou pelas portas de segurança, Val correu para dentro da minha sala e sentou.

— Essa foi feia.

Revirei os olhos.

— Acabou.

— O que acabou?

— Nós... tivemos uma coisa no fim de semana. Acabou.

— Já? Ele parece arrasado. O que você fez com ele?

— Por que é automaticamente culpa minha? — soltei. Quando a Val arqueou uma sobrancelha, continuei: — Concordei em tentar algo parecido com um relacionamento, e aí ele admitiu que ainda amava a Camille. Depois me chamou de Camille, então... — Eu brincava com os lápis no porta-lápis, tentando me impedir de sentir raiva disso de novo.

— Ele chamou a Camille? — ela perguntou, confusa.

— Não, ele *me* chamou de Camille... tipo, me chamou pelo nome dela por engano.

— Na cama? — ela soltou um gritinho.

— Não — respondi, o rosto retorcendo de repulsa. — Na praia. A gente estava discutindo. Eu ainda não sei bem por quê.

— Ah, isso parece promissor. Acho que a gente já devia imaginar que dois malucos por controle não iam dar certo juntos.

— Foi o que ele disse também. Ah, falando nisso, você e eu temos um encontro no almoço.

— Temos?

— Foi o que eu disse ao Thomas, então temos, sim.

— Mas eu tenho planos com o Marks.

— Ah, não, você me deve uma.

— Beleza — ela disse, apoiando o cotovelo na mesa e apontando para mim. — Mas você vai me dar detalhes sobre o fim de semana todo.

— Claro. Logo depois que você me contar do seu casamento.

Ela revirou os olhos.

— Não! — reclamou. — Está vendo? É por isso que eu não queria que você soubesse.

— Perceber que nem todo mundo quer expressar cada pensamento, sentimento e segredo é uma boa lição pra você. Estou contente por finalmente ter certa vantagem.

Ela me olhou furiosa.

— Você é uma péssima amiga. A gente se vê no almoço.

Sorri para ela, posicionando os fones de ouvido de novo, e Val voltou para sua mesa.

O restante do dia seguiu normalmente, assim como o dia seguinte. Val me esperava todo dia de manhã, do lado de fora do prédio. Os melhores dias eram quando eu não encontrava Thomas no elevador. Na maioria das vezes, ele era educado. Ele parou de ir até a minha sala e passou a me orientar por intermédio dos e-mails da Constance.

Reunimos provas contra Grove e então usamos a confiança que Tarou tinha nele para conseguir informações. As respostas estavam escondidas nas conversinhas e nos comentários presunçosos entre Grove e Tarou e seus capangas, tipo como o FBI era ingênuo e como era fácil burlar o sistema quando se conhecia a pessoa certa.

Exatamente duas semanas após Thomas e eu termos dado ao Polanski as boas notícias discutíveis sobre Travis, eu me vi sozinha no Cutter, provocando Anthony.

— Então eu disse a ele: "Seu vagabundo, você nem me conhece" — ele contou, inclinando a cabeça para o lado.

Bati palmas de leve e levantei o copo.

— Mandou bem.

— Desculpa se eu enlouqueci por um segundo, mas foi isso que eu falei pra ele.

— Acho que você lidou bem com a situação — respondi antes de tomar mais um gole.

Anthony se aproximou e inclinou a cabeça.

— Por que você não vem mais aqui com o Maddox? Por que o Maddox não vem mais aqui?

— Porque as mulheres do mundo estão sistematicamente estragando os lugares preferidos dele.

— Ah, isso é péssimo. E dizem que eu sou a rainha do drama. — Seus olhos se arregalaram por um instante.

— Quem diz?

— Você sabe — ele respondeu, acenando com a mão. — Eles. — Então apontou para mim. — Vocês todos precisam se resolver. Isso está arruinando as minhas gorjetas. — Ele olhou para cima e depois para baixo de novo. — Oh-oh, spray de cabelo, onze horas.

Não virei. Não precisei. Sawyer estava respirando no meu ouvido em muito menos tempo do que deveria ter levado para ir até meu banco.

— Oi, linda.

— Não aceitaram seu dinheiro no clube de strip? — perguntei.

Ele fez cara feia.

— Você está de péssimo humor. Sei que você não é mais a queridinha do professor, mas não precisa descontar em mim.

Tomei um gole.

— O que você sabe sobre ser a queridinha do professor? Ninguém gosta de você.

— Ai — Sawyer disse, ofendido.

— Desculpa. Peguei pesado. Mas, em minha defesa, você poderia ter pelo menos uma amiga se assinasse os malditos papéis.

Ele piscou.

— Espera... do que você está falando?

— Os papéis do seu divórcio.

— Eu sei, mas você está dizendo que não somos mais amigos?

— Não somos — falei, antes de tomar mais um gole.

— Ah, pelo amor, Liis. Você passa um fim de semana com o Maddox e está se achando. — Ele balançou a cabeça e tomou um gole da garrafa de cerveja que Anthony colocara à sua frente. — Estou decepcionado.

— Apenas assine os papéis. É tão difícil assim?

— Ao contrário da crença popular, terminar um casamento é difícil.

— Sério? Achei que seria mais fácil para um traidor.

— Eu não traí!

Ergui uma sobrancelha.

— Aquela coisa dela — ele apontou para os olhos e a cabeça — estava me deixando doido. Você tem ideia de como é estar com alguém e não poder ter segredos?

— Então por que você a traiu? Você estava basicamente pedindo o divórcio e agora não quer dar.

Ele deu uma risada, bebeu a cerveja fazendo barulho e a pousou no balcão.

— Porque eu achei que ela ia ficar fora da minha cabeça depois disso.

— Isso — falei, assentindo para Anthony quando ele colocou um novo manhattan à minha frente — faz você parecer um idiota.

Ele mexeu na garrafa.

— Eu era. Eu fui um idiota. Mas ela não me deixa consertar.

Inclinei o pescoço.

— Você ainda ama a Val?

Ele manteve os olhos na cerveja.

— Quem você acha que deu de presente de aniversário o coelhinho que está na mesa dela? Claro que não foi o Marks.

— Ai, merda — Anthony disse. — Eu tinha uma aposta com o Marks de que você era gay.

— Seu gaydar está com defeito — falei.

Um dos cantos da boca de Anthony se curvou.

— Eu apostei que ele era hétero.

Sawyer franziu o nariz.

— O Marks acha que eu sou gay? Que porra é essa?

Caí na gargalhada, e, assim que Anthony se aproximou para me falar alguma coisa, Thomas sentou no banco ao meu lado.

— O Anthony quer te falar que estou aqui — Thomas disse.

Minha coluna enrijeceu e meu sorriso desapareceu.

— Maddox — falei, cumprimentando-o.

— Sem zoar, Maddox — Anthony disse. — Eu prometi que ia cuidar dela de agora em diante.

Thomas pareceu confuso.

— Ele quis dizer *sem ofensas* — falei.

— Ah — Thomas disse.

— O de sempre? — Anthony perguntou, parecendo irritado com o fato de que eu tive de traduzir.

— Quero um uísque com Coca-Cola hoje — Thomas pediu.

— É pra já.

Sawyer se inclinou para frente.

— Dia ruim, chefe?

Thomas não respondeu. Em vez disso, encarou as próprias mãos entrelaçadas no balcão à sua frente.

Sawyer e eu trocamos olhares.

Continuei nossa conversa:

— Ela sabe?

— Claro que sabe. Ela sabe tudo — Sawyer disse, forçando um sorriso.

— Pode ser a hora de seguir em frente.

Dois jovens empurraram a porta da frente. Eu nunca os tinha visto ali, mas eles andavam com o peito estufado, balançando os braços. Comecei a virar quando um deles me deu uma olhada de cima a baixo.

— Belo blazer, Yoko — ele disse.

Sawyer colocou o pé no chão e começou a se levantar, mas eu toquei seu braço.

— Ignora. Teve um show no Casbah hoje. Eles provavelmente vieram de lá e estão procurando briga. Olha a camiseta do grandão.

Sawyer olhou rapidamente na direção dos dois, percebendo o rasgo de cinco centímetros no colarinho da camiseta do cara. Pedimos mais uma rodada. Thomas terminou sua bebida, jogou uma nota no balcão e saiu sem uma palavra.

— Isso foi esquisito — Sawyer disse. — Ele não vinha aqui há quanto tempo?

— Mais de duas semanas — Anthony respondeu.

Sawyer continuou:

— E ele aparece, bebe um drinque e vai embora.

— Ele não bebe apenas um drinque normalmente? — perguntei.

Anthony assentiu.

— Mas nunca quando está com aquela cara.

Virei para a porta, vendo o cara da camiseta rasgada e o amigo saindo.

— Essa foi rápida.

— Ouvi os dois falarem que estavam entediados. Parece que o atendimento estava muito lento — Anthony comentou com uma piscadela.

— Você é brilhante — eu disse com um sorrisinho. — Você devia falar com a Val mais uma vez, Sawyer. Pôr as cartas na mesa. Se ela não aceitar, você vai ter que se mudar e assinar os papéis. Você não está sendo justo com ela.

— Você está certa. Eu te odeio, mas você está certa. E, não importa o que diga, Liis, ainda somos amigos.

— Tá.

Sawyer e eu pagamos a conta, nos despedimos de Anthony e atravessamos o salão escuro, empurrando a porta. A calçada estava bem iluminada, o tráfego estava normal, mas alguma coisa estava estranha.

Sawyer encostou no meu braço.

— Você também? — perguntei.

Nós nos aproximamos da esquina, e alguém gemeu.

Sawyer ia dar apenas uma rápida olhada, mas ficou encarando, boquiaberto.

— Ai, merda!

Eu o segui e imediatamente peguei o celular. Os dois caras do bar estavam deitados em poças de sangue.

— Nove-um-um. Qual é a emergência?

— Dois homens, entre vinte e vinte e cinco anos, levaram uma surra feia e estão numa calçada em Midtown. Precisamos de uma ambulância no local.

Sawyer verificou o pulso dos dois.

— Este está sem reação — ele disse.

— Os dois estão respirando. Um está sem reação.

Dei o endereço e apertei o botão para encerrar a ligação.

Sawyer olhou ao redor. Um casal de meia-idade estava andando na direção oposta, no outro quarteirão, mas, além deles e de um morador de rua vasculhando o lixo na esquina, o perímetro estava vazio. Não vi ninguém que parecesse suspeito.

Sirenes ecoaram ao longe.

Sawyer enfiou as mãos nos bolsos da calça.

— Acho que encontraram a briga que estavam procurando.

— Talvez alguém com quem tiveram um atrito mais cedo?

Ele deu de ombros.

— Não é da minha jurisdição.

— Engraçadinho.

Um carro de polícia chegou em poucos minutos, logo seguido de uma ambulância. Contamos o que sabíamos e, depois que mostramos nossas credenciais, fomos liberados.

Sawyer me levou até o hall do meu prédio e se despediu com um abraço.

— Tem certeza que não quer que eu te leve até em casa? — perguntei. — Quem fez isso ainda pode estar lá fora.

Sawyer deu uma risadinha.

— Cala a boca, Lindy.

— Boa noite. A gente se vê amanhã.

— Não. Vou estar fora.

— Ah, sim. A, hum... aquela coisa — falei. Minha cabeça estava confusa. Fiquei feliz por termos decidido sair do bar naquele momento.

— Vou seguir uma das nossas fontes de Vegas, o Arturo.

— O cara do Benny? Por que ele está em San Diego? — perguntei.

— O Benny o mandou para visitar sua nova família oriental. Vou garantir que ele ande na linha. Não quero que os caras da Yakuza o assustem e ele revele ou alerte sobre os nossos interesses.

— Parece muito oficial.

— Sempre é. Boa noite.

Sawyer empurrou as portas do saguão e saiu, e eu virei para apertar o botão do elevador. Reparei que estava manchado de sangue recente. Olhei ao redor e usei a parte interna do blazer para limpá-lo.

As portas se abriram com um agradável e acolhedor ruído, mas, quando entrei, meu coração afundou. O botão do sexto andar também estava manchado de sangue.

Mais uma vez, usei o blazer para esconder a evidência, depois esperei impacientemente as portas se abrirem. Saí pisando duro e fui direto até a porta do Thomas, batendo no metal. Como ele não abriu, bati de novo.

— Quem é? — ele perguntou do outro lado.

— Liis. Abre essa porra.

A corrente chacoalhou, o trinco fez um clique e Thomas abriu a porta. Passei batendo com o ombro nele e virei de repente, cruzando os braços.

Thomas estava com uma compressa de gelo na mão direita e uma atadura ensanguentada na esquerda.

— Meu Deus! O que foi que você fez? — perguntei, estendendo a mão para a atadura.

Eu a retirei cuidadosamente, revelando os dedos em carne viva pingando sangue, e olhei para ele.

— Os canalhas racistas te ofenderam.

— E aí você resolveu matá-los? — perguntei com a voz aguda.

— Não, isso foi depois que ouvi os dois falarem casualmente que esperavam que seu caminho pra casa incluísse um beco escuro.

Suspirei.

— Vem cá. Vou limpar isso.

— Já cuidei de tudo.

— Enrolar uma atadura e colocar gelo não é limpar. Você vai pegar uma infecção aí. Parece divertido?

Thomas franziu a testa.

— Tá bom, então.

Fomos até o banheiro. Ele sentou na beirada da banheira, levantando as duas mãos levemente fechadas.

— Tem kit de primeiros socorros?

Ele apontou com a cabeça para a pia.

— Ali embaixo.

Peguei um recipiente de plástico transparente e abri, vasculhando os itens.

— Água oxigenada?

Thomas se encolheu.

— Você pode socar dois homens adultos até a pele dos dedos se soltar, mas não aguenta alguns segundos de ardência?

— No armário de remédios. O espelho abre.

— Eu sei. O meu também abre — falei sem emoção.

— Tentei vir pra casa sem...

— Atacá-los?

— Algumas pessoas são babacas brigões a vida toda, até alguém aparecer e dar uma bela surra nelas. Dá uma nova perspectiva.

— É assim que você chama? Você acha que fez um favor a eles.

Ele franziu a testa.

— Fiz um favor para o mundo.

Pinguei a água oxigenada nos machucados, e ele puxou o ar por entre os dentes enquanto puxava as mãos.

Suspirei.

— Eu simplesmente não consigo acreditar que você perdeu a cabeça desse jeito por causa de um insulto idiota e de uma ameaça vazia.

Thomas inclinou a cabeça e limpou o rosto no ombro, manchando o tecido com duas gotas pequenas de sangue.

— Você provavelmente devia tomar um banho disso aqui — falei, erguendo o grande frasco marrom.

— Por quê?

Peguei um pedaço de papel higiênico e o mergulhei no antisséptico.

— Porque tenho quase certeza que esse sangue não é seu.

Thomas olhou para cima, parecendo entediado.

— Sinto muito. Quer que eu vá embora? — perguntei.

— Na verdade, quero.

— Não! — retruquei.

— Ah! *Isso* te ofende.

Bati levemente com um algodão limpo nos ferimentos.

— Desconhecidos não conseguem me magoar, Thomas. Só as pessoas com quem eu me importo.

Seus ombros afundaram. De repente, ele pareceu cansado demais para argumentar.

— O que você estava fazendo no Cutter? — perguntei.

— Sou cliente regular.

Franzi a testa.

— Não tem sido.

— Eu precisava de um drinque.

— Segunda-feira ruim? — perguntei, pensando se havia alguma boa.

Ele hesitou.

— Liguei para o Travis na sexta.

— No Dia da Mentira? — perguntei. Thomas me deu alguns segundos. — Ah! Aniversário dele.

— Ele desligou na minha cara.

— Ai.

Bem quando eu disse isso, Thomas puxou a mão.

— Filho da... — Ele pressionou os lábios, as veias do pescoço inchando conforme ele ficava tenso.

— Desculpa. — Eu me encolhi.

— Sinto sua falta — Thomas sussurrou. — Estou tentando manter tudo no nível profissional, mas não consigo parar de pensar em você.

— Você tem sido um peso. As pessoas estão comparando com os dias pós-Camille.

Ele deu uma risada sem humor.

— Não tem como comparar. Dessa vez é muito, muito pior.

Eu me concentrei em fazer o curativo em seus ferimentos.

— Vamos nos contentar com o fato de que não deixamos ir muito longe.

Ele assentiu.

— Você definitivamente deve estar feliz. Eu não fui tão esperto.

Deixei minhas mãos caírem no colo.

— Do que você está falando? Duas semanas atrás, você me disse que não podia me amar.

— Liis... você sente alguma coisa por mim?

— Você sabe que sim.

— Você me ama?

Encarei seus olhos desesperados durante um tempo. Quanto mais os segundos passavam, mais ele parecia perdido.

Soltei uma respiração trêmula.

— Não quero amar ninguém, Thomas.

Ele olhou para os curativos nas mãos, já marcados de vermelho por causa do sangue.

— Você não respondeu a minha pergunta.

— Não.

— Você está mentindo. Como você pode ter uma personalidade tão forte e ter tanto medo?

— O que que tem? — soltei. — Você também estaria com medo se eu te dissesse que ainda amo o Jackson e você estivesse bem, *bem* longe da sua zona de conforto emocional.

— Isso não é justo.

Levantei o queixo.

— Não tenho que ser justa com você, Thomas. Só tenho que ser justa comigo. — Eu me levantei e dei um passo para trás, na direção da porta.

Ele balançou a cabeça e deu um risinho.

— Você, Liis Lindy, é definitivamente minha vingança.

22

A escada me pareceu uma opção melhor que o elevador para descer um andar. Desci com dificuldade até o meu andar e passei reto pela minha porta para ir até a janela no fim do corredor.

A esquina do outro lado da rua estava manchada de sangue, mas ninguém parecia notar. As pessoas que caminhavam por ali não tinham a menor ideia da violência que se passara, pouco menos de uma hora antes, no espaço por onde estavam caminhando.

Um casal parou a poucos centímetros da mancha maior, discutindo. A mulher olhou para os dois lados e atravessou a rua, e eu a reconheci pouco antes de ela entrar embaixo do toldo do nosso prédio. Marks a seguiu e eu suspirei, sabendo que os dois sairiam do elevador minutos depois.

Fui até a minha porta e a destranquei, depois esperei parada ali. O elevador apitou, e as portas revelaram minha amiga com a aparência mais irritada que eu já tinha visto.

Ela saiu e parou de repente, acotovelando Marks quando ele a atropelou.

— Você está de saída? — ela me perguntou.

— Não. Acabei de chegar. — Segurei a porta aberta. — Entra.

Ela passou por mim e Marks parou, aguardando o convite. Fiz que sim com a cabeça, e ele a seguiu até o sofá.

Fechei a porta e virei, cruzando os braços.

— Não estou no clima para ser psicóloga de vocês. Não consigo resolver minhas próprias merdas. — Tirei o cabelo do rosto e fui até a poltrona, pegando a coberta dobrada e a colocando no colo ao sentar.

— Você concorda comigo, né, Liis? — Marks perguntou. — Ela precisa expulsá-lo de lá.

— Ele não vai sair — Val explicou, irritada.

— Eu o faço sair, então — ele rosnou.

Revirei os olhos.

— Por favor, Marks. Você conhece a lei. Ele é marido dela. Se a polícia aparecer, você é que vai ser expulso.

Um músculo tremeu no maxilar de Marks, e ele olhou para além da minha cozinha.

— Você tem dois quartos. Você a convidou.

— Ela não quer perder o apartamento — comentei.

Os olhos de Val se arregalaram.

— Foi o que eu disse pra ele.

— Não quero você morando com ele! É esquisito pra caralho! — Marks exclamou.

— Joel, estou cuidando disso — Val explicou. — Se não quiser ficar por perto, eu entendo.

Estreitei os olhos.

— Por que vocês dois estão aqui?

Marks suspirou.

— Vim pegar a Val para jantar. Ele criou uma confusão. Normalmente eu espero do lado de fora, mas achei que podia ser cavalheiro uma vez na vida, porra. Ele fez uma cena. E com quem ela está puta? Comigo.

— Por que fazemos isso conosco? — perguntei, sobretudo para mim mesma. — Somos adultos. O amor deixa a gente burro.

— Ele não me ama — Val disse.

— Amo, sim — Marks falou, olhando para ela.

Ela virou lentamente para ele.

— Ama?

— Eu fiquei atrás de você durante meses e ainda estou. Você acha que isso é uma paquera casual pra mim? Eu te amo.

O rosto de Val desabou, e um biquinho se formou em seu lábio.

— Eu também te amo.

Eles se abraçaram e começaram a se beijar.

Olhei para o teto, pensando em ter um ataque.

— Desculpa — Val disse, limpando o batom.

— Tudo bem — respondi simplesmente.

— A gente devia ir embora — Marks falou. — A gente quase não conseguiu uma reserva. Não quero ficar dando voltas procurando uma refeição decente às nove e meia da noite.

Forcei um sorriso e fui até a porta, abrindo-a totalmente.

— Desculpa — Val sussurrou quando passou por mim.

Balancei a cabeça.

— Tudo bem.

Fechei a porta e fui direto ao meu quarto, desabando de cara na cama. Val e Marks fizeram parecer que era tão fácil encontrar uma solução, apesar de ela estar dividindo o apartamento com Sawyer há mais de um ano. Eu estava arrasada morando no andar debaixo do de Thomas. Mas nossos problemas pareciam mais complicados do que morar com o ex. Eu amava um homem que eu não podia amar, que amava outra pessoa, mas me amava mais.

O amor podia ir tomar no cu.

Na manhã seguinte, fiquei aliviada de não encontrar Thomas no elevador.

Conforme as semanas se passavam, as coisas foram se tornando mais uma lembrança que uma preocupação.

Thomas fazia questão de chegar ao trabalho antes de mim e de ficar até muito mais tarde. As reuniões eram curtas e tensas, e, quando recebíamos uma missão, Val, Sawyer e eu odiávamos voltar para a Constance de mãos vazias.

O resto do Esquadrão Cinco mantinha a cabeça baixa, me olhando de cara feia quando achavam que eu não ia perceber. Os dias eram longos. O simples fato de estar na sala do esquadrão era estressante, e eu rapidamente me tornei a supervisora mais malquista para todos do prédio.

Oito dias seguidos se passaram sem que eu encontrasse Thomas no Cutter, e depois mais uma semana.

Anthony me dera o telefone de um amigo que conhecia alguém que transportava veículos, e, quando eu liguei e mencionei o nome dele, o preço caiu pela metade.

Em maio, meu Camry tinha sido entregue, e eu pude explorar melhor San Diego. Val e eu fomos ao zoológico, e comecei a visitar sistematicamente todas as praias, sempre sozinha. Isso acabou se tornando um vício.

Não demorei muito para me apaixonar pela cidade, e me perguntei se me apaixonar rapidamente ia começar a ser um vício também. Isso caiu por terra depois de diversas saídas com Val, quando me dei conta de que todas as interações com homens simplesmente me lembravam de como eu sentia falta de Thomas.

Em uma noite quente e úmida de sábado, entrei no estacionamento do Kansas City BBQ e joguei as chaves na bolsa. Mesmo de vestido de alça, eu sentia o suor pingando sob meus seios e escorrendo pela barriga. Era um calor que só o mar ou uma piscina podiam aliviar.

Minha pele estava grudenta, e meu cabelo, preso em um nó frouxo no topo da cabeça. A umidade me lembrava a ilha, e eu precisava me distrair.

Abri a porta e congelei. A primeira coisa em minha linha de visão foi Thomas de pé na frente de um alvo com uma loira, segurando-a com um braço enquanto a ajudava a mirar o dardo com o outro.

No instante em que fizemos contato visual, girei nos calcanhares e voltei rapidamente para o carro. Correr de sandália anabela não era fácil. Antes mesmo que eu conseguisse atravessar o estacionamento da frente, alguém dobrou a esquina, e eu esbarrei nessa pessoa e fui arrancada do solo.

Quando eu ia atingir o chão, mãos enormes me seguraram.

— Que pressa é essa? — Marks perguntou, me soltando apenas quando me equilibrei.

— Desculpa. Eu só estava vindo para um jantar meio tarde.

— Ah — ele disse com um sorriso revelador. — Você viu o Maddox lá dentro.

— Eu, hum... posso encontrar outro lugar para comer.

— Liis? — Thomas chamou da porta.

— Ela não quer comer aqui por sua causa — Marks gritou de volta, segurando meu ombro.

Todo mundo jantando do lado de fora virou para olhar para mim. Eu me livrei das mãos de Marks e ergui o queixo.

— Vai se foder.

Saí pisando duro até o meu carro.

Marks gritou atrás de mim:

— Você tem andado demais com a Val!

Não virei. Em vez disso, vasculhei a bolsa procurando a chave e apertei o botão do controle.

Antes de eu conseguir abrir a porta, senti mãos em mim de novo.

— Liis — Thomas disse, sem fôlego, depois de correr pelo estacionamento.

Puxei o braço e abri a porta com força.

— Ela é só uma amiga. Ela trabalhou no cargo da Constance para o Polanski, quando ele era o ASAC.

Balancei a cabeça.

— Você não precisa explicar.

Ele enfiou as mãos nos bolsos.

— Preciso, sim. Você está chateada.

— Não porque eu quero. — Levantei o olhar para ele. — Vou dar um jeito. Até lá, evitar sua presença está dando certo.

Thomas fez que sim com a cabeça.

— Desculpa. Chatear você é a última coisa que eu quero. Você, hum... você está linda. Ia encontrar alguém?

Fiz uma cara feia.

— Não, não vou encontrar ninguém. Não estou namorando. Eu não namoro — soltei. — Não que eu espere que você faça a mesma coisa — adicionei, apontando para o restaurante.

Comecei a sentar no banco do motorista, mas Thomas segurou delicadamente meu braço.

— Nós não estamos saindo — ele disse. — Eu só estava ajudando com os dardos. O namorado dela está lá dentro.

Olhei furiosa para ele, em dúvida.

— Ótimo. Preciso ir. Ainda não comi.

— Come aqui — ele disse e me deu um sorrisinho esperançoso. — Posso te ensinar a jogar também.

— Prefiro não ser uma das muitas. Obrigada.

— Você não é. Nunca foi.

— Não, só uma das duas.

— Acredite ou não, Liis... você foi a única. Nunca houve ninguém além de você.

Suspirei.

— Desculpa. Eu não devia ter tocado nesse assunto. A gente se vê no trabalho na segunda. Temos uma reunião cedo.

— É — ele disse, dando um passo para trás.

Deslizei para o assento do motorista e, como se fosse uma faca, enfiei a chave na ignição. Meu carro soltou um rosnado delicado, e eu dei ré e saí da vaga, deixando Thomas sozinho no estacionamento.

Na primeira placa de drive-thru que avistei, parei e esperei na fila. Quando recebi meu hambúrguer, que não era do Fuzzy, e minha batata frita pequena, dirigi até em casa.

A sacola amassou quando fechei a porta do carro, e eu segui até as portas do hall, me sentindo péssima porque meu plano brilhante de me distrair não poderia ter sido um fracasso maior.

— Ei! — Val chamou do outro lado da rua.

Olhei para ela, que acenou.

— Você está gostosa! Vem para o Cutter comigo!

Levantei a sacola.

— Jantar? — ela gritou.

— Mais ou menos! — gritei de volta.

— Fuzzy?

— Não!

— Nojento! — ela berrou. — Uma bebida alcoólica vai te satisfazer melhor!

Suspirei e olhei para os dois lados antes de atravessar a rua. Val me abraçou, e seu sorriso desapareceu quando ela percebeu minha expressão.

— O que há de errado?

— Fui ao KC. O Thomas estava lá com uma loira muito alta e bonita.

Ela cerrou os lábios.

— Você é muito melhor que ela. Todo mundo sabe que ela é uma piranha.

— Você a conhece? — perguntei. — É a assistente do Polanski.

— Ah — Val disse. — Não, a Allie é um doce, mas a gente vai fingir que ela é uma piranha.

— *Allie?* — choraminguei, soltando uma baforada como se o vento tivesse me derrubado. O nome parecia exatamente o da garota perfeita por quem o Thomas poderia se apaixonar. — Pode me matar agora.

Ela passou o braço pelos meus ombros.

— Estou armada. Posso fazer isso, se quiser.

Encostei a cabeça no ombro dela.

— Você é uma boa amiga.

— Eu sei — Val disse, me guiando até o Cutter.

23

*Forcei um sorriso para o agente Trevino enquanto estava parada na en*trada, depois virei meu carro na direção da garagem. Eu já estava de mau humor por causa do fim de semana, e o fato de ser segunda-feira não ajudava.

Thomas estava certo. Eu realmente detestava dirigir na rodovia, e isso também me irritava. Encontrei uma vaga e coloquei o carro ali. Então agarrei a bolsa e a sacola de couro marrom. Abri a porta com um empurrão e vi o agente Grove se esforçando para sair de seu sedã azul.

— Bom dia — falei.

Ele simplesmente fez sinal de positivo com a cabeça, e seguimos para a área do elevador. Apertei o botão, tentando não demonstrar que estava nervosa por estar ao lado dele.

Ele tossiu na mão, e eu usei isso como desculpa para olhar de volta. Meu rabo de cavalo bateu no ombro direito quando virei.

— Os resfriados de verão são os piores.

— Alergia — ele resmungou, quase para si mesmo.

A porta do elevador abriu e eu entrei, seguida de Grove. A camisa azul-clara e a gravata pequena demais faziam sua barriga parecer ainda mais proeminente.

— Como estão indo os interrogatórios? — perguntei.

O bigode curvado de Grove se mexeu.

— É meio cedo pra jogar conversa fora, agente Lindy.

Ergui as sobrancelhas e olhei para frente, segurando as mãos diante do corpo. O elevador apitou no sétimo andar, e eu saí para o corredor. Olhei para Grove, que me encarou de volta até as portas se fecharem.

Val se juntou a mim quando me aproximei da porta de segurança.

— Abre a porta, abre a porta, abre a...

— Nós ainda não terminamos — Marks disse com uma careta.

Val instantaneamente deu um sorriso e virou para trás.

— Por enquanto, terminamos.

— Não terminamos, não — ele retrucou, os olhos azuis em chamas.

Abri a porta com um empurrão, e Val deu um passo para trás.

— Mas terminamos... então terminamos. — Quando a porta fechou na cara de Marks, ela virou de novo e apertou meu braço. — Obrigada.

— O que foi isso?

Ela revirou os olhos e bufou.

— Ele ainda quer que eu saia do meu apartamento.

— Bom... eu também não ia querer que meu namorado morasse com a esposa.

— O Marks não é meu namorado, e o Sawyer não é meu marido.

— Sua situação com o Marks é discutível, mas você definitivamente ainda está casada com o Sawyer. Ele ainda não assinou os papéis?

Viramos para a minha sala, e Val fechou a porta antes de desabar em uma poltrona.

— Não! Ele voltou para casa uma noite, depois do Cutter, repetindo que a Davies foi um erro.

— Espera... a agente Davies?

— É.

— Mas você...

Val franziu o nariz e, quando a ficha caiu, deu um pulo da poltrona.

— Não! Eca! *Eca!* Mesmo que eu fosse lésbica, ia preferir brilho labial a batom. A agente Davies parece candidata de um concurso de sósias da Cher, com toda aquela... — ela circulou o rosto com o dedo indicador — coisa no rosto.

— Então, quando você disse que tinha experimentado Sawyer e Davies, quis dizer isso, que ele traiu você com ela.

— É! — ela disse, ainda enojada. Então se recostou na poltrona, mantendo a bunda na beirada, enquanto deixava os ombros caírem na almofada do encosto.

— Se disser isso pra mais alguém, é bom esclarecer.

Val deixou o pensamento ferver em silêncio, depois fechou os olhos, e os ombros afundaram.

— Merda.

— Você não vai perdoar o Sawyer? — perguntei.

— Claro que não.

— O que mantém você lá, Val? Sei que o apartamento é seu, mas não pode ser só isso.

Ela ergueu os braços antes de soltá-los nas coxas.

— É só isso.

— Mentira.

— Ora, ora — ela disse, se ajeitando no assento e cruzando os braços —, olha só quem está aperfeiçoando suas habilidades.

— É mais bom senso — falei. — Agora, se você vai ser uma péssima amiga, xô. Tenho trabalho a fazer. — Mexi nos papéis, fingindo estar desinteressada.

— Não consigo perdoá-lo — ela disse em voz baixa. — Já tentei. Eu podia ter perdoado qualquer outra coisa.

— Sério?

Ela assentiu.

— Você já falou isso pra ele?

Ela mexeu nas unhas.

— Mais ou menos.

— Você precisa falar, Val. Ele acha que ainda tem chance.

— Estou saindo com o Marks. O Sawyer ainda acha que estou interessada nele?

— Você é *casada* com ele.

Val suspirou.

— Você tem razão. Está na hora. Mas já vou avisando: se eu bater o martelo e ele não se mudar, pode ser que você tenha uma nova colega de quarto.

Dei de ombros.

— Eu te ajudo a empacotar suas coisas.

Val saiu da minha sala com um sorriso, e eu abri o notebook, digitando a senha e começando a olhar meus e-mails. Três de Constance marcados como "urgente" chamaram minha atenção.

Levei o mouse até o primeiro e cliquei.

Agente Lindy,

O ASAC Maddox solicita uma reunião às 10h. Por favor, abra espaço na sua agenda e traga a pasta do caso.

Constance

Abri o segundo.

Agente Lindy,

O ASAC Maddox solicita que a reunião seja adiantada para as 9h. Por favor, seja pontual e traga a pasta do caso.

Constance

Abri o terceiro.

Agente Lindy,

O ASAC Maddox insiste que você venha à sala dele no instante em que receber este e-mail. Por favor, traga a pasta do caso.

Constance

Olhei para o relógio. Mal eram oito horas. Peguei o mouse e cliquei nos documentos recentes, imprimindo as novas informações que eu havia reunido. Agarrei a pasta, recolhi os papéis da impressora e disparei pelo corredor.

— Oi, Constance — cumprimentei, ofegante.

Ela ergueu o olhar para mim e sorriu, piscando.

— Ele vai receber você agora.

— Obrigada — sussurrei, passando por ela.

Thomas estava em pé de costas para a porta, encarando a linda vista de sua sala.

— Agente Maddox — falei, tentando soar normal. — Desculpe, acabei de ver o e-mail... Trouxe a pasta do caso. Tenho mais algumas...

— Senta, Lindy.

Pisquei e fiz o que ele mandou. Os três porta-retratos misteriosos ainda estavam sobre a mesa, mas o do meio estava virado para baixo.

— Não posso mais fazê-los esperar — Thomas disse. — O Escritório do Inspetor Geral quer uma prisão.

— O Travis?

Ele virou. A pele sob os olhos estava roxa. Ele parecia ter perdido peso.

— Não, não... Grove. O Travis vai começar o treinamento em breve. Se o Grove souber do Travis pelo Benny ou pelo Tarou... bom, vamos morrer na praia de qualquer jeito. A Constance vai mandar tudo que você tem para o Ministério Público Federal. Vão encenar um roubo no posto de gasolina que ele frequenta. Ele vai levar um tiro. As testemunhas vão confirmar que ele foi assassinado. Aí, o Tarou e o Benny vão pensar que estão muito sem sorte, em vez de recuar e destruir provas porque o Grove foi preso e todos os caminhos levam à atividade criminal deles.

— Parece uma vitória, senhor.

Thomas se encolheu com a minha resposta fria e sentou atrás da mesa. Continuamos em um silêncio constrangedor durante dez segundos, depois ele fez um pequeno gesto em direção à porta.

— Obrigado, agente Lindy. Era só isso.

Eu assenti e me levantei. Fui até a porta, mas não consegui sair. Contrariando meu juízo, virei, cerrando um dos punhos e agarrando a pasta com força, para não deixá-la cair.

Ele estava lendo a primeira página de uma pilha, segurando uma caneta marca-texto em uma das mãos e a tampa na outra.

— Você está se cuidando, senhor?

Thomas ficou pálido.

— Se eu estou... Como é?

— Se cuidando. Você parece cansado.

— Estou bem, Lindy. Isso é tudo.

Cerrei os dentes e dei um passo para frente.

— Porque, se precisar conversar...

Ele deixou as duas mãos caírem sobre a mesa.

— Não preciso conversar, e, se precisasse, você seria a última pessoa com quem eu faria isso.

Fiz que sim com a cabeça.

— Sinto muito, senhor.

— *Para*... de me chamar assim — ele disse, baixando o tom de voz no fim.

Estendi as mãos diante de mim.

— Acho que não é mais apropriado eu chamar você de Thomas.

— Agente Maddox ou Maddox está ótimo. — Ele baixou o olhar para a folha. — Agora, por favor... por favor, saia, Lindy.

— Por que me chamou aqui se não queria me ver? Você podia muito bem ter pedido para a Constance cuidar de tudo.

— Porque, de vez em quando, Liis, eu preciso apenas ver seu rosto. Preciso ouvir sua voz. Alguns dias são mais difíceis que outros para mim.

Engoli em seco e fui até sua mesa. Ele se preparou para o que eu poderia fazer em seguida.

— Não faça isso — falei. — Não me faça sentir culpada. Eu tentei não... Isso é exatamente o que eu não queria.

— Eu sei. Eu assumo total responsabilidade.

— Não é culpa minha.

— Acabei de falar isso — ele disse, parecendo exausto.

— Você pediu que isso acontecesse. Você queria que seus sentimentos por mim substituíssem seus sentimentos pela Camille. Você precisava de alguém mais próximo para culpar, porque não podia culpá-la. Vocês precisam se dar bem porque ela vai ser da família, e eu sou apenas alguém com quem você trabalha... alguém que você sabia que ia seguir em frente.

Thomas pareceu emocionalmente esgotado demais para discutir.

— Meu Deus, Liis, você realmente acha que isso foi de caso pensado? Quantas vezes preciso dizer? O que senti por você, o que eu ainda sinto por você, torna meus sentimentos pela Camille insignificantes.

Cobri o rosto.

— Sinto como se eu parecesse um disco riscado.

— Parece mesmo — ele comentou, a voz desanimada.

— Você acha que é fácil pra mim? — perguntei.

— Certamente parece que sim.

— Bom, não é. Eu achei... Não que isso importe agora, mas, naquele fim de semana, eu esperava conseguir mudar. Achei que, para duas pessoas feridas, se nos dedicássemos o suficiente, se sentíssemos o suficiente, nós íamos conseguir.

— Não estamos feridos, Liis. Temos cicatrizes semelhantes.

Eu pisquei.

— Se a gente entrasse em território desconhecido, o que é tudo, no meu caso, poderíamos ajustar as variáveis, sabe? Mas não posso jogar fora todos os planos que fiz para o meu futuro na esperança de que, um dia, você não fique mais triste porque não está com ela. — Senti lágrimas queimarem meus olhos. — Se eu te desse meu futuro, ia querer que você deixasse o passado. — Peguei o porta-retratos virado para baixo e o segurei diante do rosto de Thomas, obrigando-o a olhar para a foto.

Seus olhos desviaram dos meus, e, quando ele viu a foto sob o vidro, um dos cantos de sua boca se curvou.

Irritada, virei a foto para mim e fiquei simplesmente boquiaberta. Thomas e eu estávamos juntos no porta-retratos, uma foto em preto e branco, aquela que Falyn tirara de nós em St. Thomas. Ele estava me apertando contra si, beijando meu rosto, e eu sorria como se a eternidade fosse real.

Peguei o outro porta-retratos e olhei. Ali estavam os cinco irmãos Maddox. Peguei o último e vi seus pais.

— Eu amei a Camille primeiro — Thomas disse. — Mas você, Liis... você é a última mulher que eu vou amar.

Fiquei paralisada, sem palavras, e recuei na direção da porta.

— Posso... ter minhas fotos de volta? — ele perguntou.

Então me dei conta de que tinha deixado a pasta do caso na mesa dele e, em vez de pegá-la, estava saindo com as fotos nas mãos. Caminhei lentamente até ele, que estendeu a mão, e devolvi os porta-retratos.

— Vou entregar isso aqui para a Constance — falei, pegando a pasta e me sentindo desorientada. Girei nos calcanhares e saí em disparada.

— Liis — ele gritou atrás de mim.

No momento em que passei pela porta, praticamente joguei a pasta na Constance.

— Tenha um bom dia, agente Lindy — ela disse, a voz se dissipando por toda a sala do esquadrão.

Voltei para a minha sala e sentei na minha cadeira, apoiando a cabeça nas mãos. Segundos depois, Val irrompeu do corredor, e Marks entrou atrás dela, batendo a porta.

Ergui o olhar.

Val apontou para ele.

— Para! Você não pode me perseguir pelo prédio todo!

— Vou parar de te perseguir quando você começar a me dar respostas diretas! — ele gritou.

— Mas que merda é essa que está acontecendo com todo mundo hoje? O escritório todo enlouqueceu? — gritei.

— Eu já dei uma resposta pra você! — Val disse, me ignorando. — Falei que vou conversar com ele hoje à noite!

Sawyer colocou a cabeça pela porta, batendo enquanto aparecia.

— Chefe?

— Sai! — Marks, Val e eu gritamos ao mesmo tempo.

— Tudo bem, então — ele disse, se abaixando para sair.

— E aí? — Marks perguntou.

— Se ele não sair do apartamento, eu saio — Val respondeu como se as palavras tivessem sido arrancadas de si.

— Graças a Deus! — Marks gritou para um público invisível, apontando todos os dedos na direção da Val. — Uma resposta direta, porra!

Thomas entrou de repente.

— Mas que gritaria é essa?

Cobri o rosto de novo.

— Você está bem, Liis? O que aconteceu com ela, Val? Ela está bem? — Thomas perguntou.

Marks falou primeiro:

— Desculpa, senhor. Você está... você está bem, Lindy?

— Estou ótima! — gritei com a voz aguda. — Só preciso que vocês, crianças, saiam da porra da minha sala!

Os três congelaram, me encarando sem acreditar.

— Saiam!

Val e Marks saíram primeiro, e, depois de certa relutância, Thomas me deixou sozinha, fechando a porta ao sair.

O resto do Esquadrão Cinco estava me encarando. Fui até a parede de vidro, mostrei os dois dedos do meio para todos, soltei vários palavrões em japonês e fechei as persianas.

24

Ajeitei o celular para deixá-lo apoiado entre a bochecha e o ombro enquanto tentava cozinhar.

— Espera um pouco, mãe. Só um segundo — falei, colocando o aparelho sobre o armário.

— Você sabe que odeio o viva-voz. — Sua voz se misturava aos temperos no ar. — Liis, me tira do viva-voz.

— Estou sozinha, mãe. Ninguém está te ouvindo. Preciso das duas mãos.

— Pelo menos você está cozinhando e não anda comendo aquele veneno processado toda noite. Você engordou?

— Na verdade, perdi alguns quilos — falei, sorrindo apesar de ela não poder me ver.

— Não muitos, espero — ela resmungou.

Eu ri.

— Mãe, você nunca está feliz.

— Sinto sua falta. Quando você vem para casa? Você não vai esperar até o Natal, vai? O que você está cozinhando? É bom?

Acrescentei brócolis, cenouras e água ao óleo de canola quente e mexi tudo na frigideira enquanto refogava.

— Também sinto sua falta. Eu não sei. Vou dar uma olhada na minha agenda, stir-fry de frango e vegetais, e espero que fique ótimo.

— Você mexeu o molho? Você tem que mexer primeiro, sabe, pra deixar o molho fundir e respirar.

— Sim, mãe. Está no balcão perto de mim.

— Você colocou algum ingrediente a mais? Fica bom só do jeito que eu faço.

Dei uma risadinha.

— Não, mãe. É o seu molho.

— Por que está comendo tão tarde?

— Estou no horário da costa Oeste.

— Mesmo assim, são nove horas aí. Você não devia comer tão tarde.

— Eu trabalho até tarde — falei com um sorriso.

— Eles não estão te ocupando demais no trabalho, estão?

— Eu estou me ocupando demais. Mas eu gosto assim. Você sabe disso.

— Você não está andando sozinha à noite pelas ruas, está?

— Sim! — provoquei. — Só de calcinha!

— Liis! — ela me repreendeu.

Dei uma risada alta e me senti bem com isso. Era como se eu não sorrisse houvesse muito tempo.

— Liis? — ela disse, a voz preocupada.

— Estou aqui.

— Você está com saudade de casa?

— Só de vocês. Diga ao papai que mandei um oi.

— Patrick? Patrick! A Liis está mandando um oi.

Ouvi meu pai em algum lugar da sala.

— Oi, querida! Saudade de você! Fique bem!

— Ele começou a tomar as cápsulas de óleo de peixe esta semana. Dá gases — ela disse.

Dava para sentir o mau humor em sua voz, e eu ri outra vez.

— Estou com saudade de vocês dois. Tchau, mãe.

Com o dedo mindinho, toquei na tela para encerrar a ligação, depois acrescentei o frango e o repolho. Pouco antes de colocar as ervilhas e o molho, alguém bateu à porta. Esperei, achando que havia imaginado o ruído, mas ouvi uma nova batida, dessa vez mais alta.

— Ah, não. Ai, merda — falei para mim mesma, baixando quase totalmente o fogo.

Limpei as mãos em um pano de prato e me apressei até a porta. Espiei pelo olho mágico e me atrapalhei para abrir a corrente e o trinco, agarrando-os como uma louca.

— Thomas — sussurrei, sem conseguir esconder o choque.

Ele estava ali parado de camiseta branca e shorts de ginástica. Não tinha colocado nada nos pés.

Ele começou a falar, mas pensou melhor.

— O que você está fazendo aqui? — perguntei.

— O cheiro está bom — ele disse, fungando.

— É. — Virei para a cozinha. — Stir-fry. Dá para dois, se estiver com fome.

— É só você? — ele perguntou, dando uma olhada para além de mim.

Dei uma risadinha.

— Claro que sou só eu. Quem mais estaria aqui?

Ele me encarou durante vários segundos.

— Você está usando meu moletom.

Olhei para baixo.

— Ah. Você quer de volta?

Ele balançou a cabeça.

— Não. De jeito nenhum. Só não sabia que você ainda o usava.

— Uso muito. Às vezes ele faz com que eu me sinta melhor.

— Eu, hum... precisava falar com você. Tá uma falação danada no escritório por causa do seu surto.

— Só meu? Eu sou a estressada porque sou mulher. Típico — murmurei.

— Liis, você falou em japonês no escritório. Todo mundo sabe.

Fiquei pálida.

— Desculpa. Eu estava irritada e... merda.

— O SAC deu sinal verde para irmos em frente com o plano de afastar o Grove.

— Ótimo. — Abracei minha cintura, me sentindo vulnerável.

— Mas eles não o encontraram.

— O quê? E o Sawyer? Achei que ele era o mestre da vigilância. Ele não está seguindo o Grove?

— Sawyer está procurando o Grove por aí agora. Não se preocupe. Ele vai encontrá-lo. Você quer... quer que eu fique com você?

Olhei para ele. Sua expressão implorava que eu dissesse sim. Eu o queria ali, mas isso significaria longas conversas que levariam a discussões, e nós dois estávamos cansados de brigar.

Balancei a cabeça.

— Não, vou ficar bem.

A pele ao redor de seus olhos se suavizou. Ele deu um passo e estendeu as mãos, envolvendo os dois lados de meu rosto. Ele me encarou, seu conflito interno girando nas duas piscinas castanho-esverdeadas.

— Foda-se — ele disse. E se aproximou, encostando os lábios nos meus.

Soltei o pano de prato e agarrei a camiseta dele, mas Thomas não estava com pressa de ir embora. Ele se demorou um instante me saboreando, sentindo o calor de nossas bocas se derretendo uma na outra. Seus lábios eram confiantes e controladores, mas cederam com a pressão dos meus. Bem quando achei que ele ia se afastar, ele me envolveu com os dois braços.

Thomas me beijou como se precisasse de mim houvesse séculos, e, ao mesmo tempo, era um beijo de despedida. Era saudade, tristeza e raiva, agitadas, mas sob controle, em um beijo doce e suave. Quando ele finalmente me soltou, senti que estava me inclinando para frente, precisando de mais.

Ele piscou algumas vezes.

— Tentei não fazer isso. Desculpa.

Então ele se afastou.

— Não, está... está tudo bem — falei para o corredor vazio.

Fechei a porta e me recostei nela, ainda saboreando seu gosto. Eu ainda conseguia sentir o cheiro dele. Pela primeira vez desde que me mudei, o apartamento não parecia um santuário nem a representação da minha independência. Parecia apenas solitário. O stir-fry não estava tão cheiroso quanto antes. Olhei para as meninas na pintura de Takato, lembrando que Thomas me ajudara a pendurá-las — nem elas conseguiam me fazer sentir melhor.

Fui decidida até o fogão, apaguei o fogo e peguei a bolsa e as chaves.

O elevador parecia estar levando um tempo extraordinário para chegar ao saguão, e eu me remexia em expectativa. Eu precisava sair do prédio, sair de baixo do apartamento de Thomas. Precisava sentar diante de Anthony com um manhattan, esquecendo Grove, Thomas e tudo que eu não me permitia ter.

Olhei para os dois lados e atravessei a rua a passos largos, mas, assim que cheguei à calçada, uma mão grande envolveu meu braço, me detendo.

— Aonde diabos você vai? — Thomas perguntou.

Puxei o braço com força e o empurrei. Ele mal se mexeu, mas mesmo assim eu cobri a boca e levei as mãos ao peito.

— Ai, meu Deus! Desculpa! Foi uma reação instintiva.

Ele franziu a testa.

— Você não pode simplesmente sair por aí sozinha agora, Liis, enquanto não localizarmos o Grove.

Um casal estava parado a uns três metros da esquina, esperando o sinal fechar. Fora eles, estávamos sozinhos.

Soltei um suspiro de alívio, o coração ainda disparado.

— Você não pode sair por aí agarrando as pessoas desse jeito. Você tem sorte de não terminar como o Joe bêbado.

O sorriso de Thomas se espalhou lentamente pelo rosto.

— Desculpa. Eu ouvi sua porta bater e fiquei preocupado que você se arriscasse saindo por minha causa.

— Acertou — falei, envergonhada.

Thomas se preparou, já sofrendo com suas próximas palavras.

— Não estou tentando deixá-la arrasada. Você pode imaginar que eu estava ocupado demais fazendo isso comigo mesmo.

Meu rosto desabou.

— Não quero que você fique arrasado. Mas essa situação é isso mesmo: arrasadora.

— Então — ele estendeu a mão para mim —, vamos voltar. Podemos conversar sobre isso a noite toda, se quiser. Eu explico quantas vezes você quiser. Podemos estabelecer algumas regras. Eu forcei demais as coisas naquele momento. Eu entendo isso agora. Vamos devagar. Podemos chegar a um acordo.

Eu nunca quis tanto uma coisa na vida.

— Não.

— *Não?* — ele disse, abatido. — Por quê?

Meus olhos ficaram vidrados, e eu olhei para baixo, forçando as lágrimas a escorrerem pelo meu rosto.

— Porque eu quero tanto isso, e tenho medo demais.

O ataque rápido de emoções me surpreendeu, mas disparou algo em Thomas.

— Baby, olha pra mim — ele disse, usando o polegar para erguer delicadamente meu queixo até nossos olhos se encontrarem. — Não pode ser pior ficarmos juntos do que é ficarmos separados.

— Mas estamos num impasse. Temos a mesma discussão várias vezes seguidas. Precisamos superar isso.

Thomas balançou a cabeça.

— Você ainda está tentando superar a Camille — pensei em voz alta — e pode levar um tempo, mas é possível. E ninguém consegue tudo que quer, certo?

— Eu não quero você apenas, Liis. Eu preciso de você. E isso não desaparece.

Ele puxou as laterais de minha blusa e encostou a testa na minha. Seu cheiro era tão bom, almiscarado e limpo. O mínimo toque de seus dedos em minha roupa me fez querer derreter em seus braços.

Analisei seus olhos, sem conseguir responder.

— Você quer que eu diga que a superei? Eu a superei — ele disse, a voz ficando mais desesperada a cada palavra.

Balancei a cabeça, olhando para a rua escura.

— Não quero que você só diga isso. Quero que seja verdade.

— Liis. — Ele esperou até eu olhar para ele. — Por favor, acredita em mim. Eu amei alguém antes, mas nunca amei alguém como eu te amo.

Eu me afundei nele, deixando que ele me envolvesse em seus braços. Eu me permiti me soltar, abrir mão do controle das forças que nos trouxeram até aquele momento. Eu tinha duas opções. Podia me afastar de Thomas e, de alguma forma, tolerar o sofrimento que sentia todos os dias por não estar com ele. Ou assumir um grande risco baseada apenas na fé, sem previsões, cálculos ou certezas.

Thomas me amava. Ele precisava de mim. Talvez eu não fosse a primeira mulher que ele amou, e talvez o tipo de amor que um Maddox sentia durasse para sempre, mas eu também precisava dele. Eu não era a primeira, mas seria a última. Isso não me tornava o segundo lugar. Isso me tornava sua eternidade.

Um estouro alto ecoou do outro lado da rua mal iluminada. O tijolo atrás de mim se espalhou em centenas de pedaços em todas as direções.

Virei e olhei para cima, vendo uma pequena nuvem de poeira flutuando sobre meu ombro esquerdo e um buraco no tijolo.

— Que merda é essa? — Thomas perguntou. Seus olhos vasculharam todas as janelas acima de nós e depois pararam na rua vazia entre a gente e nosso prédio.

Grove estava atravessando a rua com o braço estendido na frente do corpo, segurando uma pistola do FBI na mão trêmula. Thomas se colocou à minha frente, em uma posição protetora, cobrindo meu corpo com o dele.

Ele olhou furioso para o nosso agressor.

— Coloca a arma no chão, Grove, e eu não te mato, caralho.

Grove parou a apenas vinte metros, e só havia um carro estacionado em paralelo entre nós.

— Eu vi você sair correndo do prédio para pegar a agente Lindy... descalço. Duvido que tenha pensado em pegar a arma. Você a colocou no shorts antes de sair?

Para um homem seboso, rechonchudo e baixinho, ele era extremamente condescendente.

— Você me entregou, Lindy — Grove desdenhou.

— Fui eu — Thomas falou, dobrando os cotovelos lentamente para levantar as mãos. — Eu a trouxe para cá porque estava suspeitando das suas informações.

Dois homens viraram a esquina e congelaram.

— Ai, merda! — um deles disse antes de os dois virarem de repente e correrem de volta na direção de onde tinham vindo.

Coloquei a mão dentro da bolsa lentamente, usando o corpo de Thomas para ocultar meu movimento.

A arma de Grove disparou, e Thomas deu um solavanco. Ele olhou para baixo e colocou a mão na parte direita do abdome.

— Thomas? — gritei com a voz aguda.

Ele gemeu, mas se recusou a sair da frente.

— Você não vai escapar dessa — Thomas disse, a voz tensa. — Aqueles caras vão chamar a polícia. Mas você pode mudar de ideia, Grove. Passe as informações que você tem sobre a Yakuza.

Os olhos de Grove ficaram vidrados.

— Estou morto de qualquer maneira. Vaca idiota — ele disse, mirando a arma de novo.

Levantei a mão entre o braço e o tronco do Thomas e disparei. Grove caiu de joelhos, um círculo vermelho escurecendo o bolso da frente da camisa social branca. Ele desmoronou de lado, e Thomas virou, gemendo.

— Como está isso aí? — perguntei, me esforçando para levantar sua camisa.

O sangue escorria do ferimento, soltando um vermelho grosso a cada batida de seu coração.

— Caralho — ele disse entredentes.

Coloquei a arma na parte de trás do meu jeans enquanto Thomas tirava a camiseta. Ele a embolou e a pressionou contra o ferimento.

— Você precisa deitar. Vai diminuir o sangramento — falei, ligando para a emergência no celular.

Os mesmos dois homens espiaram pela esquina e, quando viram que era seguro, apareceram.

— Você está bem, cara? — um deles perguntou. — Chamamos a polícia. Eles estão vindo.

Desliguei o telefone.

— Eles receberam o chamado. Já estão a caminho.

Como se estivessem ouvindo, sirenes ecoaram a poucos quarteirões de distância.

Sorri para Thomas.

— Você vai ficar bem, tá?

— Claro que vou — ele disse, a voz tensa. — Finalmente consegui você de volta. Um tiro não vai foder com tudo.

— Aqui — disse o outro cara, tirando a camisa. — Você pode entrar em choque, cara.

Thomas deu um passo, estendendo a mão para a camisa, e, de canto de olho, vi Grove levantar a arma, apontando-a diretamente para mim.

— Merda! — um dos caras gritou.

Antes que eu tivesse tempo de reagir, Thomas pulou na minha frente, fazendo um escudo com o próprio corpo. Estávamos de frente um para o outro quando o estouro soou, e Thomas deu um solavanco.

— Ele caiu de novo! Acho que está morto! — disse um dos homens, apontando para Grove.

Olhei para além de Thomas e vi os dois caras se aproximando cuidadosamente de Grove, e um deles chutou a arma para longe.

— Ele não está respirando!

Thomas caiu de joelhos, com uma expressão de choque, e tombou de lado. Sua cabeça bateu na calçada, fazendo um barulho alto.

— Thomas? — gritei. — Thomas! — Lágrimas borravam minha visão conforme se acumulavam em meus olhos.

Minhas mãos o analisaram. Ele tinha um ferimento na lombar, a poucos centímetros da coluna. O sangue escapava pelo buraco e se espalhava na calçada.

Thomas sussurrou alguma coisa, e eu me agachei para ouvi-lo.

— O quê?

— A bala atravessou — ele sussurrou.

Eu o virei para verificar a parte da frente de seu corpo. Ele tinha dois ferimentos de tiro no abdome inferior, um no lado direito, do primeiro tiro de Grove, e o outro no lado oposto.

— Essa está limpa — falei. — Passou direto.

Fiz uma pausa. *A bala atravessou.*

Uma dor atingiu meu abdome e eu olhei para baixo. Uma mancha vermelha havia se espalhado pela minha camisa. A bala atravessara Thomas e me atingira. Puxei a blusa com força e a ergui para revelar o sangue escorrendo em um fluxo contínuo de um pequeno buraco na parte inferior direita de meu peito, pouco abaixo das costelas.

Minha visão borrada não era resultado das lágrimas, mas da perda de sangue. Caí ao lado de Thomas, ainda mantendo a pressão em seu ferimento com uma das mãos e no meu com a outra.

As sirenes pareciam mais distantes, em vez de próximas. Os prédios vizinhos começaram a rodar, e eu caí de barriga no chão.

— Liis — ele disse, virando de costas para me encarar. Sua pele estava pálida e suada. — Fica comigo, baby. Eles estão chegando.

A calçada fria dava uma sensação boa em meu rosto. Um peso se abateu sobre mim, uma exaustão diferente de tudo que eu já sentira.

— Eu te amo — sussurrei com minhas últimas forças.

Uma lágrima escorreu pelo canto do meu olho, descendo pelo nariz e caindo em nossa cama de concreto, se misturando à confusão vermelha sob nós.

Thomas soltou a camiseta e estendeu a mão fraca para mim, os olhos ficando vidrados.

— Eu te amo.

Eu não conseguia me mexer, mas senti seus dedos encostando e se entrelaçando aos meus.

— Fica comigo — ele disse. E franziu a testa. — Liis?

Eu queria falar, piscar, fazer qualquer coisa para acalmar seu medo, mas nada se mexia. Notei o pânico em seus olhos enquanto a vida se esvaía de mim, mas eu estava impotente.

— Liis! — ele soltou um grito fraco.

Os cantos de minha visão se anuviaram e então a escuridão me engoliu. Afundei no nada, uma solidão silenciosa na qual eu podia descansar e ficar imóvel.

Então o mundo explodiu: luzes fortes, comandos, apitos em meu ouvido e espetadas nas mãos e nos braços.

Vozes desconhecidas chamavam meu nome.

Pisquei.

— Thomas? — Minha voz estava abafada pela máscara de oxigênio sobre o nariz e a boca.

— Ela voltou! — uma mulher disse, em pé ao meu lado.

A cama de concreto antes sob mim agora se tornara um colchão firme. O quarto era branco, fazendo o refletor acima parecer muito mais forte.

Ouvi respostas sobre minha pressão arterial, pulsação e oxigenação, mas nada sobre meu vizinho, meu parceiro, o homem que eu amava.

— Liis? — Uma mulher apareceu em cima de mim, protegendo meus olhos da luz. Ela sorriu. — Bem-vinda de volta.

Meus lábios se esforçaram para formar as palavras que eu queria dizer.

A mulher tirou meu cabelo do rosto, apertando a sacola presa à máscara de oxigênio, o barulho assobiando perto do meu ouvido.

Como se pudesse ler minha mente, ela fez um gesto com a cabeça para trás de si.

— Ele está em cirurgia. Está bem. O cirurgião disse que vai ficar tudo bem.

Fechei os olhos, deixando as lágrimas escorrerem pelas têmporas até as orelhas.

— Você tem alguns amigos na sala de espera: Val, Charlie e Joel.

Olhei para ela e franzi a testa. Por fim, me dei conta de que Charlie e Joel eram Sawyer e Marks.

— A Susan acabou de sair daqui para avisar que seu quadro é estável. Eles podem voltar daqui a pouco. Tente descansar.

Minha voz abafada deturpava minhas palavras.

— O quê? — ela perguntou, levantando a máscara.

— Vocês não telefonam para a família, né? — perguntei, surpresa com minha voz fraca.

— A menos que você peça.

Balancei a cabeça, e ela se esticou por cima da cama antes de colocar uma máscara mais leve sobre meu nariz e minha boca. Um assobio saía de dentro dela.

— Respirações profundas, por favor — ela disse, saindo da minha linha de visão, enquanto ajustava o equipamento ao meu redor. — Você vai ser transferida para outro andar mais tarde, mas o médico quer aprimorar seus sinais vitais antes.

Olhei ao redor, me sentindo grogue. Meus olhos piscaram algumas vezes, quase em câmera lenta. Meu corpo pareceu pesado de novo, e eu apaguei por um instante antes de acordar de repente.

— Uau! — disse Val, dando um pulo na cadeira.

Eu estava em um quarto diferente. Este tinha quadros de buquês de flores nas paredes.

— Cadê o Thomas? — perguntei, e minha garganta dava a sensação de que eu tinha engolido cascalho.

Val sorriu e apontou com a cabeça. Olhei para onde ela tinha apontado e vi Thomas dormindo profundamente. As proteções tinham sido abaixadas, e nossas camas de hospital estavam juntas. A mão de Thomas estava sobre a minha.

— Ele teve que mexer muitos pauzinhos para conseguir isso — Val disse. — Você está bem?

Sorri para ela, mas seu rosto estava anuviado de preocupação.

— Ainda não sei — falei, me encolhendo.

Ela pegou o aparelho de chamada e apertou o botão.

— Posso ajudar? — perguntou uma voz anasalada.

O volume estava tão baixo que eu mal podia ouvir.

Val levou o controle remoto de plástico mais perto da boca, para poder sussurrar:

— Ela acordou.

— Vou avisar à enfermeira responsável.

Val deu um tapinha delicado em meu joelho.

— A Stephanie logo vai trazer seus remédios para dor. Ela tem sido fantástica. Acho que ela está apaixonada pelo Thomas.

— Não estão todas? — Sawyer comentou, de um canto escuro do quarto.

— Ei, Charlie — falei, usando o controle para levantar um pouco a cama.

Ele e Marks estavam sentados em lados opostos.

Sawyer franziu a testa.

— Você já morreu uma vez nas últimas vinte e quatro horas. Não me obrigue a te matar de novo.

Dei uma risadinha e prendi a respiração.

— Droga, isso dói. Não consigo imaginar a dor de dois desses. O Thomas provavelmente não vai conseguir se mexer quando acordar. — Olhei para ele e apertei sua mão.

Ele piscou.

— Bom dia, flor do dia — Marks disse.

Thomas olhou imediatamente para a esquerda. Suas feições se suavizaram, e um sorriso cansado se formou.

— Ei. — Ele levou minha mão à boca e beijou o nó dos meus dedos. Então relaxou o rosto no travesseiro.

— Ei.

— Achei que eu tinha perdido você.

Franzi o nariz.

— Nah.

Sawyer se levantou.

— Vou embora. Estou feliz por vocês dois estarem bem. A gente se vê no trabalho. — Ele veio até mim, beijou meu cabelo e saiu.

— Tchau — falei.

Val sorriu.

— Ele prometeu assinar os papéis.

— É mesmo? — perguntei, surpresa.

Marks bufou.

— Com a condição de ficar com o apartamento.

Olhei para Val.

Ela deu de ombros.

— Espero que você tenha falado sério quando disse que queria uma colega de quarto.

— É só por um tempo, de qualquer maneira — Marks disse. — Vou convencê-la a morar comigo.

— Vai se foder — ela soltou. E sorriu para mim. — Você, se preocupe apenas em ficar boa. Eu cuido do resto. É o momento certo, de qualquer maneira. Você vai precisar de alguém para te ajudar a cozinhar e fazer faxina.

Marks olhou para Thomas.

— Você está sem sorte, amigão.

— Posso me mudar pra lá também? — Thomas provocou. Ele prendeu a respiração enquanto se ajeitava para ficar confortável.

Val fez sinal para Marks.

— É melhor a gente ir. Deixar os dois descansarem.

Marks assentiu, se levantando e dando um tapinha na proteção da cama de Thomas.

— Fique firme aí, irmão. A gente segura as pontas no escritório.

— Eu tinha medo de que você dissesse isso — Thomas comentou.

Marks estendeu a mão para Val, ela a pegou, e os dois seguiram juntos para o corredor.

— E o Grove? — perguntei ao Thomas. — Alguma novidade?

Ele fez que sim com a cabeça.

— Marks disse que estão cuidando do caso, mantendo a mesma linha: um assalto que deu errado.

— E as testemunhas?

— Tudo certo. O Benny não tem a menor ideia de que o Travis vai bater à porta dele em breve, e o Tarou simplesmente vai pensar que perdeu seu infiltrado. A investigação pode prosseguir conforme planejado.

Fiz que sim com a cabeça. Thomas acariciou meu polegar com o dele, e eu olhei para as nossas mãos.

— Espero que isso seja um "tudo bem" — ele disse.

— É mais do que "tudo bem".

— Você sabe o que isso significa, não sabe? — ele perguntou.

Balancei a cabeça.

— Cicatrizes semelhantes.

Um sorriso amplo se espalhou pelo meu rosto.

Thomas levou minha mão até a bochecha e beijou meu punho. Ele baixou nossas mãos lentamente para o colchão, se acalmou e relaxou quando percebeu que podia me olhar até cair no sono.

Thomas precisava de mim. Ele me fazia feliz e me deixava louca e estava certo: só fazíamos sentido juntos. Eu me recusei a ruminar o que ia acontecer a seguir, a analisar a probabilidade ou a logística de um relacionamento bem-sucedido, a tentar controlar se eu estava tendo sentimentos demais. Eu finalmente havia encontrado o tipo de amor pelo qual valia a pena arriscar um coração partido.

A gente teve que se encontrar para finalmente entender que o amor não pode ser controlado. Previsões, suposições e certezas absolutas são ilusões. Meu amor por ele era volátil, incontrolável e esmagador, mas... isso era amor. O amor era real.

EPÍLOGO

Apesar de terem se passado anos desde a última vez em que tive caixas desempacotadas pela metade em todos os cômodos, o caos organizado ainda me fazia sorrir. As lembranças da mudança para meu primeiro apartamento em San Diego — mesmo dos primeiros meses inconstantes — eram boas e tinham me ajudado a superar o estresse do meu treinamento como a mais nova analista de inteligência no NCAVC, em Quantico.

Apenas seis meses antes, eu me candidatara ao cargo dos meus sonhos. Três meses depois, fui transferida. Agora eu estava de roupão e meias felpudas, desempacotando os vestidos de alça que ainda estaria usando se estivesse na Califórnia. Em vez disso, tive de prometer a mim mesma não reajustar o termostato — de novo — e me mantive perto da lareira acesa no quarto.

Desamarrei o cinto do roupão, deixando-o se abrir, e levantei o moletom cinza mescla do FBI, levando a mão até a cicatriz circular na parte inferior de meu abdome. O ferimento curado sempre me faria lembrar de Thomas. Isso me ajudava a fingir que ele estava perto mesmo quando não estava. As cicatrizes semelhantes eram algo parecido com a sensação de estar sob o mesmo céu — mas melhor.

Um barulho de motor de carro ficou mais alto quando parou na entrada, e faróis traçaram as paredes antes de serem desligados. Atravessei a sala de estar e espiei pelas cortinas ao lado da porta da frente.

O bairro era tranquilo. O único trânsito por ali era o veículo na minha entrada de carros. Quase todas as janelas nas casas vizinhas estavam escuras. Eu adorava a nova casa e o novo bairro. Várias famílias jovens moravam na minha rua, e, apesar das batidas regulares à porta e de parecer que eu estava recebendo diariamente crianças da escola do bairro vendendo chocolate ou queijo, eu me sentia mais em casa do que nunca.

Uma silhueta escura saltou do carro e pegou uma bolsa de viagem. Os faróis se acenderam de novo, e o carro deu ré e se afastou. Esfreguei as mãos suadas no moletom enquanto a sombra de um homem se aproximava lentamente da varanda. Ele não devia estar aqui ainda. Eu não estava pronta.

Ele subiu os degraus, mas hesitou quando chegou à porta.

Virei o trinco e puxei a maçaneta na minha direção.

— Acabou?

— Acabou — Thomas respondeu, parecendo exausto.

Abri a porta toda e ele entrou, me puxando para os seus braços. Ele não falou. Mal respirava.

Desde a minha transferência, estávamos morando em lados opostos do país, e eu tinha me acostumado a sentir saudade dele. Mas, quando ele saiu com Travis, poucas horas depois de supervisionar a entrega do restante de seus pertences em nossa nova casa em Quantico, fiquei preocupada. A missão não era apenas perigosa. Juntos, Thomas e Travis tinham invadido os escritórios de Benny Carlisi, e o crime organizado em Vegas nunca mais seria o mesmo.

Pela expressão de Thomas, as coisas não tinham dado muito certo.

— Você foi interrogado? — perguntei.

Ele assentiu.

— Mas o Travis se recusou. Ele foi direto para casa. Estou preocupado com ele.

— É o aniversário de casamento dele com a Abby. Liga pra ele amanhã. Confirma que acabou.

Thomas sentou no sofá, apoiou os cotovelos nas coxas e olhou para baixo.

— Não era para ter acontecido assim. — Ele respirava como se estivesse sem ar.

— Quer conversar? — perguntei.

— Não.

Esperei, ciente de que ele sempre dizia isso antes de começar uma história.

— O disfarce do Trav foi descoberto. O Benny e os capangas dele o levaram para o porão. Fiquei em pânico, mas o Sawyer conseguiu a localização deles. A gente ouvia enquanto eles batiam no Travis durante uma boa hora.

— Meu Deus — falei, tocando no ombro dele.

— O Travis conseguiu boas informações. — Ele deu uma risada sem humor. — O Benny estava fazendo um belo discurso e soltando tudo, pensando que o Travis estava prestes a morrer.

— E? — perguntei.

— O filho da puta ameaçou a Abby. Ele começou a detalhar a tortura pela qual ela ia passar depois que ele matasse o Travis. Foi bem explícito.

— Quer dizer que o Benny está morto — falei, mais como uma declaração do que uma pergunta.

— É — Thomas respondeu com um suspiro.

— Anos de trabalho, e o Benny não vai nem ver o interior de um tribunal.

Ele franziu a testa.

— O Travis pediu desculpa. Ainda temos muito trabalho a fazer. O Mick Abernathy tem contatos com muitos chefões além do Benny. Podemos trabalhar o caso por esse ângulo.

Passei os dedos delicadamente pelo cabelo de Thomas. Ele não sabia que Abby e eu tínhamos um segredo. Ela ia entregar para o FBI tudo o que sabia sobre o pai em troca de mantermos seu marido em casa e longe de confusão. Abby concordara em contar isso ao Travis no aniversário de casamento deles, e ele transmitiria essas informações para a Val, que fora promovida a ASAC em San Diego.

— Eu prometi que ia ter acabado de desempacotar tudo quando você voltasse pra casa — falei. — Estou me sentindo mal.

— Tudo bem. Eu queria ajudar — ele disse. Sua mente estava em outro lugar. — Sinto muito por você não poder estar lá. Esse momento era tão seu quanto meu. — Ele levantou o olhar e tocou o tecido esticado do meu moletom, que cobria minha barriga protuberante: a segunda coisa não planejada que nos acontecera. — Mas estou feliz que você não estava.

Sorri.

— Não consigo mais ver a minha cicatriz.

Thomas se levantou e me envolveu em seus braços rígidos.

— Agora que finalmente estou aqui, você pode olhar para a minha durante as próximas onze semanas, mais ou menos, até poder ver a sua de novo.

Caminhamos de mãos dadas pela sala de estar, e Thomas me levou para o nosso quarto. Sentamos juntos na cama e ficamos observando o fogo tremeluzir e as sombras dançarem nas pilhas de papelão que continham porta-retratos e bugigangas de nossa vida juntos.

— Achei que a gente já teria encontrado um sistema mais eficiente pra isso — Thomas disse, franzindo o cenho para as caixas.

— Você não gosta da parte de desempacotar.

— Ninguém gosta, não importa como essa pessoa esteja feliz por se mudar.

— Você está feliz por se mudar? — perguntei.

— Estou feliz por você ter conseguido esse emprego. Você lutou por ele durante muito tempo.

Ergui uma sobrancelha.

— Você duvidou de mim?

— Nem por um segundo. Mas eu estava nervoso por causa do cargo de ASAC em Washington. Eu estava começando a ficar preocupado em me firmar antes da chegada do bebê, e você não parecia estar com muita pressa de eu vir pra cá.

Franzi o nariz.

— Não estou empolgada com seu deslocamento de uma hora até o trabalho.

Ele deu de ombros.

— Melhor que vir do outro lado do país. Você ignorou a parte de não estar com pressa de ter o pai do seu filho por perto.

— Só porque estou aprendendo a lidar com algumas variáveis, não significa que desisti de ter um plano principal.

As sobrancelhas dele dispararam para cima.

— Quer dizer que o plano era esse? Que eu ficasse louco de saudade de você durante três meses? Que eu pegasse um voo de madrugada para estar aqui em todas as consultas médicas? Que eu ficasse preocupado de cada ligação ser uma notícia ruim?

— Você está aqui agora, e tudo está perfeito.

Ele franziu a testa.

— Eu sabia que você ia se candidatar para esse cargo. Eu me preparei psicologicamente para a mudança. Nada poderia ter me preparado para a notícia que você me deu, quatro semanas depois, de que estava grávida. Você sabe o que isso fez comigo? Ver minha namorada grávida se mudar para o outro lado do país sozinha? Você nem trouxe tudo. Fiquei apavorado.

Soltei uma risada.

— Por que você não me disse nada disso antes?

— Eu estava tentando te apoiar.

— Tudo aconteceu exatamente como eu planejei — falei com um sorriso, incrivelmente satisfeita com a declaração. — Consegui o emprego e trouxe apenas o suficiente para viver. Você conseguiu o emprego, e agora podemos desempacotar as coisas juntos.

— Que tal, quando envolver a nossa família, você planejar comigo?

— Quando tentamos fazer planos juntos, nada acontece como deveria — provoquei, cutucando-o com o cotovelo.

Ele colocou o braço ao meu redor e me puxou para si, pousando a mão livre na minha barriga redonda. Ele me abraçou durante um bom tempo enquanto observávamos o fogo e curtíamos o silêncio, nossa nova casa e o fim de um caso no qual nós dois trabalhamos durante quase uma década.

— Você ainda não aprendeu? — Thomas falou, encostando os lábios em meu cabelo. — É no imprevisto que os melhores e mais importantes momentos da nossa vida parecem acontecer.

AGRADECIMENTOS

Agradeço a Kristy Weiberg, por não só ser uma das minhas maiores torcedoras, mas também por me apresentar a Amy Thomure, que é casada com o agente do FBI Andrew Thomure.

Andrew, agradeço pela paciência quando fiz o que provavelmente você achou que eram perguntas esquisitas, mas você nunca me fez sentir dessa maneira. Obrigada por toda a ajuda!

Como sempre, agradeço ao meu incrível marido, Jeff. Eu não poderia enumerar tudo que você faz diariamente para manter a casa funcionando, levar as crianças a vários lugares onde elas precisam estar — pontualmente — e tudo que faz nos bastidores. Você é meu salvador, e eu não conseguiria trabalhar tantas horas ao dia sem você.

Agradeço aos meus filhos, por entenderem que trabalho em horários estranhos e pelo perdão quando a mamãe diz pela centésima vez: "Não posso. Estou trabalhando".

Agradeço a Autumn Hull, da Wordsmith Publicity, Jovana Shirley, da Unforeseen Editing, Sarah Hansen, da Okay Creations, e Deanna Pyles. Vocês são membros valiosos da minha equipe, e eu reconheço o esforço tremendo que fizeram para me ajudar a terminar este livro.

Às autoras Teresa Mummert, Abbi Glines e Colleen Hoover, que me permitem reclamar e comemorar, não fazer sentido e fazer perguntas bobas. Vocês são minha base, e eu ficaria completamente perdida sem vocês.

Agradeço a Selena Lee, Amanda Medlock e Kelli Smith, por serem uma fonte constante de estímulo e risadas. Kelli, obrigada por me emprestar o nome do seu marido! Mal posso esperar para estarmos todas juntas novamente. A companhia de vocês (assim como a da Deanna) realmente me proporciona alguns dos melhores dias da minha vida.

MUITO obrigada a Ellie, do Love N. Books, e a Megan Davis, do That's What She Said, dois blogs literários. Sem a ajuda de vocês nos últimos dois meses, eu não teria conseguido me concentrar em terminar este livro. Obrigada por fazerem o trabalho pesado no evento literário de *Belo casamento*, em Vegas, e obrigada por se oferecerem para ajudar sem hesitar!

Por último, mas nunca menos importante, a Danielle Lagasse, Jessica Landers, Kelli Spears e ao fantástico MacPack, pelo apoio incrível e por divulgarem meu trabalho!

CONFIRA OS OUTROS TÍTULOS DA AUTORA
PUBLICADOS PELA VERUS EDITORA

Bela distração - Irmãos Maddox, Livro 1

Belo desastre

Desastre iminente

Belo casamento

Red Hill

Este livro foi composto na tipografia
ITC Giovanni, em corpo 10,5/15,6, e impresso em
papel off-white no Sistema Digital Instant Duplex
da Divisão Gráfica da Distribuidora Record.